문학의
표정

순학의 푼정

여지선 · 서동수

도서출판 박이정

머리말

세 상에는 여러 종류의 소리가 있다. "칙칙칙~~~" 뭔가 들리기는 한데…
무슨 소리일까? 지금 여행을 준비하는 자들에게는 기차가 떠나려하는
소리로, 배고파 뛰어 들어오는 아이의 엄마에겐 밥이 다 되었다는 밥솥의 소
리로 들릴 수 있다. 아니 등산객에게는 벌레 우는 소리로 들릴지도 모르겠다.

문학에도 이러한 소리들이 있다. 喜 · 怒 · 哀 · 樂~~~. 같은 소리도 듣는 자
에 따라 다른 소리로 들리 듯 같은 시, 소설, 희곡, 문화콘텐츠 등에서도 다른
소리가 들린다. 그것이 인생이고 인생사인 것을 새삼스럽게 느낀다. 같은 작
품 속에서 어떤 이는 기쁨을, 노여움을, 슬픔을, 즐거움을 느낀다. 이는 문인
이 작품을 통해 내게 걸어온 대화이고, 이에 대한 독자의 대답이다. 때로는
너무 슬픈 내용이지만 독자에겐 기쁨으로 다가올 수 있다. 나와 함께 한다는
점에서, 내 공허한 마음을 이해해주는 문인이 있다는 이유로 슬픔을 즐거움으
로 이끌어 낼 수 있다. 반면에 문인의 기쁨을 공감의 눈물로 드러낼 수도 있
다. 이것이 바로 문학이고, 대화이고, 소통이다. 이러한 측면을 담고자 더운
여름을 시원하게 보냈다.

『문학의 표정』은 『성담론과 한국문학』 이래로 필자들의 두 번째 공동 작업
이다. 같은 문학을 하면서도 다른 문학세계를 가지고 있고, 같은 소리를 듣더
라도 다양한 소리로 반응을 낼 수 있기에 늘 함께 가길 원한다. 제1부 1장,

3장, 5장은 서동수가, 제1부 2장, 4장, 제2부는 여지선이 맡았다. 여지선이 맡은 부분은 10여 년 전에 출판된 『문학 체험과 감상』(3인 공저) 원고를 보완 및 추가한 것이다. 이를 격려해주신 김영철 선생님께 감사드린다.

저자들은 대학에서 학생들을 가르치고 있다. 그래서 『문학의 표정』도 문학에 대한 기본적인 궁금증을 가지고 있는 대학생, 일반인들을 위해 준비했다. 다양한 장르의 문학을 소개하는 차원에서, 깊이의 첫 맛을 느낄 수 있도록 계획했다. 이 책과 대화를 신청한 독자들은 부디 자신의 입장에서 문학의 소리를 들을 수 있기를 바란다. 그리고 주변의 친구들과 선후배들과 대화를 나눌 수 있다면 더할 나위가 없을 것이다.

마지막으로 어려운 상황 가운데 『문학의 표정』을 선뜻 맡아주신 박이정 출판사의 박찬익 사장님과 김민영 대리님을 비롯한 여러 직원들께 감사드린다.

2011. 7. 4.
필자 씀.

목 차

제1부

문학의 표상

제1장

문학의 미의식과 자유의지

1. 미의식과 윤리의식

문학이란 무엇일까? 사람들은 문학하면, 먼저 픽션을 떠올릴 것이고, 연이어서 과학적 상상력과 대척점에 있는 허구적 상상력을 생각할 것이다. 문학과 과학의 가장 큰 차이점이 바로 이 지점인데, 과학적 상상력은 사실에 기초한다는 점에서 그것은 어디까지나 현실의 문제라고 생각한다. 반면 문학의 허구적 상상력은 물을 마시면서 '어! H2O맛이 죽이는 걸'이 아니라, '야, 하늘을 마시는 기분이야'라고 말할 수 있게 한다. 이처럼 사람들은 문학을 통해 아름다움(미)을 창출하고 독자들은 이를 통해 심미적 감수성, 이른바 catharsis를 느끼게 된다고 믿고 있고, 그렇게 배워왔다. 그리고 이러한 심미적 감수성을 종합하여 이른바 미학 aesthetics이 발생하게 된 것이다. 미학은 진(과학), 선(도덕)과는 다른 미(美)라는 것이 있다는 전제에서 시작된 것이다.

아름다움, 즉 미적 대상을 말할 때 일반적으로 떠올리는 아름다움에는 무의식적으로 '윤리적'인 것이 포함되어 있다. 즉 어떠한 체제나 규범으로부터 일탈되지 않은, 누구나 받아들일 수 있는 아름다움을 떠 올린다. 이러한 미의식은 어디에서 왔을까?

고대의 미의식, 즉 서구유럽문화의 기원이라고 하는 고대 그리스의 경우, 그것은 선험적, 불변적인 것이었다. 그들에게 아름다움이란 가변적인 것이 아닌 불변적인 것, 고정된 것이었다. 모든 것이 덧없이 변하는 가운데 변하지 않는 것만이 가치가 있다는 존재론적 인식(ontology)은 우리가 잘 아는 이데아의 세계로 집약된다. 이데아는 이른바 형상의 세계이다. 모든 것이 완전무구한 이른바 총체성이 구현된 세계이다. 따라서 그 세계를 구성하는 대상들 역시 완전한 존재들이다. 그리고 우리가 살고 있는 이곳은 형상의 세계를 미메시스한 세계이다. 예술이란 바로 이데아의 대상들을 미메시스하는 것이며, 미메시스의 완성도에 따라 예술의 등위가 결정되었다. 그래서 예술가들은 이데아의 주된 대상인 신을 미메시스한다. 신들은 조각으로 그림으로 음악으로 미메시스되었다. 문학은 신을 주인공으로한 신화를 만들어 냈다.

▶ *제우스가 되고 싶었던 나폴레옹, 삶 속에서 반영되는 미의식.*

▶ 손가락을 통해 표현되는 극한의 고통과 미의식의 절정

중세에도 이러한 관습은 여전히 이어진다. 다만 대상만 바뀌었을 뿐이다. 다신론에서 일신론으로 그 주인공이 바뀌었다. 예수와 하나님이라는 종교적 주인공의 시대가 열렸다. 가장 그들의 모습에 가깝게 그리거나 조각하고 노래부르는 것이 예술의 존재조건이 된 것이다. 한편 중세에는 기사의 모험과 사랑을 그린 로망스가 나오기도 했다. 신이 아닌 인간이 인간의 욕망을 그려냈기에 어마어마한 인기를 모았던 로망스. 하지만 이때의 기사란 현실의 기사와는 전혀 다른 존재이다. 현실의 기사가 살인자와 성자 사이를 방황하는 물리적 폭력배였다면, 로망스 속의 기사는 인간화된 신일뿐이다. 이러한 것이 아름다움이었다. 아름다움 안에는 정의롭고, 선하며, 신성한 그 무엇이 존재해야 했다.

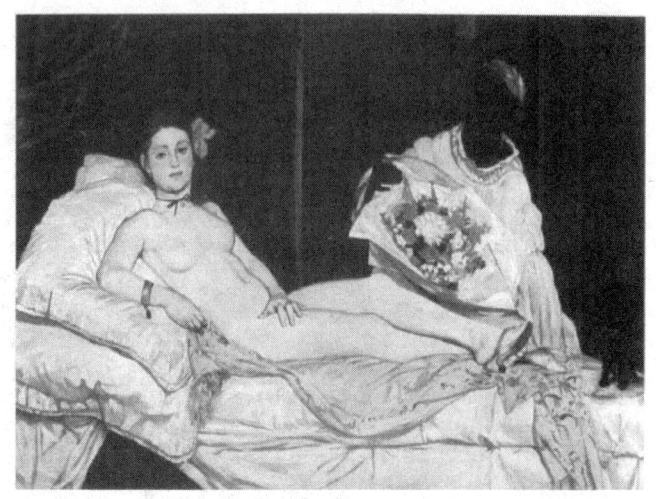

► 마네, <올랭피아>(1863)

► 알렉상드로 카바넬, <비너스의 탄생>(1863)

 위의 두 그림은 공교롭게도 같은 해에 나온 작품이다. 하지만 세상의 시선은 너무도 달랐다. 마네의 <올랭피아>는 수많은 예술가와 평론가들로부터 비난과 욕설을 들어야 했다. 이유는 간단하다. 인간의 몸, 더욱이 파리 매춘부의 나체를 그렸기 때문이다. 마네의 <풀밭 위의 점심식사>(1863) 역시 같은 이유로 많은 야유를 들어야 했다. 반면 같은 해에 나온 카바넬의 누드는 오히려 너무 많은 찬사를 부담스러워해야 했다. 동일한 누드를 놓고 이렇게 극단적인 평가가 나오는 이유는 너무나 간단했다. 하나는 인간의 몸을, 다른 하나는 신의 몸을 그렸기 때문이다. 잘 알려진 것처럼 신들은 예술 속에서 거의 나체로 등장한다. 신은 그 자체로 완전한 것이니 옷 같은 것으로 그 완전함을 가리는 것이 오히려 욕된 일이라는 것이다. 1863년 마네의 〈풀밭 위의 점심식사〉와 〈올랭피아〉가 세상에 선 보였을 때 많은 예술가들의 비난과 저주는 윤리의식에 포섭된 미의식의 결과물이었다. 누구의 신체냐의 문제는 동시에 윤리적이냐 그렇지 않느냐의 문제와 연결되고 있었다. 예술과 외설의 경계, 예술에 대한 외설 논쟁은 이미 미(美)의 조건 안에 윤리적 요소가 개입하고 있음을 보여주는 것이다.

이런 현상은 비단 남의 나라만의 일은 아니었다. 우리의 근현대 문학도 이러한 논쟁으로부터 자유롭지 못했다. 우선 기억나는 것만 적어도 1950년 대 교수 부인의 사건을 담은 정비석의 〈자유부인〉, 1970년대 염재만의 소설 〈반노〉, 1990년대 마광수의 〈즐거운 사라〉, 장정일의 〈내게 거짓말을 해봐〉 등이 있다. 이들 작품을 둘러싼 추문의 이유는 이들 작품이 예술 즉 미(美)가 아니라 외설이라는 것이다. 다시 말해 윤리적으로 봤을 때 아름다움의 영역에 해당하지 않는다는 것이다. 아름다움을 향한 윤리적 압박은 비단 외설에만 그치지 않았다. 김지하의 〈황토〉나 신경림의 〈농무〉처럼 정치적인 색깔만 보여도 또 공격을 받았다. 이렇게 볼 때 동서양을 막론하고 미(美)의 기준 속에는 윤리라는 영역이 크게 자리하고 있는 것 같다. 미(美)란 '순수'해야 한다는 것은 곧 '불순'해서는 안 된다는 말의 동의어이기도 했다.

그러나 미의식은 이렇게 정형화되고, 윤리적인 것으로만 정의될 수 있을까? 예술이란 무엇일까? 왜 존재하는 것일까? 이렇게 고전적인 미의식을 끊임없이 재생산하기 위해서 존재하는 것일까? 그렇다면 인간은 어디에 있는 것일까? 예술의 주제가 인간이 아니고 고전적, 혹은 윤리적 미의식이라면 이는 좀 이상하지 않은가?

2. 불온한 상상력들

그런데 예술 중에는 이러한 윤리적 미의식에 반감을 가지고 있는 것들이 많다. 달리 말하면 윤리가 개입된 미(美)로부터 탈출하려는 예술가들이 많다는 것이다. 예술의 존재론적 목적은 인간만이 가지고 있는 어떤 욕망과 밀접한 연관이 있다. 그것은 아름다움을 재현하고자 하는 욕망도 있지만 또 하나, 끝없는 '자유'에 대한 갈망이다. 이 자유를 좀 더 포괄적으로 '유토피아 지향성'이라고 말하는 것은 어떨까? 토마스 모아의『유토피아』나 사상가들이 말하는 복잡한 것 말고 보다 상식의 차원에서 유토피아를 말한다면 그곳은 '행복한 세계'이다. 행복한 세계는 기본적으로 자유로워야 한다. 자유 없는 행복한 세계, 상상할 수도 없다.

인간은 행복해지고 싶은 욕망이 있다. 타나토스와 같은 죽음의 욕동도 공존하지만 그래도 생에 대한 욕망이 강세다. 행복해지기 위해서는 어떤 것들이 필요할까? 자동차, 좋은 아파트, 아름다운 배우자 등 물질적인 풍요? 물론 필요하다. 그런데 이런 것들만으로는 왠지 공허하다. 이상하게 인간은 이런 것들을 포기하면서까지 지키고자 또는 얻어내고자 하는 것이 있다. 구속받지 않을 권리, 억압당하고, 착취당하고, 소외당하고, 이런 것으로부터 벗어나는 것, 즉 자유이다.

예술가들은 그들이 원하는 미의식을 구현하기 위해 기존의 윤리적 미의식에 반기를 들기도 한다. 반윤리적인 미(美)에 대한 선언은 미(美)를 모든 억압과 구속으로부터 해방시키겠다는 의지에 다름 아니다. '예술은 반체제적'이라는 롤랑 바르트의 말이 이해가 되는 순간이다. 그들은 우선 예술의 소재가 될 수 없다고 생각했던 것을 다시 소환하기 시작했다. 죽음, 피, 하층민, 창녀, 사탄 등등 금기시 되어왔던 대상들에게서 아름다움을 찾기 시작했다. 그런 의미에서 광기의 시인 보들레르는 반미학의 대표주자이기도 하다.

죽음은 위로하는 것, 아! 그리고 삶을 주는 것
삶의 목표이며 유일한 희망
묘약처럼 우리를 튼튼하게 하며 우리를 도취시키고
밤 늦도록 방황하게끔 우리 마음을 부추기는 것
- 보들레르의 「가난뱅이의 죽음」 중에서

죽음은 음습하고 두려우며 폭력을 불러일으키는 매우 위험한 대상이었다. 그래서 인류는 죽음의 해결을 위해 종교로부터 매장 의식까지 온갖 방법을 총동원하였다. 조르쥬 바따이유는 매장의 원인을 공동체를 파괴할 수 있는 '내적폭력'을 방지하기 위해서라고 말한다. 부패하는 살과 흘러내리는 피는 인간의 폭력성에 불을 지피는 도화선이 될 수 있다. 전장터의 시체들은 살육의 향연이라는 광기의 전염병을 옮긴다. 죽음은 광기에 이르는 지름길이었다. 이처럼 죽음은 아름다움의 대상으로 삼기에는 너무나 위험한 존재였다. 하지만 보들레르에 와서는 상황이 달라진다. 그의 시집 제목이 『악의 꽃』이듯 그는 아무도 접근하지 못했던 금기의 대상을 미의 대상으로 바꾼다. 보들레르에게 죽음은 벌레가 들끓고 부패하며 악취로 가득찬 배를 내밀고 있는 시체이다. 그럼에도 그 죽음은 '나의 천사, 내 존재의 태양, 매혹과 우미의 여왕'(「썩은 시체」)이 되는 것이다. 이러한 공격성과 파괴적인 성향은 극단적인 마조히즘과 사디즘에 연결되어 격렬한 에로티시즘을 동반하기도 한다. 그에게 아름다움은 윤리적 도덕적 가치판단이 거세되어 있다. 우리나라의 시인 박종화도 미적 대상으로 죽음을 노래한 바 있다.

보라!
때 아니라, 지금은 그때 아니다.
그러나 보라!
살과 혼
화려한 오색의 빛으로 얽어서 짜 놓은

훈향(薰香)내 높은
환상의 꿈터를 넘어서.

검은 옷을 해골 위에 걸고
말없이 주토(朱土)빛 흙을 밟는 무리를 보라.
이곳에 생명이 있나니
이곳에 참이 있나니
장엄한 칠흑(漆黑)의 하늘, 경건한 주토의 거리
해골! 무언(無言)!
번쩍거리는 진리는 이곳에 있지 아니하냐.
아, 그렇다 영겁(永劫) 위에.

젊은 사람의 무리야!
모든 새로운 살림을
이 세상 위에 세우려는 사람의 무리야!
부르짖어라, 그대들의
얇으나 강한 성대가
찢어져 해이(解弛)될 때까지 부르짖어라.
격분에 뛰는 빨간 염통이 터져
아름다운 피를 뿜고 넘어질 때까지

힘껏 성내어 보아라
그러나 얻을 수 없나니,
그것은 흐트러진 만화경(萬華鏡) 조각
아지 못할 한때의 꿈자리이다.
마른 나뭇가지에
고웁게 물들인 종이로 꽃을 만들어
가지마다 걸고
봄이라 노래하고 춤추고 웃으나
바람 부는 그 밤이 다시 오면은

눈물 나는 그 날이 다시 오면은
허무한 그 밤의 시름 또 어찌하랴?
얻을 수 없나니, 참을 얻을 수 없나니
분 먹인 얇다란 종이 하나로.

온갖 추예(醜穢)를 가리운 이 시절에
진리의 빛을 볼 수 없나니
아, 돌아가자.
살과 혼
훈향내 높은 환상의 꿈터를 넘어서
거룩한 해골의 무리
말없이 걷는
칠흑의 하늘, 주토의 거리로 돌아가자

- 박종화, 〈사의 예찬〉 전문

죽음은 피하거나 두려워해야 할 대상이 아니었다. 그곳은 '생명과 참' 있는 곳이다. 시인은 "모든 새로운 살림을 이 세상 위에 세우려는 사람의 무리"들인 "젊은 사람의 무리"에게 말한다. 성대가 찢어지고 염통이 터질 때 까지 노력해봐야 소용없다고, 그것은 흩어진 만화경 조각 같은 것에 불과할 뿐이라고, 봄이라고 노래하고 춤춰봤자 바람 부는 날이 오면 그것은 허무할 뿐이라고 말한다. 그래서 참을 얻고 진리의 빛을 얻을 수 있는 유일한 방법은 저 무차별의 세계, "거룩한 해골의 무리 말없이 걷는" "주토의 거리" 즉 죽음의 세계로 가는 것이다. 이른바 유미주의(탐미주의)가 등장하는 것이다. 이들에게 미(美)는 절대선(絕對善)이자 지상선(至上善)이다. 아름다움은 곧 절대미(絕對美)이다. 따라서 절대미는 결코 시대에 따라 변화되는 상대적 개념이 아니다. 예술은 그 자체가 목적이자 존재이유이다. 예술을 위한 예술이며 칸트가 말한 예술의 무목적성이 실현되고 있는 것이다.

반윤리적인 미의식은 또 다른 차원에서도 벌어지고 있었다. 이른바 정치적 타부에의 도전이다.

신새벽 뒷골목에
네 이름을 쓴다 민주주의여
내 머리는 너를 잊은 지 오래
내 발길은 너를 잊은 지 너무도 너무도 오래
오직 한 가닥 있어
타는 가슴 속 목마름의 기억이
네 이름을 남몰래 쓴다 민주주의여

아직 동 트지 않은 뒷골목의 어딘가
발자국 소리 호르락 소리 문 두드리는 소리
외마디 길고 긴 누군가의 비명 소리
신음 소리 통곡 소리 탄식 소리 그 속에 내 가슴팍 속에
깊이깊이 새겨지는 내 이름 위에
네 이름의 외로운 눈부심 위에
살아오는 삶의 아픔
살아오는 저 푸르른 자유의 추억
되살아오는 끌려가던 벗들의 피 묻은 얼굴
떨리는 손 떨리는 가슴
떨리는 치떨리는 노여움으로 나무 판자에
백묵으로 서툰 솜씨로
쓴다
숨죽여 흐느끼며
네 이름을 남몰래 쓴다.
타는 목마름으로
타는 목마름으로
민주주의여 만세

― 김지하, 〈타는 목마름으로〉

문학의 추구하는 아름다움 중에는 현실에 기반한 것들이 있다. 우리가 리얼리즘이라고 부르는 것이 여기에 해당한다. 특히 마르크스에 입각한 리얼리즘의 미학은 현실과 강한 대결의식을 가지고 있다. 현실은 온통 모순과 부조리로 채워져 있으며 개인의 자유와 욕망을 억압한다. 그래서 개인들은 이 거대한 세계와 맞서 싸워야 하며 이를 통해 우리가 추구하는 자유로운 세계를 형성할 수 있다는 것이다. 때론 과격하며 선동적이기까지 한 이러한 문학행위는 '정의로움'과 이를 위해 몸을 던지는 '실천성'을 아름다움으로 보았다. 일제 식민지 저항의 글쓰기를 했던 작가들과 신경림, 김지하, 김남주, 박노해, 황지우 등등 무수히 많은 문인들이 현실의 불합리를 혁파하기 위해 자신의 몸을 던졌다. 이 외에도 마광수나 장정일처럼 '성(性)'의 타부를 '미(美)'의 이름으로 위반하려는 작가들도 있었다. 윤리적인 미의식을 넘어서고자 하는 예술가들은 넘치고 넘쳤다.

3. 불온함을 넘어 생성의 가치를 위해

그렇다면 왜 문인들과 예술가들은 이러한 모험을 하는 것일까? 우리나라에서 보듯이 점잖게 적당히 예술을 하면 후한 대접을 받으며 편안한 여생을 보낼 수 있을 텐데, 왜 이토록 모진 길을 걸어가는 것일까?

우리가 살고 있는 세계란 어떤 곳일까? 우리들은 이 세계에 대해 만족하는가? 뉴스와 신문에서 나오는 이야기들이란 세상이 살만한 곳이 못 된다는 메시지뿐이다. 간혹 미담처럼 훈훈한 이야기가 나오지만 그것으로 세상이 바뀌지는 않는다. 일상에서도 마찬가지다. 나의 자유의지와 세계의 의지는 자꾸 충돌한다. 머리를 기르고 싶지만 학교와 부모님이 반대한다. 대학에서 열심히 공부했지만 졸업 후 기다리는 것은 앞날이 불투명한 비정규직이다.

집을 사기 위해 열심히 돈을 모으고 있지만 천정부지로 올라가는 집값을 보면 분노만 쌓인다. 세상을 향해 쓴 소리를 했더니 국가가 나선다. 이처럼 나와 세계는 화해하기 힘든 관계이다.

작가란 이러한 세계에서 인간이 뛰놀 '자유'의 공간을 확장시켜주는 자들이다. 세계란 간교해서 가만히 있으면 권력의 손길이 스멀스멀 기어올라 결국엔 우리의 목줄을 죄고 만다. 그래서 누군가는 권력의 간교함을 누설해야 하고, 고백해야 하고, 소리쳐야 한다. 작가의식이란 바로 이것이다. 작가들이 사회의 타부들을 건드릴 때마다 그것은 사회적 이슈가 된다. 아무도 말하지 못했던 것에 대해 말할 수 있는 장(場)이 마련되는 것이다. 1920년대 최서해로 인해 식민지 하층민의 처참한 삶을 볼 수 있게 되었고, 1930년 천재 이상을 통해 과학도 예술이 될 수 있음을 알 수 있었다. 식민지 저항 작가들을 통해 민족문학의 위대함을 보았으며, 정지용을 통해 섬세한 이미지즘의 미학을 볼 수 있었다. 마광수와 장정일은 예술과 외설의 경계에 대한 공론의 장을 만들었고, 현기영은 〈순이 삼촌〉을 통해 아무도 말하지 못했던 제주도 4·3에 대해 말할 수 있게 해 주었다. 이처럼 작가들은 사회적 타부, 도덕적 타부, 정치적 타부의 경계를 슬쩍슬쩍 건드리면서 조금씩 우리의 공간을 확장시켰다. 저 아슬아슬한 경계의 글쓰기. 조르쥬 바따이유가 말한 에로티즘처럼 조금이라도 경계를 넘어서게 되면 그 작가는 위험해질 수 있다. 그것을 감수하고 작가는 조금씩 자유의 공간을 확보해 간다.

▶ 그래피티   ▶ 잭슨 폴록의 액션페인팅

▶ 뒤샹의 <L.H.O.O.Q>   ▶ 모나리자의 패러디들

▶ 앤디워홀의 팝아트와 피카소의 추상화

수많은 예술가들의 노력은 견고한 타부들, 특히 인간의 자유와 삶을 불합리하게 구속하던 타부들을 흔들어 놓았다. 때로는 너무나 익숙한 것들, 그래서 하품이 나올 정도로 식상했던 대상들을 전혀 다른 얼굴로 다가오게 만들기도 했다. 이른바 '낯설게 하기'이다. 낯설게 하기를 통해 사람들은 낯익음에서 낯섦을 경험하고 당황한다. 하지만 이 당황은 스테레오 타입화된, 대리석처럼 굳어버린 우리의 상상력을 다시 소생시켜준다. 그 덕분에 우리들이 누릴 자유의 공간들이 조금씩 더 넓어지고 있었다. 구상화(具象畵)가 전부였던 회화에 추상(抽象)이 들어오게 되었고, 그것도 모자라 회화 그 자체보다는 그림을 그리는 행위에 주목하는 액션 페인팅이 나오기까지 했다. TV수상기의 색다른 배치는 비디오아트라는 새로운 미의 영역을 열어 주었다. 패러디, 그래피티, 키취, 등등 미의 영역은 한계가 없는 것처럼 보인다.

　미의 영역이 확장되면서 우리의 인식의 영역도 함께 확장되고 있다. 성, 팝아트, 광고, 만화, 모든 영역이 아름다움의 대상, 즉 미적 대상으로 환원되고 있다. 이것을 아노미라고 부르지는 말자. 금기가 미적 대상으로 화하기 위해서는 우리의 커먼센스 이른바 상식의 테두리라는 센서를 거쳐야 한다. 이 검열을 통과한 것은 아름다움이 되지만 그렇지 않으면 그것은 환멸이 된다. 몇 년 전 한 방송프로그램에서 벌어진 그룹 카우치의 나체사건이 어떠한 여론으로 수렴되었는가를 생각하면 이 부분은 어렵지 않게 받아드릴 수 있을 것이다. 예술의 부정정신, 반골정신 덕분에 뛰놀 수 있는 자유의 공간이 조금씩 늘어나고 있다. 문학과 예술이 추구하는 미의식은 고정되고 편협하거나 관념에만 머물러 있지 않다. 그것은 적극적으로 우리의 삶에 관여하고 동시에 우리의 삶을 통해 영감을 받기도 한다. 문학의 상상력이 우리와 함께 호흡하는 기회가 많을수록 세상은 좀 더 숨쉬기 편한 곳이 될 것이다.

제2장

시의 이해

Ⅰ. 시적 진실과 삶

문학은 인간의 정신활동 영역 중에서 가장 핵심적인 분야이다. 문학은 자신과 자신의 삶을 비춰보는 거울과 같은 존재이다. 그러므로 문학은 인간과 불가분의 관계를 갖는다.

문학이 허구임은 자명한 사실이다. 물론 이 때 허구와 단순한 거짓은 구별해야 한다. 문학은 허구를 통해 사실보다 더한 진실을 드러낸다는 점에서 일반적인 거짓과는 다르다. 그럼에도 불구하고 시는 허구가 아니다. 허구가 될 수 없다.

시는 진실의 산물이다. 시인의 유년이 녹아있으며, 시인의 현재가 담겨있으며, 시인의 간절한 미래가 담겨 있기도 하다. 더 나아가 시인의 정신적 고뇌가 고스란히 담겨 있다는 점에서 시는 허구의 문학이 아니라 진실의 문학이다.

또한 시는 르포가 아니다. 사실의 글이라는 점에서 르포와 비교할 수 있을

지 모르나 르포에는 가치판단이 존재하지 않는다. 그곳에는 사실만이 존재할 뿐 가치판단은 정지되어 있다. 그러나 시에는 가치판단이 다른 어느 장르보다도 앞선다고 할 수 있다. 그곳에는 시인의 가치관, 세계관이 그대로 투영되어 있다. 물론 르포형식에 담는 내용도 작가의 기본적인 판단이 포함되어 있다. 주제 선택에 있어서 말이다. 그러나 시에서의 가치판단은 선택의 차원이 아니라 선택 후 결과를 준비해야만 한다.

시인은 시(詩)대로 살아야 한다. 시인은 자신의 시에서 말한 대로 살아야 한다. 혹은 그가 실패할 수도 혹은 외면하고자 할 수 있다. 그러나 그 실패와 외면은 시를 벗어나지 못한다. 어느새 자기도 모르는 사이에 그야말로 시나브로 시(詩)속에 녹아 있게 된다. 그래서 시인들은 거짓을 말할 수가 없다.

그렇다면 모든 시인들은 진실만을 말하며 그 진실대로 살아갈까. 물론 그것은 아닐 것이다. 그럼에도 우리가 잊지 말아야 할 무엇이 있다면, 그것은 바로 시인들의 삶의 태도이자 시의 중심인 진정성이다. 시는 진정성의 문학이다. 때로 시인이라는 이름을 걸고 시인답지 못한 사람들이 있다. 그렇다. 그들은 시인이라 부르지 말고, 사람이라 부르자. 사람들 중 시인처럼 살고 싶으나 그렇지 못하여 겉만 흉내 내는 사람도 있고, 존경받는 시인의 이름을 얻고자 억지를 부리는 사람도 있다. 사람들은 소망한다. 비록 시인에게 이 사회에서 부나 권력을 부여하지 않을지라도 시인이 되기를 소망한다. 그것은 시인이 아름다운 세계에 다다르고자 하기 때문일 것이다.

시는 시의 진실과 인생과 진정성을 드러내기 위해 여러 가지 기억과 현실을 새롭게 조합한다는 면에서만 허구적이다. 시는 문학이다. 그럼에도 불구하고 허구가 아님은 바로 이와 같은 이유에서이다. 시를 읽는 독자는 시인의 마음으로 읽어야 할 것이다. 그럴 때 독자는 시심(詩心)을 가질 수 있을 것이다. 그것이 바로 시의 효용성이다.

Ⅱ. 현대시의 정체성 탐구

1. 현대시 속의 고전 문학

동서고금을 막론하고 뿌리에 대한 인식은 지대하다. 뿌리에 대한 인식은 크게는 민족 단위, 작게는 개인의 가문에 이른다. 그렇다면 뿌리의 역할은 무엇일까? 단순한 우월 의식을 드러내기 위함일까? 아니다. 뿌리에는 정신이 있고 정체성이 있다. 뿌리를 통해서 가지가 형성될 때, 어떤 방식으로 어떤 점을 중심으로 연결되어 왔느냐에 따라, 민족성과 개인의 성향이 결정된다. 우리는 '결정된다'라는 수동적인 용어를 사용하고 있지만, 이는 후대에 보면 수동적이고 결과적이지만 이 내용물을 이어가는 현재에는 능동성과 원인의 성격을 띤다. 따라서 현재는 과거이자 미래이다.

고전문학과 현대문학과의 연결고리를 찾는 작업은 한국문학의 정체성을 찾는 일이기에 그 중요성은 아무리 강조해도 지나치지 않다. 이는 자신의 이름을 찾는 것과 같은 일이다. 비록 우리가 선택적으로 이 땅에 태어난 것은 아닐지라도 태어난 이상 나의 정체성을 찾는 자리에서 만나는 지점은 바로 한국인이다. 그러나 항상 고립되어서는 안 되는 것이 현실이다. 글로벌 시대에 자신의 것만을 부르짖는 것은 뒷걸음치는 것과 다를 바가 없다. 여기에서 우리가 잊지 말아야 할 것은 나를 알고, 새로운 것을 받아들이는 자세이다. 그런 의미 속에 우리 문학의 좌표를 찾아보자.

고전문학을 살펴볼 때,「춘향전」과「처용」을 빼놓을 수 없다. 이 두 작품은 현대시, 연극, 영화 등등의 장르로 수용, 각색되어 왔을 만큼 우리에겐 친숙한 작품이다. 이처럼 현대적 변용이 활발한 두 작품의 전통성과 당대성을 살펴보는 것은 현대시의 전통계승이라는 관점에서 유익한 일이다.

1) 「춘향전」의 현대적 변용과 의의

(1) 고전문학 속의 「춘향전」은 어떠한 모습일까?

「춘향전」은 이본(異本)이 많은 소설이다. 이본들마다 조금씩 상이한 인물의 성격과 이야기소(素)를 가지고 있다. 그래서 「춘향전」은 많은 이본들 사이에서 춘향의 신분이나 세부 이야기가 다른 경우를 볼 수 있다. 「춘향전」의 이본들 사이에서 보이는 상이성의 원인은 창작자, 창작 공간, 향유계층에 의한 가변적인 판소리의 영향과 여러 예술양식이 포함될 수 있다는 개방성에서 찾아볼 수 있다. 그러나 서로 다른 이본들도 공통의 이야기 구조를 가지고 있기에 「춘향전」이라는 통칭으로 부를 수 있고, 조금씩 상이한 「춘향전」들의 주제를 전체적이고 통합적으로 이끌어낼 수 있다. 그리고 현대문학 작품에서 보이는 '춘향'도 바로 일반적인 「춘향전」의 수용임이 자명하다. 그래서 우리는 「춘향전」의 주제를 설정하는 것이 지난한 일만은 아니다.

춘향전의 주제는 다음 세 가지로 정리할 수 있다. 첫째, 불의한 지배계급에 대한 서민의 항거. 둘째, 남자에 대한 한 여인의 숭고한 사랑. 셋째, 사랑과 항거의 두 가지 요소를 동시에 고려하여 이원적 주제를 설정하는 견해이다. '불의한 지배계급에 대한 저항'이라는 주제를 이끌어 낸 학자들은 변학도에 대한 춘향이의 태도와 사회사적인 측면을 강조한 것이다. 그리고 '남녀간의 사랑'을 강조한 측면은 춘향이와 이도령과의 사랑과 당대 윤리관을 중심에 놓은 결과이다. 세 번째의 '결합의 주제'는 '표면적 주제'와 '이면적 주제'를 다룬 것이다. 즉, 열녀의 교훈은 표면적 주제이고, 인간적 해방의 주장은 이면적 주제인 것이다.

조동일은 '기생 춘향'과 '기생 아닌 춘향'의 갈등구조를 통해서 「춘향전」은 신분적 제약과 인간적 해방의 갈등이 인간적 해방의 승리에 귀착하는 과정을 그린 작품이라 평했다. 반면 「열녀춘향수절가」라는 표제, 작품 내용 중의 '그런 열녀 세상의 드문지라'와 춘향이가 정열부인으로 채택된 점을 지적하면서 유학의 실천 윤리에 근거하고 있음을 지적했다. 그런데 조동일은 위두 가지의 주제, 표면적 주제인 열녀의 교훈과 이면적 주제인 인간적 해방이서로 대립되어 있다고 한다. 열녀의 교훈은 인간적 해방의 주장을 부정하고,인간적 해방의 주장은 열녀의 교훈과 배치된다는 것이다. 이런 현상은 시대자체의 모습에서 비롯되나 결국 이면적 주제가 주된 평가 대상이 된다는것이다.

조동일의 견해는 일면 타당성을 지니면서도 진정 춘향이가 인간 해방의목적으로 신분상승을 의도한 것이었을까 하는 의문을 가지게 한다. 다시 말해서 그녀가 신분상승을 목적으로 정절을 지켰느냐 하는 문제가 발생한다.결국 조동일이 시대 자체의 모순이라고 지적한 데서 해답을 얻어야 하겠지만, 모순이라는 애매한 말보다 구체적인 분석을 해보자. 춘향이의 열(烈)은결과적으로 신분상승을 가져왔으나 계획적인 신분상승을 위한 열의 추구는아니었다.

춘향에게서 열이 먼저냐, 신분상승이 먼저냐 라는 문제는 중요한 쟁점이다. 이 점은 월매와 춘향이를 비교하면 명확하게 드러난다. 월매에게는 신분상승이 목표 그 자체다. 그래서 그 목표가 고난에 처하면 쉽게 돌아가는 방법을 생각한다. 그러나 춘향이는 고난과의 타협을 시도하지 않는다. 처음부터 춘향이는 열을 중심에 두었다. 그렇다면 표면적 주제가 우세한 것인가?그것은 다른 문제이다. 왜냐하면 춘향의 신분에서 열은 분수에 맞지 않는것이기 때문이다. 즉 기생 춘향이는 사랑하기 때문에 열을 지킨 것이지, 유교적 교리를 위해 열을 지킨 것이 아니다. 그리고 단순한 신분상승을 위한항거가 아니고 사랑을 토대로 한 항거임은 옥고를 치르던 중 몰락한 양반의모습으로 나타난 이도령에 대한 춘향의 변함없는 사랑의 표현으로 알 수있다. 변학도의 목적은 춘향의 수청이었음으로, 춘향이는 언제든지 자신의항거를 그만 두면 살아날 수 있었다. 그럼에도 불구하고 춘향이는 이도령의궁색한 행색에도 갈등을 일으키지 않았다. 이는 춘향이가 단순한 신분상승을 위해 고난을 받았다고 평할 수 없게 한다. 이러한 「춘향전」의 주제는 다성(多聲)의 사회1에서 가능한 것이다.

17~18세기는 완전한 다성의 세계가 인정되거나 인식된 시대는 아니었지만 그러한 징후가 나타나기 시작했다. 즉 양반 체제의 붕괴조짐과 평민들의 경제적 성장 등의 이유로 양반의 목소리에 서민의 목소리가 형태를 바꿔서 섞일 수 있었던, 다성의 시대의 조짐이 보였다. 그러한 배경 속에서 「춘향전」은 춘향의 절개가 하나의 방법론적인 신분상승의 기제가 된 것이 아니라 이도령을 사랑하는 진실이 17~18세기의 신분체제에 대한 부정적인 민중의 정서를 대변하는 건강한 시대의식의 표출로 승화되었던 것이다.

(2) 현대시 속의 「춘향전」 수용의의는 무엇인가?

① 일제강점기에 부활한 춘향의 위상

춘향을 소재로 한 일제강점기의 작품은 김소월의 「춘향이와 이몽룡」과 김영랑의 「춘향」이다. 물론 세부적으로 1920년대의 시와 1940년대의 시로 나눌 수도 있다. 그러나 일제강점기라는 시대사적인 맥락에서 같이 묶을 수 있다.

> 평양의 대동강은
> 우리나라에
> 곱기로 으뜸가는 강이지요

---

1 바흐친의 대화이론의 핵심적 개념인 多聲性은 음악용어 '다성음악에서 비롯된 것이다. 다성음악이란 동성음악(homophony) 혹은 단성적 악곡과 반대되는 개념으로서 둘 이상의 독립적인 성부로 구성된 음악을 일컫는다. 이 같은 다성음악은 20세기에 들어 크게 각광을 받았다. 김욱동에 의하면 바흐찐의 다성적 문학이란 하나 이상의 다양한 의식이나 목소리들이 완전히 독립적인 실체로서 존재하는 문학이며, 이 같은 다성성이 가장 두드러지게 그리고 효과적으로 나타나는 장르는 소설이라고 한다.(김욱동, 『대화적 상상력-바흐친의 문학이론』, 문학과 지성사, 1988. 참고.)

삼천리 가다가다 한가운데는
우뚝한 삼각산이
솟기도 했소

그래 옳소 내 누님, 오오 누이님
우리나라 섬기든 한 옛적에는
춘향과 이도령도 살았다지요

이 편에는 함양, 저 편에는 담양,
꿈에는 가끔가끔 산을 넘어
오작교 차차차차 가기도 했소

그래 옳소 누이님 오오 내 누님
해 돋고 달 돋아 남원땅에는
성춘향 아가씨가 살았다지요

- 김소월, 「춘향과 이도령」 -

　김소월 시의 춘향은 고소설의 주인공이 아니라 실존인물로 나타나 있다.
춘향의 실존성은 평양의 대동강, 삼각산, 함양, 담양, 남원 등 현재 존재하는
구체적인 지명과 같은 수준에 놓여 있다. 이는 김소월의 춘향이 허구의 인물
이 아니라 실재의 인물로 인식되었음을 말해주는 것이다. 그렇다면 김소월
이 고소설(허구) 속의 인물을 실존인물로 믿고자 한 이유는 무엇일까? 그것
은 앞서 밝힌 「춘향전」의 주제와 밀접한 관련이 있다. 고소설 속의 춘향은
자신의 목적을 이루어낸 승리의 인물이다. 따라서 김소월도 당대, 즉 일제강
점기라는 어려운 시기를 맞아 춘향이와 같은 승리를 바랬던 것이다.

　큰 칼 쓰고 옥에 든 춘향이는
그 옛날 성학사(成學士) 박팽년이
불 지짐에도 태연하였음을 알았었니라

오! 일편단심

옥방 첫날밤은 길고도 무서워라
논개! 어린 춘향을 꼭 안아
밤새워 마음과 살을 어루만지다
오! 일편단심

모진 춘향이 그 밤 새벽에 또 까무러쳐서는
영 다시 깨어나진 못했었다, 두견은 울었건만
도련님 다시 뵈어 한은 풀었으나 살아날 가망은 아주 끊기고
온몸 푸른 맥도 확 풀려 버렸을 법
출도 끝에 어사는 춘향의 몸을 거두며 울다
"내 변가보다 잔인 무지하여 춘향을 죽였구나"
오! 일편단심

– 김영랑, 「춘향」 일부분 –

　김영랑의 「춘향전」 수용은 춘향이를 박팽년 그리고 논개와 빗대어 애국자의 위치로까지 상승시킴으로써 현실의 상황에 안주하지 말고 일어설 것을 보여주고 있다. 여기에서 김영랑의 춘향이가 죽게되는 원인에 주목을 요한다. 이도령의 고백인 "내 변가보다 잔인 무지하여 춘향을 죽였구나"라는 구절을 시대와 관련하여 이해한다면, 변가는 일본으로, 이도령은 조선으로 판단하여 생각해 볼 수 있다. 그렇다면 김영랑은 1940년대 우리의 실정이 자국의 반성을 요한다는 점을 보여준 것이리라. 자신이 춘향을 속이지만 안 했어도 춘향은 죽지 않았을 것이라는 이도령의 고백은 김영랑의 「춘향」을 읽는 독자에게 우리 국가, 대한제국이 민족을 속이지 않았다면 일제강점이라는 비극은 없었을 것이라는 점과 더불어 당대에 우리 민족을 이끄는 지사들에게도 경고의 글로 읽혔을 것이다. 다시 말해서 김영랑은 우리 민족이 항거해야 함과 그 항거가 지난한 일임을 동시에 보여주고, 춘향이

죽은 이유, 우리 민족이 고난을 겪게된 이유가 우리에게도 있다는 비판을 던져주는 것이다.

일제강점기의 「춘향전」 수용은 역사적인 인물로서의 춘향과 이도령의 수용이다. 소설의 주인공에 머무는 것이 아니라 역사적 인물로 당대 즉 일제강점기에 등장한 것이다. 단 김소월의 시에서는 사랑과 승리의 역사적 인물로, 김영랑의 시에서는 시대의 시련에 승리를 이끌지 못한 인물로 나타났다. 이처럼 일제강점기의 춘향은 소설 속의 주인공이 아닌 압박자에게 항거하는 실제적이고 역사적인 인물로 변모되었다.

② 1950~1960년대에 부활한 춘향의 위상

1950~1960년대에는 서정주, 박재삼, 전봉건이 「춘향전」을 시화하였다. 서정주는 자신이 택하지 않았음에도 주어진 사회적 여건에 대한 항거로서의 춘향을 그렸고, 박재삼은 기다림과 한을 통한 정서적 환기로, 전봉건은 외부적 억압에 의해 인간으로서의 면모를 실현하지 못하고 있음을 우회적으로 드러내고 있다.

> 향단아 그네 줄을 밀어라
> 머언 바다로
> 배를 내어 밀 듯이,
> 향단아
>
> 산호도 섬도 없는 저 하늘로 나를 밀어 올려다오
> 채색한 구름같이 나를 밀어 올려다오
> 이 울렁이는 가슴을 밀어 올려다오!
>
> 서쪽으로 가는 달 같이는
> 나는 아무래도 갈 수가 없다.
> 바람이 파도를 밀어 올리듯이

그렇게 나를 밀어 올려다오
香丹아.

- 서정주, 「추천사-춘향의 말 일(壹)」 일부분 -

서정주는 자신이 택하지 않은 환경에서 벗어나고자 할 뿐이다. 그가 당한 민족 전쟁의 잔재에서 벗어나고자 하는 것이다. 물론 그는 결국 벗어나지 못한다. 왜냐하면 위 시에서도 보이는 바와 같이 그의 간절한 열망을 듣고 있는 대상은 힘이 없는 향단이기 때문이다. 춘향이는 이상향인 바다로 가고자 하나 향단이는 그의 소원을 들어줄 힘이 없는 자이다. 따라서 춘향이는 현실적인 상황 속에 갇힐 수밖에 없다. 그래서 춘향은 죽은 것이다.

그러나 서정주는 일제강점기의 김영랑과는 달리 밝은 전망을 제시하고자 한다.

저승이 어딘지는 똑똑히 모르지만
춘향의 사랑 보단 오히려 더 먼
딴 나라는 아마 아닐 것입니다
천길 땅밑을 검은 물로 흐르거나
도솔천의 하늘을 구름으로 날드래도
그건 결국 도련님 곁 아니에요?

더구나 그 구름이 쏘내기되야 퍼부을 때
춘향은 틀림없이 거기 있을거에요!

- 서정주, 「춘향 유문-춘향의 말 삼(參)」 일부분 -

서정주의 위 시는 '유문', 유언의 시이다. 춘향이는 언젠가 자신의 사랑이 이루어질 것을 확신하고 있다. 비록 현재는 불가능할지라도 훗날 죽어서라도 자신의 사랑은 이뤄질 것이라고 역설하고 있다.

반면 박재삼의 춘향은 자신이 바라지 않은 상황, 즉 이도령의 떠남과 기다림이 주된 수용이다. 여기에서 기다림은 원망 없는 기다림이다. 아무리 옥고를 당하여도 원망은 없다. 그래서 박재삼의 춘향은 그가 돌아오기만을 끝까지 기다리면서, 돌아온다면 언제 흘렸던 눈물인지 가당치 않게 씻어 버린다.

> 어지간히 구성진 노래 끝에도 눈물나지 않던 것이 문득 머언 들판을
> 서성이는 구름그림자에 눈물져 올 줄이야.
> (중략)
> 사람들아 사람들아
> 우리 마음 그림자는, 드디어 마음에도 등을 넘어 내려오는 눈물이 아니
> 란 말가.
> (중략)
> ―문득 李道令이 돌아오자, 참 가당찮은 세월을 밀어버리어, 天池에 넘
> 치는 바람의 화아한 그림자를 春香은 눈물 속에 아로새겨 보았을 줄이야.
>
> ― 박재삼, 「바람 그림자를」 일부분 ―

전봉건의 춘향은 박재삼과 서정주의 춘향보다도 좀더 추상적인 접근을 하고 있다. 전봉건의 춘향은 자신이 왜 고난을 당하는지 알지 못한다. 단지 난 사랑을 했기 때문이다. 내가 무슨 죄를 지었나 라는 의문 속에 자신이 형을 당하고 있음을 확인하면서 끝을 맺는다.

> 여자예요.
> 그래요 나는 여자예요.
> 그런데 나는 獄에 있어요.
> (중략)
> 女子는 아이를 낳아요.
> 나도 낳을 수 있어요.
> 어머니가 나를 낳은 것처럼

그런데 나는 옥에 있어요.

(중략)

당신은 없어요.

나는 혼자서 흘리고 있어.

나는 혼자서 젖어서 있어.

내가 무슨 죄를 지었던 것인가요.

나라의 곡식을 훔쳤던가요.

산 사람을 죽였던가요.

逆律하였던가, 網常을 범했던가.

나는 사랑했는데,

오직 사랑만을 하였는데.

푸른 하늘, 그 한 장 종이에,

듬뿍 번져나는 사랑을 하였는데.

그러나 지금 당신은 없고,

나는 혼자서 달빛에 젖어

큰 칼 쓰고 흘리고 있어요.

- 전봉건, 「춘향연가」 일부분 -

전봉건은 시대적 상황에 갇혀 있는 상태를 에로티시즘과 춘향을 결합하여 아이를 낳을 수 없는 환경으로 나타냈다. 자신은 아이를 낳을 수 있는 여자임에도 불구하고 자신이 갇혀있기 때문에 낳을 수 없다는 것을 역설하면서, 자신의 위치가 억압된 상황임을 드러내고 사회를 우회적으로 비판하고 있다.

서정주 시는 1950년대의 창작이므로 민족 전쟁이 중심을 이룬다. 반면에 박재삼의 시는 1962년에 발표된 작품이기에, 민족분단의 문제에 좀 더 가까이 갈 수 있었다. 더 나아가 전봉건의 시는 민족전쟁과 분단뿐만 아니라 반공 이데올로기를 축으로 한 이승만 정권을 배경으로 하고 있다. 따라서 앞의 두 시인보다 이중의 고통을 겪고 있었다. 전봉건은 전쟁으로 인한 상처와 반공 이데올로기 속의 독재라는 이중의 고통을 감당할 수 없었기 때문에,

그의 시 속의 춘향은 서정주와 박재삼처럼 극복해 내는 춘향의 모습이 아니라 옥중의 모습으로만 등장하였던 것이다.

③ 1970~1980년대에 부활한 춘향의 위상

김정환, 송수권의 작품으로 나타난 「춘향전」의 수용은 전 시대와는 차이점을 보인다. 이는 「춘향전」이 이전 시대보다 다양한 양상으로 수용되고, 전면에 나타나지 않는다는 것이다.

> 선한 눈, 코, 입, 짙은 숱, 눈썹
> 처음 눈맞춘 죄로
> 옥사장 큰칼을 쓰고 창틀을 넘어다볼 줄이야!
>
> 구리 동전 녹슨 상평통보(常平通寶)
> 몇 바리쯤 동헌마루에 져다 부려야
> 이 몸 하나 평안하겠느냐? 평안하겠느냐?

- 송수권, 「춘향이 생각」 일부분 -

송수권의 시는 1950년대에 춘향을 수용한 시들과 사뭇 다른 양상을 지닌다. 1970년대의 우리 현실의 한 면인 황금만능주의의 모습이 드러나 있다. 춘향의 저항은 내가 얼마나 많은 녹슨 돈이 있어야 해방될 수 있는가 라는 탄식으로 끝을 맺는다. 원본 「춘향전」에도 이런 대목은 없다. 더욱이 월매가 춘향이를 위해 돈을 쓴 적은 있지만 춘향은 그런 경우가 없었다. 그러나 1970년대 우리 사회는 산업사회의 병폐가 여지없이 드러났던 시기였기에 송수권 시의 춘향도 변모되어 나타나 있다.

> 우리가 총이나 칼이나 아니면
> 울화로 죽고 나서 다시 만날 때

우리는 그 치열한 함성으로 다시 살아나리니
　　　전라도에서 경상도에서 너희는 너희 생애 중의 어떤 형태로 다시 살아나는가
　　묻고 있으나
　　　그리운 것들만 산산이 부서진 조각들로 다시 살아나
　　　네 앞에 찬란한 살과 **뼈**로서 나타나게 되리라

　　　전봉준이도 춘향이도 유관순이도
　　　한사람의 각자는 그리워하던 모든 것을 보게 되고
　　　그리움의 각자는 제각기 그리워하던 것들을
　　　보게 될 것이다
　　　　　　　　－ 김정환, 「사두개인의 부활에 관한 질문에 답함」 일부분 －

　　김정환의 경우는 「춘향전」의 면모가 부각되지는 않는다. 「춘향전」 수용
뿐만 아니라 전봉준 사건 즉 동학혁명과 유관순으로 대표되는 3·1운동 그
리고 예수의 사건을 모두 끌어들이고 있다. 그래서 시 제목부터가 「사두개
인의 부활에 관한 질문에 답함」이다. 이는 「춘향전」 속의 '춘향'만의 수용이
아니라 '춘향류의 인간형' 수용이라 볼 수 있다. 그렇다면 전봉준, 유관순,
춘향, 예수의 공통점은 무엇인가. 그들은 적어도 김정환의 시에서 혁명을
꿈꾸는 자이며, 많은 사람들의 마음속에서 생각나고 그리운 사람들이다. 적
어도 김정환의 시대, 1970년대에 혁명가로서 그리운 사람들이다.
　　1970~1980년대의 춘향은 기존의 춘향보다 많은 변신을 하였다. 기존의
춘향들은 원전에 어느 정도 충실하고 있다면, 1970~1980년대의 춘향은 춘향
뿐만 아니라 다른 인물들과의 병합, 또는 새로운 모습으로 나타나기도 했다.
그리고 그들의 임무는 1950~1960년대에 비해 좀 더 적극적인 면모를 지닌
채 등장하고 있다.

2) 「처용」의 현대적 변용과 의의

(1) 『삼국유사』 속의 「처용」의 모습은 어떠했나?

신라시대의 처용은 개운포의 유래와 함께 하는데, 용의 아들, 왕의 충신, 미녀의 남편 등의 모습을 띤다. 이를 『삼국유사』를 통해서 구체적으로 살펴보자.

① 제 49대 헌강대왕 시대에는 (중략) 대왕이 개운포에 놀이를 갔다. 왕이 돌아오면서 낮에 물가에 쉬고 있는데 갑자기 구름과 안개가 캄캄하게 덮여 길을 잃어 버리게 되었다. 괴이하게 여겨 좌우에게 물으나, 일관(日官)이 아뢰기를 "이는 동해에 있는 용의 변이니, 마땅히 선행으로 풀어야 합니다" 하였다. 그래서 유사(有詞)에게 명하여 용을 위해 근처에다 절을 짓게 하였는데, 명이 내리자 구름이 걷히고 안개가 흩어졌으므로 이로 인해 이름을 개운포라 하였다.

② 동해의 용이 기뻐하여 이에 일곱 아들을 거느리고 어가 앞에 나타나 덕을 찬양하며 춤을 추고 음악을 연주했다. 그 중 한 아들이 어가를 따라 서울로 들어와 왕의 정사를 보필했는데, 이름을 처용(處容)이라 했다. 왕이 미녀를 주어 아내로 삼게 하고 머물러 두고자 하며 또 급간직(級干職)을 주었다. (중략)

③ 처용이 집에 돌아와 두 사람이 자고 있는 것을 보고 이에 노래를 지어 부르고 춤을 추며 물러갔는데, (중략) 그때 역신이 형체를 드러내 앞에 꿇어앉으면서 말하기를 "내가 공의 처를 탐내어 지금 범하였는데, 공이 노여움을 나타내지 않으니 감탄하고 아름답게 여깁니다. 맹세코 이후로는 공의 형용을 그린 그림만 보아도 그 문에 들어가지 않겠습니다" 하였으므로 이로 인해 나라 사람들이 문에다 처용의 형상을 붙여 사(邪)를 물리치고 경사를 오게 했다.

- 「처용랑 망해사조」, 『삼국유사』 -

東京明期月良	ᄉᄫᆞᆯ ᄇᆞᆯ긔 ᄃᆞ래
夜入伊遊行如可	밤드리 노니다가
入良沙寢矣見昆	드러ᅀᅡ 자리 보곤
脚烏伊四是良羅	가ᄅᆞ리 네히어라
二肹隱吾下於叱古	둘흔 내해엇고
二肹隱誰支下焉古	둘흔 뉘해언고
本矣吾下是如馬於隱	본ᄃᆡ 내해다마ᄅᆞᆫ
奪叱良乙何如爲理古	아ᅀᅡᄂᆞᆯ 엇디ᄒᆞ릿고

- 「處容歌」 -

①의 내용은 개운포에 대한 유래, ②의 내용은 동해 용의 아들, 처용의 등장과 미녀를 얻는 내용, ③의 내용은 역신을 감동시켜 오히려 위엄을 떨친 내용이다. 다시 말해서 신라시대의 처용은 다양한 모습으로 등장하고 있다. 그러한 처용이 시대를 달리해가면서 새로운 내용으로 변모하며 창작되었다. 이는 롤랑 바르트의 지적대로 새로운 시대의 시니피에를 덧입고, 과거의 시니피앙 속에서 새로운 시니피에를 지녀 새로운 기호로 탄생한 것이다.[2]

(2) 고려시대의 처용의 모습은 어떠한가?

고려시대의 처용은 신라시대의 처용의 이미지 중, 역신을 물리친 부분이 부각되어 전달되고 있다. 그 한 예를 보면 다음과 같다.

(大葉) 이런저긔 처용아비옷 보시면
熱病神이아 膾ᄉ 가시로다
千金을 주리여 處容아바

---

2 롤랑 바르트, 정현(역), 『신화론』, 현대미학사, 1995. 참조.
"의미 작용을 위해선 시니피앙과 시니피에, 그리고 그 둘을 묶어주는 연합적인 전체인 기호가 있는 것이다."

七寶를 주리여 處容아바

(附葉) 千金七寶도 말오

熱病神를(을) 날자바 주쇼셔

(中葉) 山이여 미이여 千里外예

處容아비를 어여려(녀)거져

(小葉) 아으 熱病大神의 發源이샷다.

- 『악학궤범』 -

위 인용된 시가의 내용은 처용 아비의 옷만으로도 열병신을 회로 칠 수 있다는 엄포를 쏟아내고 있다. 더 나아가 열병신이 처용에게 천금과 칠보를 주겠다고 하나 처용은 오히려 천금 칠보보다 열병신을 잡겠다는 강한 의지를 보여주고 있다. 이러한 모습은 신라 시대의 처용과는 사뭇 다르다. 왜냐하면 신라시대의 처용은 자신의 아내를 범한 역신을 벌하지 않자 오히려 역신이 감동하여 물러갔는데, 고려시대에는 자비로운 모습보다는 강경한 모습으로 역신을 제압하기 때문이다. 그렇다면 왜 고려시대에는 신라시대 처용의 자비로움보다 강한 모습이 되어 나타난 것일까? 시대사와 관련하여 분석하면, 고려시대가 몽고침략으로 어려웠기 때문에 신라시대 처용의 다양한 면모 중에서 주술성을 부각시켜 태평성대를 기원하는 고려인들의 간절한 바람을 담아냈던 것이다. 결국 이 또한 시대정신을 담고 있는 새로운 기호의 탄생이다. 다시 말해서 신라의 처용과 고려의 처용은 하나이면서 새로운 의미를 지녔다는 점에서 서로 다른 처용으로 거듭난 것이다.

(3) 현대시 속의 「처용」의 위상은 어떠할까?

처용의 현대시 수용은 김춘수와 신석초의 시에서 두드러진다. 이 두 시인은 처용이라는 전통적 소재를 사용한 한편 다소 외국 문학의 수용 양상도 보인다는 점도 공통적이다. 다시 말해서 「춘향전」을 수용한 시인들의 공통점이 전통지향이라면, 「처용」을 수용한 시인들의 공통점은 전통지향과 서구지향의 면모를 동시에 보인다는 것이다.

김춘수는 「타령조」 연작, 「처용」, 「처용三章」, 「잠자는 처용」, 「처용 단장」 등의 처용과 관련된 시를 써왔다. 김춘수의 「타령조 2」와 「처용삼장」을 통해 처용 수용 양상을 살펴보자.

> 저
> 머나먼 紅毛人의 도시
> 비엔나로 갈까나,
> 프로이드 박사를 찾아갈까나,
> 뱀이 눈뜨고
> 꽃피는 내 땅의 삼월 초순에
> 내 사랑은
> 서해로 갈까나 동해로 갈까나,
> 용의 아들
> 羅睺羅 처용아빌 찾아갈까나,
> 엘리엘리나마사박다니
> 나마사박다니, 내 사랑은
> 먼지가 되었는가 티끌이 되었는가
> 굴러가는 역사의
> 차 바퀴를 더럽히는 지린내가 되었는가
> 구린내가 되었는가,
> 썩어서 裸木들의 거름이나 된다면
> 내 사랑은
> 뱀이 눈뜨고
> 꽃피는 내 땅의 삼월 초순에,

- 김춘수, 「타령조 2」 -

위 시에서 처용은 "용의 아들"과 "처용 아비"로 형상화되어 있다. 김춘수는 처용을 '사랑을 찾는 방법'으로 등장시키고 있다. 사랑을 찾기 위해 비엔나로, 프로이트 박사에게로, 서해 혹은 동해로, 어느 곳으로 가야할지 묻고 있다. 그러나 시인이 인식하고 있는 바, 시인의 사랑은 "엘리엘리나마사박다니"[3]로 나타난 예수님의 사랑, 거름으로 환기되어 있는 것처럼 현재는 실패한 듯하나 미래를 기약할 수 있는 가능태로 나타나 있다. 즉 김춘수는 현재에는 사랑을 찾지 못한 상태이지만, 미래의 사랑에 대한 희망은 저버리지 않았음을 드러냈다.

그렇다면 김춘수가 현재 이루지 못했을지언정 희망을 버리지 않고 처용을 찾아간다는 것은 무슨 의미일까. 처용은 자신의 아내가 역신에 의해 범해졌지만 결과적으로는 역신을 물리쳤으며, 더 나아가 역신이 처용을 두려워하기에 이르렀다. 김춘수의 일관된 시세계가 존재탐구였음을 전제하였을 때, 김춘수는 사랑을 존재의 중심에 놓고 그것을 찾아가는 구도자임에 틀림없다. 김춘수는 구도자의 길을 떠남에 있어서 처용의 힘을 빌리고자 한 것은 아닐까. 더 나아가 처용이 되고자 했던 것은 아닐까.

1
그대는 발을 좀 삐었지만
하이힐의 뒷굽이 비칠하는 순간
그대 순결은
型이 좀 틀어지긴 하였지만
그러나 그래도
그대는 나의 노래 나의 춤이다.

---

3 엘리 엘리 나마 사박 다니 : 나의 하나님이여 나의 하나님이여 어찌하여 나를 버리시나이까 (마태복음 27:46)

3.
바람이 인다. 나뭇잎이 흔들린다.
바람은 바다에서 온다.
생선 가게의 납새미 도다리도
시원한 눈을 뜬다.
그대는 나의 지느러미 나의 바다다.
바다에 물구나무선 아침 하늘,
아직은 나의 순결이다.

- 김춘수, 「처용 삼장」 일부분 -

김춘수는 급기야, 처용은 "나의 노래"이며 "춤"이라고 고백한다. 발이 좀 삐었고, 형태가 좀 틀어졌을지라도 그래도 나의 노래·나의 춤이라고 했을 때, 처용에 대한 시인의 애정을 알 수 있다. 처용은 바다의 시원한 바람이 몰고 온 아침을 자신의 순결이라 한다. 이처럼 시인은 사랑과 존재의 갈구에 있어서 순결한 자가 되기를 희망하고 있는 것이다.

신석초는 「처용 무가」와 「처용은 말한다」의 두 시에서 처용을 수용하고 있다. 두 작품이기에 수용한 면모가 양적으로 적다고 생각할지 모르나, 시집 명 자체가 『처용은 말한다』이며, 그 안에 수록된 「처용은 말한다」가 장시라는 점에서 처용의 무게를 느낄 수 있다.

꽃으로도 고운 모란꽃으로
열두 대문에 환히 핀
함박꽃으로 오너라

구름 갠 바닷가에
일곱 마리 용의 오색 찬란한
비늘이 번뜩인다
해가 뜬다

네 참아라 꽃아 桃李야
휘젓지 마라
역신이야 처용 탈만 보면
줄행랑이어라

길 밝혀라 처용아
열두 나라 지은 이들
長樂太平하랐다.

- 신석초, 「처용 무가」 일부분 -

「처용무가」는 처용무를 시화한 것이다. 모란꽃, 함박꽃으로 비유되고 있는 처용이 일곱 마리 용 속에서 춤을 춘다. 역신은 처용의 탈만 보아도 줄행랑을 친다고 자신만만해 한다. 또한 장락태평(長樂太平)을 기원하는 처용무를 형상화하고 있다.

깊은 설레임이 나를 되살려놓노라
아아 밤이 나에게 형체를 주고
슬픈 탈 모습에 떠오르는 영혼의
그윽한 부르짖음…….

밤들어 노니다가 들어와 자리에 보니
가랄이 넷이어라

지금 빈 달빛을 안고
폐허에 서성이는 나 오오 우스꽝스런
제웅이어.

- 신석초, 「처용은 말한다」 일부분 -

신석초는「처용은 말한다」에서「처용무가」와 사뭇 다른 모습을 보여준다.「처용 무가」에서 보여준 처용의 당당함이「처용은 말한다」에서는 보이지 않는다.「처용 무가」에서는 처용의 탈만 보아도 줄행랑을 친다고 했는데, 위 시에서는 오히려 처용의 탈을 슬픈 모습으로 그려내고 있다. 이는 앞 시와 다른 양상을 보이는데, 처용 등장 시간과 관련을 맺고 있다. 처용의 위세에 역신이 떨고 있는「처용무가」의 배경은 "구름 갠 바닷가에 / 해가 뜬다"에서 보이는 것처럼 아침의 광명이다. 그러나 위 시「처용은 말한다」에서는 "밤들어 노니다가 들어와 자리에 보니"에서처럼 밤이 중심 배경이다. 그러나 신석초는 처용이 밤에 머물러 있는 것을 용납하지 않는다. 그래서 그는 강하게 밤이 아닌 아침을 맞이하도록 유도한다.

> 오오, 處容 너는 보는가
> 변화의 격한 물이랑을
> 눈부신 세월은 그 위를 지나가고
> 너에겐 이제 아무 할 일이 없구나
> 너는 너로 돌아가야 하리
> 네 자신의 위치로 태양처럼
> 고독한 너의 장소로
> 지혜의 뜰, 표범 가죽이 드날리는
> 그 속으로
> 동이 튼다
>
> 보라색 안개의 가리마 위로
> 정 같은 태양이 솟아오른다.
> 오오. 광명의 나래짓이어……
>
> — 신석초,「처용은 말한다」일부분 —

결국 신석초는 처용을 밝음 속의 처용, 광명 속의 처용, 힘의 제웅이 되기를 바라고 있다. 이 시대에 비록 역신이 난무하고 밤과 같이 어두운 시대라 할지라도 처용무를 통해서 광명의 나래짓하기를 원한 것이다.

2. 한국 현대시와 세계 문예사조와의 관계

순창작이라는 것이 과연 존재할까? 그것은 우리의 지식이나 감정 등이 순수하냐의 질문과 같은 것이다. 이 때 순수, 순지식, 순감정, 순창작이라고 할 때의 순수의 개념은 외부의 영향이 전연 없다는 의미에서 순수이다. 오로지 자신이 만들어낸, 자신만이 느끼는, 자신이 알아낸 지식 등이 가능한가의 문제이다. 답은 간단하다. 그런 일은 있을 수가 없다는 것이다.

우리가 알고 있는 대부분의 지식은 각자가 처음 발견한 것이 아니라 혹은 발견했다 할지라도 그것은 기존의 무언가의 토대로서만이 가능한 것이리라. 따라서 순창작은 있을 수 없다. 현대에 있어서 우리는 전통 요소에 영향을 받고, 당대의 세계문학에도 영향을 주고받는다. 더욱이 급변하는 시기일수록 그 이동양상은 다양하고 복잡할 수밖에 없다.

따라서 개화기 때에는 그 현상은 복잡하면서도 다양하였다. 글로벌 시대 속에서 현재의 영향관계란 인터넷, 우편물, 여행 등을 통해, 직·간접으로 간단하고 빠르고 정확한 경로 속에서 이루어진다. 그러나 과거 개화기 당시만 해도 그러한 전달 속도와 정확성에는 문제점이 많았다. 그럼에도 불구하고 영향관계가 있었던 것이 사실이다. 현대시의 면모를 밝히기 위해서 꼭 필요한 세계문학과의 영향관계를 살펴보자.

1) 한국 현대시와 상징주의

(1) 상징주의(symbolism)란 무엇인가?

일반적으로 상징의 기법을 많이 사용하는 문학작품을 상징주의 계열 작품이라 한다. 그러나 상징주의는 19세기 중엽, 프랑스의 문예사조를 말한다.

상징주의는 자연주의의 모사적 사실주의에 대한 반발과 실증주의의 영향 아래 형성된 고답파(高踏派) 시의 딱딱하고 고정된 형식의 완벽성에 대한 반발로부터 시작되었다. 이처럼 상징주의의 특징은 19세기에 팽배했던 실증주의, 과학만능주의에 대한 회의를 전제로 한 것이다. 객관주의에 근거한 표피적 사실을 넘어서 불가시적 내면세계의 본질을 추구하였다. 다시 말해서 상징주의는 실증주의에 바탕을 두고 있는 사실주의와 과학주의를 표방한 자연주의에 대한 회의로 예술을 위한 예술을 주장한 문예사조이다.

이러한 상징주의에서 강조되는 첫째는 상징이다. '상징'은 어떤 사물을 직접 언급하지 않고 다른 것을 매개체로 해서 간접적으로 형상화 방법이다. 특히 상징주의 시에서의 상징은 개인의 사상이나 감정의 암시뿐만 아니라 궁극적으로는 이상 세계, 초월적인 세계로 향한다. 이러한 상징주의는 플라톤의 이데아론과 닿아 있다. 둘째, 상징주의는 공감각적 조화로움을 추구한다. 후각, 시각, 청각, 미각, 촉각의 감각들의 조화를 통한 아름다움의 추구이다.

그런데 상징주의는 과학주의에서 가졌던 막연한 희망에 대한 좌절로 그들 스스로 '퇴폐파'라고 지칭할 만큼 다소 절망적, 비관적, 조소적인 태도를 갖고 있다. '상징주의'라는 용어는 1886년 잡지『피가로』의 선언문에서 처음 사용되었지만, 상징주의 시는 1857년 보들레르의『악의 꽃』에서부터이다. 이러한 상징주의 계열의 시인들로서는 포우, 베를렌느, 랭보, 말라르메, 발레리로 이어진다. 프랑스에서부터 시작된 상징주의는 20세기 초엽에 유럽문학 전체에 파급되어 독일의 릴케, 영국의 에이츠, 엘리어트, 미국의 윌리스

스티븐스, 하트 크레인들에게 영향을 주었다. 상징주의 시인들의 시들을 감
상해보자.

> A는 까만색, E는 흰색, I는 빨간색, U는 초록색, O는 파랑색,
> 모음들이여, 나는 언젠가 너희들의 은밀한 탄생을 말하리라.
> A는 가혹한 악취 속에서 윙윙거리는
> 번쩍이는 파리의 털투성이의 까만 코르셋, 아니면 그림자의 灣.
>
> O는 이상한 奇聲을 지르는 천사의 나팔
> 「속인」과 「천사」사이의 고요.
> -그리고, O는 오메가, 천사의 눈에서 나오는 보랏빛 광선.
>
> > - 랭보, 「母音」4 일부분 -

위 시는 상징주의가 강조하는 상징과 조화가 잘 드러난 작품이다. 그렇기
때문에 각 시어들이 함유하고 있는 개인의 사상이나 감정을 파악해야 하며,
형태 · 색 · 음의 조화 속에서 감상하여야만 한다. 또한 청각의 시각화를 통

---

4 A NORE, E blanc, I rouge, U vert, Obleu : voyelles,
  Je dirai quelque jour vos naissances latente:
  A, noir corset velu des mouches éclatantes
  Qui bombinent autour des puanteurs cruelles,

  Golfes d'ombre; E, candeurs des vapeurs et des tentes,
  Lances des glaciers fiers, rois blancs, frissons d'ombelles;
  D문 la colère ou les ivresses pénitentes;

  U, cycles, vibrements divins des meris virides,
  Paix des pâtis semés d'animaux, paix des rides
  Que l'alchimie imprime aux grands fronts studleux;
  O, suprême Clairon plein des strideurs étranges,
  Silences traversés des Mondes et des Anges:
  -O l'Oméga, rayon violet de Ses YeuX!
  - Rimbaud, Jean Nicolas Arthur, 「VOYELLES」-

해 내면적 체험을 노래하기 때문에 독자가 시인의 체험을 추체험하기가 상당히 힘든 작품이다. 그럼에도 개인적 상징이 결국은 이상세계를 추구한다는 상징주의의 기본자세를 상기하고 위 시를 음미해 보자.

음성을 자음과 모음으로 나누었을 때, 자음은 홀로 언어의 형식이 될 수 없지만, 모음은 홀로 언어의 형식을 만들어 낼 뿐만 아니라 의미까지도 형성한다. 즉 '아!', '어!' 등의 언어를 만들어 낼 수 있다. 다시 말해서 언어를 만들어낼 수 있는 최소한 형식은 모음이다. 랭보는 이성의 상징인 언어의 절대조건인 모음을 내면의 체험으로 시화하여, 기존의 이성적 인식으로 판단할 수 없도록 만들었다. 이성의 세계를 직관의 세계로 바꾸어 놓은 것이다.

> 언젠가 나는 大洋에 던졌다
> (하지만 어디서인지는 알 수 없다)
> 無에 진상하듯
> 고귀한 술 아주 조끔을.
>
> 누가 너의 손실을 원했단 말인가, 오 술이여
> 피를 생각하며 술을 버리다니,
> 내 아마 점쟁이에게 복종하는 것이랴
> 내 마음의 걱정거리에 복종하는 것이랴
> 그을린 장미 색깔에 뒤이어
> 일상의 투명성이
> 그토록 순수한 파도를 다시 점유한다
>
> 이 술은 잃어버렸고 물결은 취했다!
> 나는 보았다, 쓰디쓴 바람 속에서
> 가장 오묘한 모습이 튀어 오르는 것을
>
> － P. 발레리, 「잃어버린 술」[5] －

발레리의 위 작품은 한 잔의 술로 인생의 운명을 말하는 것처럼 보인다. 한 잔의 술을 바다에 던지는 것처럼 우리는 우리의 인생을 바다로 상징되는 세상에 던져야 한다. 내 한 잔의 술로 바다가 취한 것처럼, 내 인생으로 세상을 취하도록 만들고자 하는 시인의 심정이 담겨 있는 것이다. 술은 잃어버렸고, 바다는 취하였다. 그렇다면 내 자신은 사라지고 세상이 나로 인해 바다에 파도가 치듯 술렁거린다. 이 때 술을 잃어버리듯 자신을 잃었을지라도 시인은 알고 있다. 바람에 가장 오묘한 것이 피어오르는 것처럼 자신의 삶에서도 오묘한 무언가가 형성되고 있음을 깨닫게 된다.

(2) 한국 현대시에 수용된 상징주의

상징주의는 우리 시단에 수용된 첫 서구 문예사조이다. 상징주의 수용은 1916년 『학지광』을 통해 시작되어 1918년 『태서문예신보』에서 본격화되었다. 그 후 『창조』, 『폐허』, 『백조』 등에 의해 계속적으로 상징주의의 영향이

---

5 J'ai, quelque jour, dans l'Océan,
  (Mais je ne sais plus sous quels cieux)
  jeté, comme offrande au néant,
  Touy un pen de vin précieux…

  Qui voulut ta perte, ô liqueur?
  J'obéis peut-être au devin?
  Peut-être au souci de mon cœur,
  Songeant au sang, versant le vin?

  Sa transparence accoutumée
  Après une rose fumée
  Reprit aussi pure la mer…

  Perdu ce vin, ivres les ondes!…
  J'ai vu bondir dans l'air amer
  Les figures les plus profondes…
                    - Valéry, Paul, 「VIN PERDU」-

드러난다. 1921년에 김억에 의해 간행된 『오뇌의 무도』는 서구 상징시가 우리 시단에 정착하는 데 결정적인 역할을 하였다.

춘원 이광수가 1920년대 문학청년들의 시풍이 '오뇌의 무도화' 되었다고 술회할 정도로 상징주의 수용에 있어서 김억이 담당한 역할은 대단하였다. 김억은 「요구와 회한」에서 보들레르의 악마주의 및 교감의 시학, 베를렌느의 비애의 미학을 소개하고 있다. 이러한 죽음, 번민, 고독, 절망의 시학이 당대 우리나라에 수용어 우리 현실과의 상관관계 속에서 모방작들이 쏟아져 나오게 되었다.

김억이 소개한 베를렌느의 「가을의 노래」6와 그의 모방작을 살펴보자.

---

6 LES sandlots longs
Des violons
    De l'automne
Blessent mon cœur
D'une langueur
    Monotone.

Tout suffocant
Et blême, quand
    Somme l'heure,
Je me souviens
Des jours anciens
    Et je pleure;

Et je m'en vais
Au vent mauvais
    Qui m'emporte
Deçà, delà,
Pareil à la
    Feuille morte.

　　　　　　　　　- Paul Veraine, 「CHANSON D'AUTOMNE」 -

문학의 표정

①	②
가을의 날	가을날
게오론의	바이올린의
느린 鳴咽의	긴 흐느낌이
單調로운	가슴속에 스며들어
애닯음에	마음 설레고
내가슴압하라.	쓸쓸하여라
우는 鍾소리에	때를 알리는
가슴은 막키며	종소리에
낯빗은 회밀금,	답답하고 가슴 아파
지내간 날은	지난날의
눈압헤 나는 우노라.	추억에
	눈물 흘리어라.

－「가을의 노래」일부분 －　　　　　－「가을의 노래」일부분 －

　①은 김억이 번역한 베를렌느의 「가을의 노래」이고, ②는 송면이 번역한 베를렌느의 「가을의 노래」이다. 물론 김억은 외국 문학 전공자가 아니고, 송면은 외국 문학 전공자이다. 그럼에도 둘의 번역을 살펴보면 큰 차이를 보이지 않고 있다. 다만 시행의 배열에 있어서 2연, 3연에서 한 행씩의 차이와 행의 들여 쓰기 정도이다. 때문에 김억의 번역이 상징주의 시의 느낌을 보여주는 데에 무리가 없었음을 알 수 있다.

　　울리여 나는 樂群의
　　느리고도 짧은
　　애닯은 곡조에
　　나의 죽었던 옛꿈은
　　그윽하게 살아

내가슴 아파라

　　　　　　　　　　　　　　　　　　　　　　　- 김억, 「樂群」 -

　　위 시에서 알 수 있듯이 김억은 자신이 번역한 베를렌느의 비애를 모방하
여 "내가슴 아파라" 등의 아련한 비애를 나타내고 있다. 이밖에 김억은 베를
렌느의 시 21편, 꾸르베의 시 10편, 싸멘의 시 8편, 보들레르의 시 7편, 예이
츠의 시 6편 등을 번역하여 소개하였다.

　　그러나 이러한 시대적 배경에도 불구하고 김억이 번역한 악마주의, 애상
적인 상징주의를 벗어나 건강한 상징주의를 보여준 주요한의 시도 찾아볼
수 있다.

　　　거기 너의 애인이 맨발로 서서 기다리는 언덕으로 곧추 너의 뱃머리를
　　돌리라 물결 끝에서 일어나는 추운 바람도 무엇이리오 괴이한 웃음소리도
　　무엇이리오, 사랑 잃은 청년의 어두운 가슴속도 너에게야 무엇이리오, 그
　　림자 없이는 「밝음」도 있을 수 없는 것을-. 오오 다만 네 확실한 오늘을
　　놓치지 말라.

　　　　　　　　　　　　　　　　　　　　- 주요한, 「불놀이」 일부분 -

　　주요한은 상징주의의 영향권 안에 있는 산문시 「불놀이」에서 "밝음"이라
는 긍정적 세계가 "그림자"로 대유된 부정적 세계를 동반할 수밖에 없다고
한다. 그러나 그림자로 인해 절망하는 것이 아니라 "확실한 오늘을 놓치지
말"것을 강조하고 있다. 부정적 세계를 상징하는 "추운 바람", "괴이한 웃
음", "사랑 잃은 청년의 어두운 가슴속" 등은 밝음을 만들기 위한 필요악인
셈이다. 주요한은 절망의 끝에서 밝음을 찾고자 하는 건강한 시세계를 보
여주었다.

2) 이미지즘과 한국시

(1) 이미지즘(imagism)이란 무엇인가?

이미지즘은 1912년에서 1917년경까지 영·미 시인들이 일으켰던 시운동으로서, 흄의 불연속적 세계관을 철학적 토대로 영국에서는 로렌스가, 미국에서는 에즈라 파운드, 에이미 로웰이 주도하였다.

이미지즘 운동은 백년 동안 지속된 낭만주의가 지나간 후 고전주의의 부활을 주장한 흄의 반낭만주의 사상을 기반으로 한다. 흄은 우주를 ① 수학적·물리적 무기의 세계 ② 생물학·심리학·역사의 유기적 세계 ③ 윤리적·종교적 가치의 세계로 나누었다. 그리고 낭만주의 시기에는 ①, ②, ③의 세계가 서로 연속되어 서로의 가치관을 동일시하여 연속적 세계관을 갖고 생명적 예술을 지향하였지만, 20세기 예술은 불연속적 세계관이 지배되어 ①, ②, ③ 사이에 절대적 단절이 야기되어 결국 비생명적이고 기하학적인 예술이 생성하게 되었다고 보았다.[7]

흄의 이러한 불연속적 세계관은 인간의 무한한 가능성을 믿는 낭만주의와 달리, 인간이 유적 존재임을 인식하여 천상의 미학이었던 낭만적 세계보다 지상의 미학인 객관적인 세계에 대한 인식을 중요하게 생각했다. 이런 사고의 흐름은 시속에서 지성작용을 중시하고 객관성, 명료성, 견고성을 강조하게 이른다.

미국에서는 E. Pound가 1913년 3월『시와 시론』지에 이미지즘의 원칙을 발표하면서 이미지즘의 중심 축이 되었다. 그 내용은 다음과 같다.

① 주관적이든 객관적이든 사물을 직접적으로 다룰 것
② 表象에 기여할 수 없는 말은 절대로 사용하지 말 것
③ 리듬은 metronome의 연속이 아니라 음악적 구문의 연속에 의하여 구성할 것.

---

7 김영철,『현대시론』, 건국대학교 출판부, 1993. 참고.

위 3개의 원칙의 핵심은 '정확한 시어의 구사'와 '음악성을 살리는 운율의 사용'이다. 파운드의 이러한 원칙에 입각한 시를 살펴보자.

그때 어린 나무 아래 가벼운 바람,
창공 아래 푸른 띠를 두른 호수,
오아시스, 돌들, 평온한 들,
한적한 풀밭이 있었고
그리고 가지 많은 나무
회색 돌기둥들,
회색의 돌층계,
화강암의 반듯한 네모진 통로를 지나
내려가면서
나는 이곳을 지나 땅 속으로,
땅은 열려 있네.
적막한 대기 속으로 들어가니
새로운 하늘……8

---

8   Then light air, under saplings,
the blue banded lake under aether,
     an oasis, the stones, the calm field,
the grass quiet,
     and passing the tree of the bough
The gray stone podts,
     and the dtair of gray stone,
the passage clean-squred in granith:
     descending,
and I through this and into the earth,
     patet terra,
entered the quiet air
     the new sky…….
             - Ezra Pound, 「시편 제16편」 일부분 -

파운드가 문명의 세계, 특히 전쟁으로 환기된 문명의 세계에 대한 회의와 비판으로 시편 연작을 만들었다. 그 중 시편 제16편에는 단테의 『신곡』의 「연옥편」과 같은 유사성을 지니는데, 특히 연옥, 지상낙원, 지옥의 장면 등이 보인다. 위 인용된 부분은 지상낙원의 서정적인 장면이다.

위 시에서 파운드는 자신이 생각하는 지상낙원의 모습을 구체적이고 시각적으로 나열하고 있다. 가벼운 바람, 푸른 호수, 오아시스, 한적한 풀밭 등의 시어를 독자가 읽었을 때 평화로움을 생각해 낼 수 있다. 그래서 독자는 시를 읽어 내릴 때 시인이 표현하고자 하는 이미지를 머릿속에서 떠올릴 수 있다. 사물을 구체적으로 다루면서 특히 시행의 배열에서는 시각적인 이미지까지 살리고자 한 점이 엿보인다.

(2) 한국에 수용된 이미지즘

한국에 수용된 이미지즘의 특징은 회화성이다. 이 회화성은 앞장에서 살펴본 에즈라 파운드의 시에서의 배열의 엇갈림에서 나타난 바 있다. 한국의 이미지즘 수용에 큰 공헌을 한 김기림이 인식한 회화성은 다음과 같다.

> 1) 문자(文字)가 활자(活字)로서 인쇄(印刷)될 때의 자형배열(字形配列)의 외형적(外形的)인 미(美)・활자(活字)의 형태적(形態的)인 미(美)・입체파(立體派) 이후 「포-말리즘」까지.
> 2) 독자(讀者)의 의식(意識)에 가시적(可視的)인 영상(影像)을 출현(出現)시키는 것을 목적(目的)으로 하는 때의 그 시(詩)의 내용(內容)으로서의 회화성(繪畫性)

위 인용된 글을 정리하면, 회화성은 시각적 심상뿐만 아니라 활자로 인쇄될 때의 문자배열까지도 포함된다. 이러한 회화성에 대한 생각은 김기림 자신의 시에 그대로 반영되어 나타나 있다. 그의 시를 살펴보자.

```
月
 火
  水
   木
    金
     土
하낫 둘
  하낫 둘
일요일로 나가는 「엇둘」소리……
```

- 김기림, 「日曜日 行進曲」 일부분 -

　김기림은 위 시에서 활자로 인쇄된 문자의 회화성을 살리기 위해 일요일로 나아가는 요일의 배열을 행진하여 앞으로 나아가듯이 의도적으로 배열하고 있다. 또한 요일을 한자로 표기함으로써 시각적 심상까지 도모하고 있다. 이처럼 자신의 견해를 시로 표현하고자 하였으나 김기림의 작품은 예술적 완성도가 비교적 낮다. 이러한 김기림이 「1933년 시단의 회고와 전망」이라는 글에서 정지용을 이미지스트로서 성공한 시인이라고 평하였다. 다음 정지용의 작품을 살펴보자.

　바다는 뿔뿔이
　달아나려고 했다.

　푸른 도마뱀떼같이
　재재발랐다.

　꼬리가 이루
　잡히지 않았다.

　흰 발톱에 찢긴

산호보다 붉고 슬픈 생채기!

가까스로 몰아다 붙이고
변죽을 둘러 손질하여 물기를 씻었다.

이 애쓴 海圖에
손을 씻고 떼었다.

찰찰 넘치도록
돌돌 구르도록

휘동그라니 받쳐들었다!
지구는 연잎인 양 오므라들고……펴고……

- 정지용, 「바다 9」 -

위 시는 바다를 감각적으로 잘 그려내고 있다. 바다에서 파도치는 모습을
도마뱀의 모습에 비유하고 있다. 즉 파도가 밀려와 부딪혔다 흩어지는 모습
을 "푸른 도마뱀떼 같이 / 재재발랐다"로, 파도의 반복적인 현상을 "잡히지
않는 꼬리"로, 파도가 물결에 부딪혀 부서지는 포말을 "흰 발톱에 찢긴 / 산
호보다 붉은 생채기"로 시각화하여 표현하고 있다. 또한 파도가 지나간 자리
를 海圖로 표현하는 재치를 보여주고 있다. 김기림이 정지용의 이러한 시적
형상화를 보고, 정지용은 언어에 대한 명확한 인식, 즉 우리말의 하나하나의
단어가 가지고 있는 무게와 감각과 빛과 그림자, 형(形)과 음(音)에 대해 정
확한 식별이 있다고 극찬하였다.

정지용의 시 한 편을 더 감상하여 보자.

유리에 차고 슬픈 것이 어른거린다.
열없이 붙어서 입김을 흐리우니
길들은 양 언 날개를 파닥거린다.

지우고 보니 지우고 보아도

새까만 밤이 밀려나가고 밀려와 부딪히고,

물먹은 별이, 반짝, 보석처럼 박힌다.

밤에 홀로 유리를 닦는 것은

외로운 황홀한 심사이어니,

고운 폐혈관이 찢어진 채로

아아 너는 산새처럼 날아갔구나!

- 정지용, 「琉璃窓 1」 -

  정지용의 「琉璃窓 1」은 이미지즘의 세계를 보여주는 좋은 시이다. 아이의 죽음과 죽은 아이의 모습이 창문에 어른거리는 상태, 이 두 가지의 시상을 철저하게 감정을 절제하고 순수 감각적 이미지로 잘 드러내고 있다. 유리에 "차고 슬픈 것", "언 날개", "별", "산새"는 죽은 아이를 나타내는 보조관념이다. 그 시어들에서는 아이를 잃은 슬픔이 묻어나기 전에 객관화된 아이의 이미지가 드러난다. 이처럼 철저한 감정의 배제는 이미지즘의 정수이다. 이는 엘리어트가 "시는 정서의 방출이 아니고 정서로부터의 도피"[9]라고 한 점을 잘 보여주고 있다.

3) 현대시와 초현실주의

  2차 세계 대전 이후 다다이즘에 동조했던 시인, 예술가들이 앙드레 브르통을 중심으로 일으킨 문학운동이 초현실주의이다. 이들의 공식적인 발족은 1924년 파리에서 앙드레 브르통이 〈선언문〉을 발표하면서 부터이다.

---

[9] 엘리어트, 최종수(역), 「문예비평론」, 박영사, 1974.

초현실주의는 정신세계와 이와 유사한 것의 완전한 해방수단이다.

- 〈선언문〉 일부분 -

그러나 그들의 주된 성향은 사람의 비이성, 비논리적 성질에 관심을 보인 낭만주의자들과 상징주의자들과의 간접적인 영향관계를 가진다. 이는 문예사조가 이성과 감성의 두 축을 중심으로 반복되어 왔다는 사실을 암시한다.

초현실주의자들은 그 전신인 다다의 허무주의를 극복하고 프로이트의 무의식 세계와의 조화로운 결합을 통해서 현실을 거부하는 것이 아니라, 현실을 인식하는 방법인 합리주의적 현실 인식태도를 부정하는 방향으로 나아갔다. 초현실주의자들의 분위기는 문학뿐만 아니라 예술전반에 걸쳐 나타났다. 이를 드러내는 달리의 그림을 통해 보자.

<살바트로 달리, 기억의 고집, 1931, 캔버스에 유채, 26.3x36.5cm, 뉴욕근대미술관>

위 그림에서도 알 수 있듯이, 이들은 그 동안 믿어왔던 인식틀을 깨고자 한다. 즉 선입견의 배제를 원한다. 그 동안 시계의 모양과 위치 그리고 쓰임

새가 정해져 있었지만, 위 살바트로 달리의 그림 〈기억의 고집〉에서는 전혀 그렇지 않다. 이처럼 초현실주의자들은 기존의 질서를 부정하고자 했다. 이들의 부정정신이 담긴 T. Tzara의 말을 살펴보자.

> 다다시를 쓰기 위해
> 신문을 들어라.
> 가위를 들어라.
> 당신의 시에 알맞겠다고 생각되는 분량의 기사를 이 신문에서 골라라.
> 그 기사를 오려라.
> 그 기사를 형성하는 모든 낱말을 하나씩 조심스럽게 잘라서 푸대속에 넣어라.
> 조용히 흔들어라.
> 그 다음엔 자른 조각을 하나씩 꺼내라.
> 푸대에서 나온 순서대로 정성 들여 베껴라.
> 그럼 시는 당신과 닮을 것이다. 그리하여 당신은 무한히 독창적이며 매혹적인 감수성을 지닌, 그러면서 무지한 대중에겐 이해되지 않는 작가가 될 것이다.

초현실주의의 부정정신은 자동기술법, 꿈의 기록, 무의식의 세계 표출, 비이성의 세계를 지향한다. 이 중 자동기술법은 꿈의 창작에 대한 언어 창조적 유사체로서 유포되어 있는데, 여기서 꿈의 창작이란 그 속에서 무의식적인 것이 이성의 지배에 내맡겨지기 전에 직접적으로 묘사되고 표현될 수 있는 '순전히 심리적 자동현상'을 통한 작품생산을 말한다.[10] 이와 같은 방법이 담긴 시들을 살펴보자.

---

10 빅토르 츠메가치 · 디터 보르흐마이어(편저), 류종영 · 백종유 · 이주동 · 조정래(공역), 『현대 문학의 근본 개념 사전』, 솔, 1996. 참조.

아프리카의 중앙에는 솟곤충이 사는 호수가 있으며 이것들은 석양이 되면 죽을 뿐이다. 훨씬 멀리 거목이 있으며 가까운 산들 위로 드리워 있다. 새 울음소리는 베일의 빛깔보다 더 음산하다.

　　사막 한 가운데서 극장을 건설하고 있는 광부들은 너를 모르겠지. 그에게 붙어 있는 神父들은 더 이상 그들의 모국어를 말하지 못한다.

　　　　　　　　　　　　　　　　　－ 브르통·수뽀의 합작, 「磁場」 －

　「磁場」은 1919년에 만들어진 초현실주의의 첫 작품이다. 초현실주의의 첫 작품인 「磁場」은 브르통과 수뽀의 합작으로, 그 의미를 분석하기란 쉽지 않다. 아프리카 중앙에 사는 솟곤충이 석양이 되면 죽는다는 것은 논리적으로 납득이 되지 않는다. 또한 새울음소리를 듣고 음산하다고 생각하는 이가 있을까. 더 나아가 사막 한 가운데 극장을 짓는다는 것은 무모한 일이다. 사막은 문명과는 떨어져 있는 공간이다. 그러나 문명의 상징인 영화가 상영되는 극장 또한 문명이 낳은 결과물이다. 문명과 비문명이 한 자리에 있다는 것은 어울리지 않는다. 게다가 모국어를 말하지 못한다는 것은 이성의 붕괴에 이른다. 이처럼 각각 이성이나 논리로 파악될 수 없는 말들의 나열을 통해 초현실주의자들의 부정정신의 실험은 시작된 것이다.

(2) 한국현대시에 수용된 초현실주의

　한국 현대시에 수용된 초현실주의 작품은 1930년대 이상과 『삼사문학』 그리고 1950년대 조향이 대표적이다. 1930년대 초현실주의 시인인 이상의 시를 보자.

患者의容態에關한問題

1234567890·
123456789·0
12345678·90
1234567·890
123456·7890
12345·67890
1234·567890
123·4567890
12·34567890
1·234567890
·1234567890

診斷 0 : 1

26. 10. 1931

以上 責任醫師 李 箱

- 이상, 「시 제4호」 -

「시 제4호」는 이상이 자신의 상태를 스스로 진단한 일종의 소견서이다. 그런데 그 소견서에는 일반적인 인식론으로 알 수 없는 숫자들의 나열로 구성되어 있다. 뒤집어져있는 숫자와 0을 상징하는 "•"은 이상의 왜곡된 상태를 나타내는 듯하다. 이러한 의식의 분열은 다음 시에서 구체적으로 드러난다.

거울속에는소리가없소
저렇게까지조용한세상은참없을것이오

거울속에도내게귀가있소

내말을못알아듣는딱한귀가두개나있소

거울속의나는외손잡이오
내악수를받을줄모르는악수를모르는왼손잡이오

거울때문에나는거울속의나를만져보지를못하는구료마는
거울아니었던들내가어찌거울속의나를만나보기만이라도했겠소

나는또수거울을안가졌소마는거울속에는늘거울속의내가
잘은모르지만외로된사업에골몰할께요

거울속의나는참나와는반대요마는
폐닮았소
나는거울속의나를근심하고진찰할수없으니퍽섭섭하오

- 이상, 「거울」 -

　이상의 시 중에서 거울 모티브는 아주 중요한 의미를 지닌다. 이상은 거울
속의 자아와 거울 밖의 자아가 서로 닮았기는 하지만 일치하지 못하다는
것으로 자신의 심리적 근저를 표출하였다. 이상이 자신의 분열 상태를 지각
하고 악수를 청하였으나 실패로 끝났다. 이처럼 일치되지 않는 이상의 자아
상태의 원인은 그의 개인사, 가족사, 시대사에서 찾을 볼 수 있다.

　개인적으로 이상은 당시엔 치유할 수 없었던 폐결핵으로 죽음을 선고받은
상태였다. 당시 폐결핵은 예술인들에겐 신의 선물로 인식되기도 했다. 예술
은 천재적 감각을 타고 난 자만이 할 수 있는데, 그러한 천재는 요절의 운명
을 타고난다는 것이다. 그래서 폐결핵, 각혈은 낭만적으로 받아들여지기도
했다. 그러나 그 속에는 여전히 죽음의 공포가 자리하고 있었다. 죽음의 공
포로부터 탈출하려는 이상의 몸부림은 그의 작품 도처에서 보이는 대칭점
찾기에 대한 강박증에서도 찾아볼 수 있다. 가족사로는 백부와 백모의 양아

들이 되었지만 백모의 시기, 친부·친모에 대한 책임감 등으로 억눌려 있었다. 끝도 없는 가난 속에서 장남의 역할은 가볍지 않은 것이다. 시대사는 20세기를 살아가고자 한 모던보이가 19세기적 인습과 관념에 얽매어 있는 갈등이다. 이 갈등은 그가 여자를 사랑하지 않고 사용했다고 한 고백에서도 엿볼 수 있다. 이 세 가지의 콤플렉스는 막연한 문명의 동경으로 이어지고, 결국 도일(渡日)을 통해 문명의 본향을 보겠다던 이상은 끝내 좌절하고 만다. 때문에 이상은 자아분열에 이르게 되었다.

이상의 '거울'은 윤동주의 '거울'과 비교되는데, 이상의 거울과 윤동주의 거울은 모두 자아발견을 향한 거울이다. 단지 이상의 거울은 자아합일에 이르지 못하고 자아분열을 일으키는 것을 상징하는 거울임에 반하여, 윤동주는 거울을 통해서 자아합일의 과정을 갖는다. 윤동주의 시를 살펴보자.

산모퉁이를 돌아 논가 외딴 외물을 홀로 찾아가선 가만히 들여다봅니다.

우물 속에는 달이 밝고 구름이 흐르고 하늘이 펼치고 파아란 바람이 불고 가을이 있습니다.

그리고 한 사나이가 있습니다.
어쩐지 그 사나이가 미워져 돌아갑니다.

돌아가다 생각하니 그 사나이가 가엾어집니다.
도로 가 들여다보니 사나이는 그대로 있습니다.

다시 그 사나이가 미워져 돌아갑니다.
돌아가다 생각하니 그 사나이가 그리워집니다.

우물 속에는 달이 밝고 구름이 흐르고 하늘이 펼치고 파아란 바람이 불고 가을이 있고 추억처럼 사나이가 있습니다.

– 윤동주, 「自畵像」 –

위 시에서 볼 수 있는 것처럼, 윤동주는 우물(거울)에 비친 자신의 모습이 처음에는 미웠으나 점점 가엾어지고 더 나아가 그리워진다. 그래서 결국 다시 우물로 돌아가 자신의 모습을 맞이한다. 이렇게 윤동주의 시속에 나타난 자아 탐구 작업은 결국 자아 합일의 과정을 밟는다.

이는 나르시스의 거울과 상당히 다르다. 왜냐하면 나르시스는 연못에 비친 자신의 모습에 반하여 연못에 빠져든다. 이는 자기애, 더 나아가 자아도취에 이르는 과정이다. 그러나 이상이나 윤동주는 자아도취가 아니라 자아 정체성 찾기의 과정이다. 비록 이상이 자신의 자아합일에 이르지 못하여 하나된 자아를 발견하지 못했을지라도 그의 시와 삶을 통해 보여준 자아 찾기의 진정성은 무시할 수 없다. 따라서 이상과 윤동주의 자아발견으로서의 거울은 나르시스와 달리 진정성을 지닌 참된 자아탐구의 기제였다.

위 시들에서도 알 수 있듯이 1930년대 이상은 자아합일에 이르지 못하고 자아분열을 일으켰다. 따라서 윤동주처럼 일반적인 인식과정으로 시를 충분히 읽어갈 수 없다. 그래서 윤동주의 시는 상식적으로 이해 가능한 문법 구조를 지니고 있으나 이상의 시들에는 기존의 인식체계를 거부하는 초현실주의 기법이 사용된 것이다.

1950년대 초현실주의 시를 이끈 조향의 시를 살펴보자.

시집을 안고. 빠 "지중해"의 辭表. 거만한 고가선. 과부 구락부. 메가폰. 걸어가는 헌병 Mr. Lewis. Poker. 검문 속의 몽코코 크림. 聖敎常에서 街娼婦人과 졸업증명서. I'd like some air. 노오란 웃음의 소녀소녀소녀소녀소녀. die blue blume. 방풍림 너머. 누워있는 파아랗지 않는 바다. 검은 별. darkness at noon. 제2국민병제2국민병제2국민병제2국민병. 무말랭이. 글쎄요. 소년 matroos. 아달린과. 기차를 타고 온 民意 대표들의 밀짚모자와. 助淫 문학가 무슈 김. 매판계급의 질주. 서북항공로에서 無面渡江東. 곤봉정치가의. 연설에 관하여. 검은 안경. 화랑부대. ○○ 고지 탈환.
                                                        - 조향, 「어느 날의 메뉴」 -

위 시를 읽고 논리적인 해석을 해낸다는 것 자체가 조향의 「어느 날의 메뉴」의 오독일지 모른다. 위 시는 논리적 맥락이 전혀 없는 사건들의 나열만이 존재한다. 시집을 안는 행위와 걸어가는 헌병이 시의 한 행을 이룬다는 것 자체가 어울리지 않는다. 성교당과 가창부인의 관계도 시집과 헌병의 관계처럼 한 데 묶을 수 없는 단어들이다. 위 시는 서로 어울리지 않는 단어뿐만이 아니라 함께 할 수 없는 상황들이 동시에 구성되어 있다. 마치 음식 메뉴판의 메뉴들이 각각의 음식이듯이 말이다. 그들은 서로 어울릴 필요가 없다. 단지 함께 존재할 뿐이다. 이처럼 표면상, 의미상 단절된 단어들의 나열을 통해 드러내고자 한 것은 무엇일까. 이 답을 얻기 위해선 초현실주의가 표방했던 비판정신과 부정정신으로 돌아가야 할 것이다. 1950년대의 우리 현실은 어떠했는가. 우리의 현실이 우리의 의지와 아무런 관련없이 미·소 대리전으로 휩쓸려 있었으며, 그로 인해 의미 없는 죽음들로 물들어졌었다. 또한 국시로 정한 반공주의와 이를 악용한 이승만 독재체제는 저항과 부정의 대상이 될 수밖에 없었다. 초현실주의자들은 이러한 현실을 부정하고 저항하고자 기호들의 단절을 통해 의미의 일그러짐을 드러냈던 것이다.

Ⅲ. 시문학의 기능과 의의

문학은 크게 두 가지의 기능을 가지고 있다. 하나는 세계를 비추는 램프의 기능이고, 다른 하나는 자신을 비추는 거울의 기능이다. 물론 이 두 가지의 기능이 혼합될 수 있다. 그러나 대부분의 작품은 이 두 가지의 기능 중 어느 한 가지를 좀더 깊이 드러낸다.

어느 기능을 중심에 두었느냐에 따라 좋은 작품이냐 아니냐를 판가름하는 것이 아니라 어느 시대에 어떠한 작품을 더 필요로 했으며 더 절실했던 가의 차이를 갖는다. 또한 시인에게 어떠한 기능이 더 절절하게 긴요했을지 의 문제도 중요하게 작용한다. 다시 말해서 문학의 두 기능은 시대와 시인 에 따라 더 강조되기도 하고 감춰지기도 한 것이다. 두 가지 양상의 시인들 을 살펴보자.

1. 앙가주망 시

1) 1950~1960년대의 현실참여

해방직후 한국의 현실은 좌익과 우익이라는 극한 정치적 대립과 좌·우익 중의 선택이 존재했다면, 1950년대는 한국전쟁을 비롯한 생존의 문제가 중 심에 부각되었다. 그 생존의 문제는 자유주의와 공산주의라는 이데올로기의 압박 속에서 '자유'의 문제로 이어졌다. 전쟁 후 우선적인 생존의 조건은 이 념의 선택문제였다. 그러나 미·소간의 이념적 대리전인 한국전쟁 속에서 이념적 대립은 실로 우리와 무관한 것이었다. 따라서 양 이데올로기의 압박 으로부터의 자유가 바로 1950년대 실존의 문제였던 것이다. 이러한 자유는 1960년대 현실로 이어지면서 자연스럽게 독재와 민주주의에 대한 문제로 변모되었다. 1950년대에 풍미되었던 실존주의와 휴머니즘이 1960년대에 와 서 독재 속의 자유로 변모되었던 것이다. 자유를 외친 대표적인 두 시인은 바로 김수영, 신동엽이다. 요절한 두 시인이 그토록 부르짖었던 자유는 어떠 한 자유였을까. 그 자유의 세계로 들어가 보자.

김수영은 한국시단에서 모더니즘의 세례를 받은 시인으로 소시민 의식 속에서 참된 자유를 부르짖은 시인이다.

푸른 하늘을 制壓하는
노고지리가 自由로왔다고
부러워하던
어느 詩人의 말은 修正되어야 한다

自由를 위해서
飛翔하여본 일이 있는
사람이면 알지
노고지리가
무엇을 보고
노래하는가를
어째서 自由에는
피의 냄새가 섞여있는가를
革命은
왜 고독한 것인가를

革命은
왜 고독해야 하는 것인가를

- 김수영, 「푸른 하늘을」 -

   김수영의 주된 화두는 '자유'다. 식민지 현실에서 벗어나자 이승만 독재가 시작되고, 4·19로 이승만의 독재에서 벗어나자 군사 쿠데타를 일으킨 박정희 군사 독재가 시작되자 김수영은 이렇게 말한다. "革命은 안되고 나는 방만을 바꾸어 버렸다 / 그 방의 벽에는 싸우라 싸우라 싸우라 싸우라는 말이 헛소리처럼 아직도 어둠을 지키고 있을 것이다"(「그 방을 생각하며」)라고 부르짖으며 자유를 얻는 혁명이 얼마나 지난한 일인지, 더 나아가 고독할 수밖에 없는 일이라는 것을 설파하였다. 그럼에도 불구하고 김수영은 언제나 자아성찰을 통해서 또 한 번 독자들을 반성케 한다.

왜 나는 조그마한 일에만 분개하는가
저 王宮 대신 王宮의 음탕 대신에
五十원짜리 갈비가 기름덩어리만 나왔다고 분개하고
옹졸하게 분개하고 설렁탕집 돼지 같은 주인년한테 욕을 하고
옹졸하게 욕을 하고

한 번 정정당당하게
붙잡혀간 소설가를 위해서
언론의 자유를 요구하고 越南파병에 반대하는
자유를 이행하지 못하고
三十원을 받으러 세 번씩 네 번씩
찾아오는 야경꾼들만 증오하고 있는가
(중략)
그러니까 이렇게 옹졸하게 반항한다
이발쟁이에게
땅주인에게는 못하고 이발쟁이에게
구청직원에게는 못하고 동회직원에게도 못하고
야경꾼에게 二十원 때문에 十원 때문에 一원 때문에
우습지 않으냐 一원 때문에

모래야 나는 얼마큼 적으냐
바람아 먼지야 풀아 나는 얼마큼 적으냐
정말 얼마큼 적으냐……

                    - 김수영, 「어느날 古宮을 나오면서」 일부분 -

　김수영이 정말 조그마한 일에만 분개했을까. 왕국의 음탕을 비판하는 일,
언론 자유를 요구하는 일, 월남 파병에 반대하는 일, 땅주인이나 구청직원에
게 항의하는 일, 다시 말해서 돈 있고 권력 있는 이들에게는 말 한마디 못하
고 힘없는 사람들에게 큰돈도 아닌 50원, 3원, 1원짜리의 문제에만 분개하였

을까. 적어도 김수영은 그렇지 않았다. 그는 지속적으로 자신이 하지 못했다고 한 일들에 힘을 기울였다. 그럼에도 불구하고 김수영은 자신이 얼마나 적으냐 하고 스스로 반성을 한다. 이를 지켜본 독자는 김수영의 진지한 자아 반성에 감동하고 독자 스스로 반성하게 되었을 것이다.

무조건적인 비판이 아니라 자기 점검 속에서 나오는 김수영의 비판은 훨씬 무게가 있고 힘이 있다. 때문에 당대에 김수영은 최고의 위치에 설 수 있었다. 지금도 앙가주망 시인들의 최고봉에 위치한다고 해도 과언이 아니다.

신동엽은 당대 세계문학의 자장 안에서 거의 유일하게 멀어져 있던 시인이다. 그래서 더욱 그를 민족시인이라 부를 수밖에 없다. 그는 전경인(全耕人) 사상으로 무장된 문명거부의 시인이기도 하다.

껍데기는 가라.
四月도 알맹이만 남고
껍데기는 가라.

껍데기는 가라.
東學年 곰나루의, 그 아우성만 살고
껍데기는 가라.

그리하여, 다시
껍데기는 가라.
이곳에선, 두 가슴과 그곳까지 내논
아사달 아사녀가
中立의 초례청 앞에 서서
부끄럼 빛내며
맞절할지니

껍데기는 가라.

漢拏에서 白頭까지
향그러운 흙가슴만 남고
그, 모오든 쇠붙이는 가라.

- 신동엽, 「껍데기는 가라」 -

　　신동엽도 4 · 19가 빚어낸 역사의 현장에서 4 · 19정신이 사라진 1960년대
를 바라보며 김수영과 같은 절망을 느꼈다. 김수영이 방만을 바꾸었다고 했
을 때, 신동엽은 껍데기는 가라고 외쳤던 것이다. 여기에서 신동엽은 이분법
적 논리로 〈껍데기 / 알맹이〉, 〈쇠붙이 / 젖가슴〉의 시상을 전개해 간다.
그렇다면 당대의 껍데기와 쇠붙이는 무엇이며, 당대의 알맹이와 젖가슴은
무엇일까. 신동엽에게 있어서 껍데기와 쇠붙이는 외세를 등에 업은 독재와
문명을 가장한 전쟁과 가난이다. 알맹이와 젖가슴은 4 · 19혁명의 정신과 원
수성(元數性)의 세계, 즉 문명이전의 순수세계이다. 그래서 신동엽은 금강
을 거슬러 곰나루의 동학의 함성을 1960년대 현실로 끌어온 것이다. 아직
1960년대를 살아가는 사람들이 구름 한 점 없는 맑은 하늘을 볼 수 없다고
강하게 외치는 것이다.

누가 하늘을 보았다 하는가
누가 구름 한 송이 없이 맑은
하늘을 보았다 하는가.

네가 본 건, 먹구름
그걸 하늘로 알고
一生을 살아갔다.

네가 본 건, 지붕 덮은
쇠 항아리,
그걸 하늘로 알고

일생을 살아갔다.

닦아라, 사람들아
네 마음속 구름
찢어라, 사람들아
네 머리 덮은 쇠 항아리.
(중략)
살아가리라
누가 하늘을 보았다 하는가,
누가 구름 한 자락 없이 맑은
하늘을 보았다 하는가.

- 신동엽, 「누가 하늘을 보았다 하는가」 일부분 -

신동엽은 "닦아라, 사람아들아 / 네 마음속 구름 / 찢어라"라고 외치고 있다. 신동엽에게 있어서 1960년대는 아직 구름이 짠득 낀 흐린 날이다. 그 구름들은 사람의 마음속에 있는 구름이다. 따라서 문명(전쟁과 독재)에 찌든 사람들의 마음이 귀수성(歸數性)의 세계에 이르러야만이 맑은 하늘을 볼 수 있다고 시인은 말한다.

1960년대 김수영은 소시민 의식으로 개인의 성찰과 함께 자유와 혁명을 화두로 삼은 모더니스트다. 반면 신동엽은 민중을 주체로 혁명을 부르짖는 전통지향 시인이다. 즉 4·19정신을 동학혁명과의 연계성을 부여하여 민중의 봉기로 승리를 이끌어내고자 한 시인이다. 김수영, 신동엽은 각각 다른 방법으로 현실에 참여하였지만, 두 시인의 공동의 화두는 기만된 현실에서 참된 자유, 참된 사회의 복원이었다.

2) 1970~1980년대의 현실참여

자유의 문제에 이어 한국 현실은 불평등의 시대에 들어가게 되었다. 너무나 가난하였기에 '잘살아보세'라는 구호를 외치며 열심히 일을 했지만 그들에게 남은 것은 병든 육신뿐이었다. 그래서 그들은 평등을 부르짖을 수밖에 없었다. 당시 대표적인 두 시인, 신경림과 박노해의 시를 살펴보자.

신경림은 1970년대의 농민들의 힘든 삶에 관심을 가진 시인이다. 당시 도시로 몰려드는 사람과 그들의 부조리에 집중되었던 시기에, 신경림이 농촌에 남아있는 자들의 아픔을 시화하였다. 이러한 시대적 고뇌를 드러낸 시를 살펴보자.

징이 울린다 막이 내렸다
오동나무에 전등이 매어 달린 가설 무대
구경꾼이 돌아가고 난 텅빈 운동장
우리는 분이 얼룩진 얼굴로
학교 앞 소줏집에 몰려 술을 마신다
답답하고 고달프게 사는 것이 원통하다
꽹과리를 앞장세워 장거리로 나서면
따라붙어 악을 쓰는 건 쪼무래기들뿐
처녀애들은 기름집 담벽에 붙어 서서
철없이 킬킬대는구나
보름달은 밝아 어떤 녀석은
곡정이처럼 울부짖고 또 어떤 녀석은
서림이처럼 해해대지만 이까짓
산구석에 처박혀 발버둥친들 무엇하랴
비료값도 안나오는 농사 따위야
아예 여편네에게나 맡겨 두고
쇠전을 거쳐 도수장 앞에 와 돌 때

우리는 점점 신명이 난다
한 다리를 들고 날나리를 불거나
고갯짓을 하고 어깨를 흔들거나

- 신경림, 「농무」 -

신경림은 「농무」를 통해서 당대 농민들의 어려움을 열거하는 동시에 극복될 수 없는 화풀이를 춤으로 드러내는 우리 민족 특유의 카타르시스(catharsis)적 재치를 보여주고 있다. 특히 전등으로 상징되는 도시의 화려함이 몰려간 후, 텅 빈 운동장에 모여 있는 농민들에게 남은 것은 가난임을 드러내고 있다. 그들은 신작로를 내어주고, 전등을 달아주고, 낮·밤 가리지 않고 농촌의 쌀과 인력을 몰아간다. 산업화 시대를 위해 공산품의 가격만을 인상하고 농수산물의 가격은 인하하여 도시인들에게만 많은 혜택을 안겨다 준 당대 정치구조 안에서, 그들이 할 수 있는 일은 분에 얼룩진 얼굴로 소주를 들이키는 것이다. 산구석이지만 그들은 살아보겠다고 발버둥친다. 그러나 비료값조차 안 나오는 농사를 이젠 더 이상 하고 싶은 마음조차 들지 않는다. 그래서 여편네에게 모든 것을 맡기고 나와서 노래를 부르고 춤을 춘다. 그 노래와 춤을 통해 잠시나마 그들의 아픔을 잊고자 함일까. 그러나 그들은 안다. 그 노래와 춤이 끝나면 다시 산구석으로 돌아가야 한다는 것을 말이다. 그들에게 남아 있는 막막한 현실은 다음 시에서 더욱 구체적으로 드러나고 있다.

우리는 협동조합 방앗간 뒷방에 모여
(중략)
쌀값 비료값 얘기가 나오고.
서울로 식모살이 간 분이는
아기를 뱄다더라. 어떡할거나.
(중략)

우리의 슬픔을 아는 것은 우리뿐.
올해에는 닭이라도 쳐 볼거나.
(중략)
보리밭을 질러 가면 세상은 온통
하얗구나. 눈이여 쌓여
지붕을 덮어 다오 우리를 파묻어 다오.
오종대 뒤에 치마를 둘러 쓰고
숨은 저 계집애들한테
연애 편지라도 띄워 볼거나. 우리의
괴로움을 아는 것은 우리뿐.
올해에는 돼지라도 먹여 볼거나.

– 신경림, 「겨울밤」 일부분 –

겨울밤, 이제 수확을 거둬드린 후 편히 쉬어야 하는 밤이다. 그러나 농민들은 조합 방앗간 뒷방에서 그들의 하소연을 늘어놓기 시작한다. 쌀값, 비료값 이야기 더 나아가 식모살이 간 분이의 비극을 말한다. 그러나 그들은 "어떡할거나"라는 힘없는 좌절과 함께 "우리의 슬픔을 아는 것은 우리뿐"이라는 절망을 하고 만다. 그들은 식모살이 간 분이가 아빠 없는 아이를 밴 원인을 안다. 그 이유가 가난으로부터 시작된 것임을 말이다. 그래서 그들은 농사가 안 되면 닭이라도, 그것도 안 되면 돼지라도 키워 볼까 한다. 그러나 농민들의 진심은 하얀 눈이 지붕을 파묻고 자신들까지도 파묻기를 바라는 것은 아닌지 모른다. 결국 신경림의 시는 한풀이의 비극적 세계관으로 일관될 수밖에 없다.

박노해는 『노동의 새벽』을 출간할 당시 표지에 "56년 전남 출생, 15살에 상경하여 현재 기능공"이라는 간략한 소개를 하였다. 이 점이 다른 민중문학인과 다른 점이다. 그는 지식인으로서 민중을 대변한 시인이 아니라 노동자로서 노동자 시인이 된 것이다. 그렇다면 왜 노동자 시인이라는 점이 주목되어야 하는가. 그 이유는 다음 시에 나타나 있다.

　　긴 공장의 밤
　　시린 어깨 위로
　　피로가 한파처럼 몰려온다
　　드르륵 득득
　　미싱을 타고, 꿈결 같은 미싱을 타고
　　두 알의 타이밍으로 철야를 버티는
　　시다의 언 손으로
　　장미빛 꿈을 잘라
　　이룰 수 없는 헛된 꿈을 싹뚝 잘라
　　피 흐르는 가죽본을 미싱대에 올린다
　　끝도 없이 올린다.

　　　　　　　　　　　　　　　　- 박노해, 「시다의 꿈」 일부분 -

　　공장에서 일하는 직공들의 고통이 그대로 묻어 나오는 위 시는 바로 시인
이 노동자였기에 가능한 일이었으리라. "우리는 기계가 아니다. 근로기준법
을 준수하라. 내 죽음을 헛되이 말라" 라고 외쳤던 전태일의 절규를 박노해
는 시로써 풀어놓은 것이다. 박노해의 시에는 노동자의 피로뿐만 아니라 잘
려나가는 꿈까지 절절하게 표현하고 있다. 이는 노동자 박노해가 자신이 체
험한 현실을 시의 형식에 맞춰 읊었을 뿐이다.

　　전쟁 같은 밤일을 마치고 난
　　새벽 쓰린 가슴 위로
　　차가운 소주를 붓는다
　　아
　　이러다간 오래 못가지
　　이러다간 끝내 못가지

(중략)

어쩔 수 없는 이 절망의 벽을

기어코 깨뜨려 솟구칠

거치른 땀방울, 피눈물 속에

새근새근 숨쉬며 자라는

우리들의 사랑

우리들의 분노

우리들의 희망과 단결을 위해

새벽 쓰린 가슴 위로

차가운 소줏잔을

돌리며 돌리며 붓는다

노동자의 햇새벽이

솟아오를 때까지

- 박노해, 「노동의 새벽」 일부분 -

박노해의 시가 신경림의 시와 다른 점은 '전망'이다. 신경림도 농촌의 현실을 직접 경험하고 시로 형상화하였지만, 벗어날 수 없었던 사실은 그가 지식인이라는 점이다. 따라서 그는 농민들의 절망을 위에서 내려다보는 형식으로 시를 쓸 수밖에 없다. 그러나 박노해는 다르다. 그는 원래 노동자였으며, 그가 노동자로서 경험한 현실을 시로 썼으며, 노동자인 그가 간절히 바라는 미래를 갈구하였다. 그래서 박노해는 신경림보다 더 절실할 수밖에 없다. 박노해는 진정 더 이상 버틸 수 없을 정도로 밤일을 하다가 소주를 마셔본 경험을 가지고 있는 자이다. 그리고 그는 속에서부터 끌어 오르는 소리를 들었다. 자신의 삶이, 생명이 오래 가지 못하리라는 소리를 들었던 것이다. 그래서 박노해는 살아남기 위해서 기어코 깨뜨려야만 하는 현실에 직면하게 된 것이다. 그리고 햇새벽이 솟아오를 때까지 투쟁을 멈추지 못하는 것이다.

2. 순수서정시

1) 1950~1980년대의 순수서정

서정주와 김춘수는 순수 서정시의 정수를 보여준 시인이다. 특히 서정주는 작고할 때까지 그의 깊고 맑은 시심을 잃지 않았다.

가난이야 한낱 남루에 지나지 않는다
저 눈부신 햇빛 속에 갈매빛의 등성이를 드러내고 서 있는
여름 산 같은
우리들의 타고난 살결 타고난 마음씨까지야 다 가릴 수 있으랴

청산이 그 무릎 아래 지란(芝蘭)을 기르듯
우리는 우리 새끼들을 기를 수밖엔 없다
목숨이 가다가다 농울쳐 휘어드는
오후의 때가 오거든
內外들이여 그대들도
더러는 앉고
더러는 차라리 그 곁에 누워라

지어미는 지애비를 물끄러미 우러러보고
지애비는 지어미의 이마라도 짚어라

어느 가시덤풀 쑥굴헝에 누일지라도
우리는 늘 옥돌같이 호젓이 묻혔다고 생각할 일이요
청태라도 자욱히 끼일 일인 것이다.

- 서정주, 「무등을 보며」 -

서정주는 1950년대의 아픔을 견디는 방법으로 다음과 같은 정서를 보여준

다. 가난은 한낱 남루에 지나지 않는 것, 그래서 지어미는 지애비를 우러러보고, 지애비는 지어미의 이마를 짚으며 서로를 초연한 상태로 세워주는 것이다. 물론 이와 같은 시는 당대의 어려움을 너무 안이하게 바라보고 있는 것은 아닌가 하는 비판의 목소리를 불러 일으킨다. 다시 말해서 가난의 원인과 가난의 주체들의 괴로움을 낭만적으로 해석해 버리지는 않았나 하는 것이다. 그러한 면은 서정주의 「자화상」을 통해 그의 입장을 생각해 볼 수 있다.

> 애비는 종이었다. 밤이 깊어도 오지 않았다.
> 파뿌리 같이 늙은 할머니와 대추 꽃이 한 주 서 있을 뿐이었다.
> 어매는 달을 두고 풋살구가 꼭 하나만 먹고 싶다 하였으나……
> 흙으로 바람 벽한 호롱불 밑에
> 손톱이 깜한 에미의 아들
> 甲午年이라든가 바다에 나가서는 돌아오지 않는다 하는 외할아버지의 숱
> 많은 머리털과
> 그 크다란 눈이 나를 닮았다 한다.
> 스물 세 해 동안 나를 키운건 八割이 바람이다.
> 세상은 가도가도 부끄럽기만 하드라.
> 어떤이는 내눈에서 罪人을 읽고 가고
> 어떤이는 내 입에서 天痴를 읽고 가나
> 나는 아무것도 뉘우치진 않을란다.
> (중략)
>
> 병든 수캐마냥 헐덕거리며 나는 왔다.
>
> — 서정주, 「자화상」 일부분 —

서정주의 삶은 가난과 고난 그 자체였던 것 같다. 그는 어려서부터 기다리고 참는데 익숙해진 사람이었다. 일제강점기를 지나 이승만 정권, 박정희 정권, 전두환 정권을 살아내야 했기에, 적어도 서정주에게 있어서 세상은

가도 가도 부끄럽게 하는 곳이었다. 다만 시인이 그 나름대로 살아갔지만 주변에서는 죄인을 읽기도, 천병을 읽기도 한다. 그러나 시인은 스스로 열심히 병든 수캐마냥 살아온 것 자체를 뉘우친다는 것, 이 자체가 사치로 보일지도 모를 일이다. 그는 분명 시대의 고민과 진지함으로 살아온 것 같다. 그가 지나온 길이 때로는 죄인의 길이지만, 그는 언제나 병이 들었을지라도 헐떡이며 열심히 살았다는 것은 인정해야 할 것이다. 그렇게 최선을 다한 자만이 다음과 같은 시를 써낼 수 있지 않을까.

눈물 아롱아롱
피리 불고 가신 님의 밟으신 길은
진달래 꽃비 오는 西域 三萬里.
흰옷깃 여며 여며 가옵신 님의
다시 오진 못하는 巴蜀 三萬里.

신이나 삼아줄걸 슬픈 사연의
올올이 아로새긴 육날 메투리.
은장도 푸른 날로 이냥 베혀서
부질없은 이 머리털 엮어드릴걸.

초롱에 불빛, 지친 밤하늘
굽이굽이 은하물 목이 젖은 새,
차마 아니 솟는 가락 눈이 감겨서
제 피에 취한 새가 귀촉도 운다.
그대 하늘 끝 호올로 가신 님아

- 서정주, 「귀촉도」 -

서정주는 지금 다시 못 올 서촉 삼만리를 떠난 고인이 됐지만, 그의 시를 읽는 독자들은 귀촉도 우는 소리를 듣고 그가 다시 오기를 바라며 호올로

가신 님을 부르고 있을 것이다. 서정주는 시대의 사명에 대한 비판은 피할 수 없지만, 국어의 발전과 현대시의 깊이에 대한 공헌에 있어서는 숙연해질 수밖에 없는 아이러니를 남겼다.

김춘수는 1960년대에 김수영과 함께 당대를 대표한 시인이다. 김수영이 앙가주망 시인으로서 자신의 역할에 충실하고 있을 때, 김춘수 또한 서정시인으로서 자신의 존재를 탐구하는 구도자로서의 역할을 담당하고 있었다.

> 다뉴브 江의 살얼음이 지는 東歐의 첫겨울
> 가로수 잎이 하나 둘 떨어져 뒹구는 황혼 무렵
> 느닷없이 날아온 數發의 소련제 탄환은
> 땅바닥에
> 쥐새끼보다도 초라한 모양으로 너를 쓰러뜨렸다.
> (중략)
> 漢江의 모래사장의 말없는 모래알을 움켜쥐고
> 왜 열세 살 난 한국의 少女는 영문도 모르고 죽어갔을까,
> 네 죽음에서는 한 송이 꽃도
> 흰 깃의 한 마리 비둘기도 날지 않았다
> (중략)
> 죽어갔을까, 악마는 등뒤에서 웃고 있었는데
> 열세 살 난 한국의 少女는
> 잡히는 것 아무것도 없는
> 두 손을 허공에 저으며 죽어갔을까,
> 부다페스트의 少女여, 네가 한 행동은
> 네 혼자 한 것 같지가 않다.
> 漢江에서의 少女의 죽음도
> 동포의 가슴에는 짙은 빛깔의 아픔으로 젖어든다.
> 기억의 분한 강물은 오늘도 내일도
> 동포의 눈시울에 흐를 것인가,

흐를 것인가, 영웅들은 쓰러지고 두 달의 항쟁 끝에
너를 겨눈 같은 총뿌리 앞에
네 아저씨와 네 오빠가 무릎을 꾼 지금,
인류의 양심에서 흐를 것인가.

- 김춘수, 「부다페스트에서의 少女의 죽음」 일부분 -

김춘수는 전쟁지에서 소녀의 죽음을 보고 원인 규명이나 가치판단을 하기 이전에 소녀라는 한 존재의 의미에 대해 말하고 있다. 오히려 죽음의 의미를 묻고 있다. 김춘수는 열세 살 소녀의 죽음, 부다페스트에서 죽은 한 소녀를 보고 한강에서 죽은 소녀를 떠올린다.

그 소녀의 죽음 뒤에는 한 송이의 꽃도 비둘기 한 마리도 존재할 수 없다는 것, 그것은 기억되지 못하는 죽음의 다른 표현이다. 전쟁에서 죽어간 영혼들은 개인의 죽음으로 인정될 수 없다는 점에서 기억되지 못하는 죽음이다. 전쟁 당시의 죽음은 무리들의 죽음일 뿐이다. 그것도 각각의 이유가 아닌 수발의 탄환에 의해 무작위로 죽어 가는 것이다.

김춘수의 이러한 삶과 죽음에 대한 인식은 전쟁 후에 존재 찾기로 이어진다.

내가 그의 이름을 불러주기 전에는
그는 다만
하나의 몸짓에 지나지 않았다.

내가 그의 이름을 불러 주었을 때
그는 나에게로 와서
꽃이 되었다.

내가 그의 이름을 불러 준 것처럼
나의 이 빛깔과 향기에 알맞은
누가 나의 이름을 불러다오.

그에게로 가서 나도
그의 꽃이 되고 싶다.

우리들은 모두
무엇이 되고 싶다.
너는 나에게 나는 너에게
잊혀지지 않는 하나의 눈짓이 되고 싶다.

- 김춘수, 「꽃」 -

　시인은 말한다. 서로의 인식이 없는 상태에서는 서로는 단순한 몸짓에 지나지 않는다고 말이다. 시인은 서로가 서로의 빛깔과 향기에 맞는 이름을 불러 주어야만이 비로소 눈짓이 된다고 말한다. 몸짓에서 눈짓으로 변하는 것은 육체에서 영혼의 창으로 다다를 수 있는 유일한 방법이다. 이것이 상대의 이름을 불러주는 진정한 의미이다. 단 그 이름은 빛깔과 향기에 맞는 이름이어야만 한다.

존재의 흔들리는 가지 끝에서
너는 이름도 없이 피었다 진다.
눈시울에 젖어드는 이 무명의 어둠에
추억의 한 접시 불을 밝히고
나는 한밤내 운다.

나의 울음은 차츰 아닌 밤 돌개바람이 되어
탑을 흔들다가
돌에까지 스미면 숲이 될 것이다.

……얼굴을 가리운 나의 新婦여,

- 김춘수, 「꽃을 위한 序詩」 일부분 -

끊임없이 존재 탐구를 시도한 김춘수는 "존재의 흔들리는 가지 끝에서" 한밤 내 울어 "금(金)"이라는 존재로 탄생한다. 결국 그것은 얼굴을 가리운 나의 신부, 아직 드러나지 않은 나의 존재를 일컬음이다.

2) 1990년대 이후의 순수서정

1980년대는 개인보다 사회가 중심에 선 시대였다. 그러나 1990년대 이후는 사회보다 개인이 중심에 자리한 시대였다. 또한 거대담론이 1980년대를 휩쓸고 갔다면, 1990년대 이후는 미시담론이 종횡무진하였다. 그러나 그 양 시대를 살아가는 현재의 인간은 거대한 담론이나 혹은 미시담론만을 추구할 수 없는 존재이다.

1990년대 사회의 미시권력 속성을 파악하고 이에 이의를 제기하는 시인이 황지우라면, 미시권력의 자장 안에 있는 시인이 바로 정호승이다. 이는 비단 황지우와 정호승만의 논의가 아니라 1980년대의 참여시인들의 향방과 같은 맥을 지닌다. 왜 오늘날 1980년대 시인들의 행방을 찾아야 하는가의 문제는 과연 1980년대의 문제가 다 해결되었는가의 문제와 사회참여라는 것이 과연 시대의 조류를 타는 유행성이었던가의 문제와 연결된다.

1980년대를 투쟁으로 살아간 시인들의 1990년대의 면모를 밝히는 것은 바로 인간이 역사적 인간이라는 것과 동시에 문학이 역사성을 지니고 있다는 것의 반증이다. 1980년대의 참여시인의 대표주자이자 1990년대에도 읽히는 시인이라는 공통점을 지닌 황지우와 정호승의 작품을 살펴보자.

먼저 정호승의 데뷔작을 살펴보자.

> 할머님 눈물로 첨성대가 되었다.
> 일평생 꺼내보던 손거울 깨뜨리고
> 소나기 오듯 흘리신 할머니 눈물로

밤이면 나는 홀로 첨성대가 되었다.

한 단 한 단 눈물의 화강암이 되었다.
할아버지 대피리 밤새 불던 그믐밤
첨성대 꼭 껴안고 눈을 감은 할머니
수놓던 첨성대의 등잔불이 되었다.

밤마다 할머니도 첨성대 되어
댕기 댕기 꽃댕기 붉은 댕기 흔들며
별 속으로 달아난 순네를 따라
동짓날 흘린 눈물 북극성이 되었다.

싸락눈 같은 별들이 싸락싸락 내려와
첨성대 우물 속에 퐁당퐁당 빠지고
나는 홀로 빙빙 첨성대를 돌면서
첨성대에 떨어지는 별을 주웠다.

별 하나 질 때마다 한방울 떨어지는
할머니 눈물 속 별들의 언덕 위에
버려진 버선 한 짝 남 몰래 흐느끼고
붉은 명주 옷고름도 밤새 울었다.

여우가 아기무덤 몰래 하나 파먹고
토함산 별을 따라 산을 내려와
첨성대에 던져논 할머니 은비녀에
밤이면 내려앉는 산여우 울음소리.

첨성대 창문턱을 날마다 넘나드는
동해바다 별 재우는 잔물결소리.
첨성대 앞 푸른 봄길 보리밭길을

빚쟁이 따라가던 송아지 울음소리.

빙빙 첨성대를 따라 돌다가
보름달이 첨성대에 내려앉는다.
할아버진 대지팡이 첨성대에 기대놓고
온 마을 석등마다 불을 밝힌다.

할아버지 첫날밤 켠 촛불을 켜고
첨성대 속으로만 산길 가듯 걸어가서
나는 홀로 별을 보는 일관(日官)이 된다.

지게에 별을 지고 머슴은 떠나가고
할머닌 소반에 새벽별 가득 이고
인두로 고이 누빈 베동정 같은
반월성 고갯길을 걸어오신다.

단옷날 밤
그네 타고 계림숲을 떠오르면
흰 달빛 모시치마 홀로 선 누님이여.

오늘밤 어머니도 첨성대 낳고
나는 수놓은 할머니의 첨성대가 되었다.
할머니 눈물의 화강암이 되었다.

- 정호승, 「첨성대」 -

위 시는 1973년에 『대한일보』 신춘문예에 당선된 작품이다. 정호승의 시
에는 여타의 참여시인들과 다르게 서정성이 물씬 풍긴다. 정호승의 시는 김
지하의 『오적』이 보여주는 폭로와 풍자보다도 또한 신경림의 『농무』에서
보여주는 생활현장의 실감과도 다르게 서정적이다. 그의 첫출발의 시에서
보이는 것처럼, 그는 울음으로 시상을 끌어낸다.

위 시에서는 다음 몇 가지 사실이 주목된다.

첫째, 할머니의 눈물의 의미. 둘째, 빚쟁이를 따라가던 송아지의 울음소리. 셋째, 지게에 별을 지는 머슴과 새벽 별을 가득 이은 할머니의 모습. 넷째, 첨성대와 화강암의 의미이다. 할머니가 왜 우는 지에 대해서는 구체적 이유가 제시된 것은 아니다. 다만 할머니의 눈물은 첨성대를 만들고 화강암을 만든다. 또한 그 첨성대는 바로 시적 화자가 된다. 강화도의 역사적 사실을 염두에 둔다면, 그것은 인고와 간절함으로 연결되는 역사적 사건의 연장이라 할 수 있다. 또한 빚쟁이를 따라가는 송아지의 울음소리는 사실상 송아지 주인의 울음소리일 것이다. 왜냐하면 궁핍한 시대에 농가의 큰 재산은 소였기 때문이다. 소는 농사일을 돕는 큰 힘이자 자식의 학자금을 마련하는 큰 보물이다. 농가의 소머리 수는 그 집의 부와도 직결되는 중요한 보물이었던 것이다. 그러한 소가 될 송아지가 끌려간다는 것은 집안의 기둥이 무너지는 것과 같은 상황이기에 소의 울음은 주인의 울음일 수밖에 없다. 뿐만 아니라 가난한 농가이지만 자유인인 농민이 머슴이 되어 밤늦도록 별을 볼 때까지 일을 하며, 할머니가 새벽 별을 보며 일을 시작하는 모습은 궁핍한 시대의 버거움인 것이다.

이러한 시의 내용은 가난한 시대, 생계수단까지 빼앗아 버리는 시대를 폭로한 것이다. 이와 유사한 내용은 당대의 시인이라면 한 번쯤 다 체험했을 것이다. 중요한 것은 형상화의 방법이다. 물론 그 형상화 방법은 당대의 거대담론을 어떻게 인식 했느냐의 문제와 그 담론을 내재화할 당시에 어느 정도의 무게로, 어떠한 방식으로 받아 들였느냐에 달려 있다.

"할머니의 눈물로 첨성대가 되었다.", "동짓날 흘린 눈물 북극성이 되었다.", "별 하나 질 때마다 한 방울 떨어지는 / 할머니 눈물 속 별들의 언덕 위에", "흰 달빛 모시치마 홀로 선 누님이여." 등에서 보여주는 것처럼 정호승은 낭만적 세계관을 견지하고 있다. 새마을운동의 '잘 살아보세' 등의 구호 아래 야간 작업을 하는 공장 직공들의 모습도 "지게에 별을 지고 머슴은 떠나가고"라는 낭만적인 시구로 표현한다.

여기에서 제기되는 문제는 왜 정호승은 1970년대의 불안정한 사회를 짙은 낭만성으로 그려내고 있느냐는 것이다. 이에 대한 대답은 정호승의 지속된 시작(詩作)의 복선(複線)이 될 것이다. 이를 시대적 언론탄압으로 보아야 할 것인지, 아니면 정호승의 개인적 취향에서 찾아야 할 것인지는 대단히 중요한 사항이다. 그 해답의 실마리는 정호승의 시작 태도를 엿볼 수 있는 「거짓말의 시를 쓰면서」에서 찾을 수 있다.

> 창밖에 기대어 흰눈을 바라보며
> 얼마나 거짓말을 잘 할 수 있었으면
> 詩로써 거짓말을 다 할 수 있을까.
>
> 거짓말을 통하여 진실에 이르는
> 거짓말의 詩를 쓸 수 있을까.
> 거짓말의 詩를 읽고 겨울밤에는
> 그 누가 홀로 울 수 있을까.
>
> 밤이 내리고 눈이 내려도
> 단 한 번의 참회도 사랑도 없이
> 얼마나 속이는 일이 즐거웠으면
> 품팔이 하는 거짓말의 詩人이 될 수 있을까.
>
> 생활은 詩보다 더 진실하고
> 詩는 삶보다 더 진하다는데
> 밥이 될 수 없는 거짓말의 詩를 쓰면서
> 어떻게 살아 있기를 바라며
> 어떻게 한 사람의
> 희망이길 바랄 수 있을까.
>
>   - 정호승, 「거짓말의 詩를 쓰면서」 -

이 시를 살펴보면 정호승의 입장을 어느 정도 짐작할 수 있다. 정호승은 자신의 시가 현실에서 거짓임을 안다. 즉 공장직공의 아픔을 별을 지고 가는 머슴으로 표현하는 식의 거짓말, 현실에서 존재할 수 없는 낭만적인 상황을 인식하고 있다. 그러나 정호승은 거짓말이지만 진실에 다다를 수 있기를 바란 것이다. 정호승은 계속 역설로써 말한다. 비록 거짓말이지만 자신의 시를 읽고 공감의 눈물을 흘리는 사람이 있기를, 또 밥이 될 수 없는 시를 쓰지만 살아 있기를, 더 나아가 다른 사람 즉 독자들의 희망이 되기를 바라는 것이다. 다시 말해서 정호승은 진실에 이르는 시로서 시대와 독자들의 희망이 되고자 한다. 시인은 폭로나 고발이 아닌 상처 입은 자들의 아픔을 위로하고 힘이 되고자 한다. 그래서 저 유토피아의 낭만을 원한 것이다. 그런데 여기에 새로운 문제가 발생한다. 그것은 유토피아에 다다르기 위한 낭만의 유지는 고도의 긴장 속에서 선을 유지해야 한다는 것이다. 왜냐하면 자칫 단순한 감상이나 애상 또는 잠언으로 흘러버릴 수 있기 때문이다. 이 문제는 1990년대 정호승 시들의 향방을 가르는 중요한 잣대가 될 것이다.

정호승과 1990년대. 이 두 항이 만나는 지점은 바로 정호승의 서정성과 남성이 만들어 낸 여성성이다. 정호승의 서정성이 X좌표라면, 1990년대 남성이 만들어낸 여성성은 Y좌표이다. 1990년대의 남성이 만든 여성성은 1990년대의 대중문화의 한 양상으로서의 분화된 여성의식의 각성을 의미한다. 각성의 뿌리를 더듬어 갈 때, 1990년대의 여성이란 본질이 아닌, 남성중심의 사회, 이성중심의 사회라는 거대담론의 위기에서 파행된 것으로써 사회조류에 의해 부각되어진 여성성이다. 다시 말해서 거대담론의 위기로 파생된 미시담론들의 대두로써의 양상이기에 주체적 인식과 행동이 아니라 수동적으로 부각된 담론인 것이다.

　　　내 너를 위해 더듬이를 잘라야겠느냐
　　　내 너를 위해 저녁해를 따라가야겠느냐

모래내 성당의 종소리는 들리는데
개연꽃 피는 밤에 가을달은 밝은데
가슴마다 짓이겨진 꽃잎이 되어
꽃잎 위에 홀로 앉은 벌레가 되어
내 너를 위해 눈물마저 버려야겠느냐
내 너를 위해 날개마저 꺾어야겠느냐

- 정호승, 「이별에게」 -

이 시는 1990년에 발표된 『별들은 따뜻하다』에 실린 작품이다. 그런즉 위 시는 1980년대 후반의 삶을 반영한 것이지만 시대적 분위기를 구체적으로 의식할 수 없다. 이 이별은 누구와의 이별일까. 물론 정호승에게 시대를 강요할 수 없지만, 『슬픔이 기쁨에게』, 『서울의 예수』, 『새벽편지』 등에서 보여주었던 참여시인의 모습을 전제로 했을 때 시대적 평가를 무시할 수 없다. 여기에서 정호승은 이별하는 자의 고통을 이야기하고 있는데, 그 고통은 나를 위한 고통이 아니라 너를 위해 내가 어디까지 참고 무엇까지 할 수 있느냐의 것이다. 절대경지에 다다른 사랑의 절정을 노래하고 있다. 그러나 현실은 시적자아가 감당할 수 없는 상황이기에 더 처절해 보이고, 더 가련하고, 진실해 보이기까지 한다. 그러나 이러한 진실은 정호승이 말한 거짓말 시가 돼버리는 것이다. 다다를 수 없는 유토피아의 피안을 보여줌으로써 독자를 움직인다. 이것은 데뷔작에서 거론했던 것이지만 단순한 감정의 나열 혹은 극한의 표출로 독자의 감수성만을 자극하는 위험을 다분히 지니고 있다.

사랑하다가 죽어버려라
오죽하면 비로자나불이 손가락에 매달려 앉아 있겠느냐
기다리다가 죽어버려라
오죽하면 아미타불이 모가지를 베어서 베개로 삼겠느냐
새벽이 지나도록

- 정호승, 「그리운 부석사」 일부분 -

"사랑하다가 죽어버려라", "기다리다가 죽어버려라"라는 것은 여성이 꿈꾸는 사랑이나 현실에서 이룰 수 없는 정열이다. 왜 이룰 수 없는 지에 대해서, 왜 그래야 하는지에 대해서, 그리고 그럴 가치가 있는 대상인지에 대해서 전혀 언급이 없다. 이는 독자를 자극하고 순간적으로 감동케 하는 것이 아닌가 하는 우려를 금치 못한다.

> 봄눈이 내리는 날
> 내 그대의 따뜻한 집이 되리니
> 그대 가슴의 무덤을 열고
> 봄눈으로 만든 눈사람이 되리니
> 우리들에게 가장 필요한 것은
> 사랑과 용서였다고
> 올해도 봄눈으로 내리는
> 나의 사람아
>
>   - 정호승, 「봄 눈」 일부분 -

위 「봄 눈」의 시구는 달콤한 속삭임으로 다가온다. 독자는 자기의 삶에 이러한 사람이 있는지에 대해 순간 반문을 할 것이다. 이내 '아니다'라는 결론을 얻고 현실의 문제를 벗어날 것이다. 자성을 가져오는 것이 아니라 해결할 수 없는 실의와 이룰 수 없는 환상을 갖는다. 이와 같은 시구로 "사랑하기 때문에 죽음은 아름답다"(「연어」), "때때로 실패한 사랑도 아름다움을 남긴다"(「늙은 어머니의 젖가슴을 만지며」), "오늘도 당신의 밤하늘을 위해 / 나의 작은 등불을 끄겠습니다"(「당신에게」), "내가 그대를 사랑하지 않는다면 / 지금 당장 내 목을 베어 가십시오"(「내 마음속의 마음이」) 등이 있다. 이와 같은 상황은 시집 『외로우니까 사람이다』에서 한층 심화된다.

그렇다
우리가 누가 누구의 해가 될 수 있겠는가
우리는 다만 서로의 햇살이 될 수 있을 뿐
우리는 다만 서로의 파도가 될 수 있을 뿐
누가 누구의 바다가 될 수 있겠는가
바다에 빠진 기차가 다시 일어나 해안선과 나란히 달린다
(중략)
기차를 떠나보내고 정동진은 늘 혼자 남는다
우리를 떠나보내고 정동진은 울지 않는다

- 정호승, 「정동진」 일부분 -

　정호승은 진정한 사랑을 할 자격의 문제에서까지 회피하기 시작한다. 우리는 상대에 대해 존재, 실체가 되는 것이 아니라 다만 사물이 될 뿐이다. 이러한 내용은 우리 현실을 적나라하게 보여준다고 생각할 수도 있다. 그러나 여기에 진정성이 있는가의 문제는 별개의 것이다. 우리에게 지켜져야 할 진정성이 있다면 그것은 우리 현실태가 추하다는 것을 인정하는 것이 아니다. 현실태를 자각하고 근원을 묻고 바꿔 나가려는 노력이 바로 진정성이다. 우리가 그 동안 '솔직'이라는 이름 아래 얼마나 무수한 폭력을 휘둘러 왔는지 자성해야 할 시점에 와 있는 것이다.

인생은 나에게
술한잔 사주지 않았다
겨울밤 막다른 골목 끝 포장마차에서
빈 호주머니를 털털 털어
나는 몇 번이나 인생에게 술을 사주었으나
인생은 나를 위해 단 한 번도
술 한잔 사주지 않았다
눈이 내리는 날에도

돌연꽃 소리없이 피었다
지는 날에도

- 정호승, 「술 한잔」 -

정호승은 유토피아를 찾아다니다가 지쳐 쓰러진 자다. 그는 낭만성으로 극복하고자 했지만, 결국 현실을 살찌우는 환상이 아닌 무기력해진 몽상을 찾아다니다 피곤해진 자가 돼버린 것처럼 보인다.

모래가 되어본 자만이
낙타가 될 수 있다
낙타가 되어본 자만이
사막이 될 수 있다
사막이 되어본 자만이
인간이 될 수 있다
인간이 되어본 자만이
모래가 될 수 있다

- 정호승, 「모래」 -

모래, 낙타, 사막, 인간, 모두 버거운 인생길을 연상케 한다. 끝없는 미지의, 불안정한, 불확정적인 존재일 뿐이다.

다음 황지우의 경우를 살펴보자.

섣달 스물아흐레 어머니는 시루떡을 던져 앞 바다의 흩어진 물결들을 달래었습니다. 이튿날 내내 靑苔밭 가득히 찬비가 몰려왔습니다. 저희는 雨期의 처마 밑을 바라볼 뿐 가난은 저희의 어떤 관례와도 같았습니다. 滿潮를 이룬 저의 가슴이 무장무장 숨가빠하면서 무명옷이 젖은 저희 一家의 심한 살냄새를 맡았습니다. 빠른 물살들이 土房門을 빠져나가는 소리를 들으며 저희는 낮은 沿岸에 남아 있었습니다.

모든 近景에서 이름없이 섬들이 멀어지고 늦게 떠난 木船들이 그 사이에 오락가락했습니다. 저는 바다로 가는 대신 뒤안 장독의 작게 부서지는 파도 소리를 들었습니다. 빈 항아리마다 저의 아버님이 떠나신 솔섬 새울음이 그치질 않았습니다. 물건너 어느 계곡이 깊어가는지 차라리 귀를 막으면 南灣의 멀어져가는 섬들이 세차게 울고울고 하였습니다.

어머니는 저를 붙들었고 內地에는 다시 연기가 피어올랐습니다. 그럴수록 近視의 겨울바다는 눈부신 저의 눈시울에서 여위어갔습니다. 아버님이 끌려가신 날도 나루터 물결이 저렇듯 잠잠했습니다. 물가에 서면 가끔 지친 물새떼가 저의 어지러운 무릎까지 밀려오기도 했습니다. 저는 어느 외딴 물나라에서 흘러들어온 흰 상여꽃을 보는 듯했습니다. 언뜻언뜻 어머니가 잠든 胎夢중에 아버님이 드나드시는 것이 보였고 저는 石花밭을 넘어가 燐光의 밤바다에 몰래 그물을 넣었습니다. 아버님을 태운 상여꽃이 끝없이 끝없이 새벽물을 건너가고 있었습니다.

朔望 바람이 불어왔습니다. 그러나 바람 속은 저의 死後처럼 더 이상 바람 소리가 나지 않고 木船들이 빈 채로 돌아왔습니다. 해초 냄새를 피하여 새들이 저의 무릎에서 뭍으로 날아갔습니다. 물가 사람들은 머리띠의 흰 천을 따라 內地로 가고 여인들은 還生을 위해 저 雨期의 靑苔밭 넘어 再拜三拜 흰떡을 던졌습니다. 저는 괴로워하는 바다의 內心으로 내려가 땅에 붙어 괴로워하는 모든 물풀들을 뜯어 올렸습니다.

內陸에 어느 나라가 망하고 그 대신 자욱한 앞바다에 때아닌 배추꽃들이 떠올랐습니다. 먼 훗날 제가 그물을 내린 子宮에서 燐光의 항아리를 건져올 사람은 누구일까요.

- 황지우, 「沿革」 -

위 시는 1980년 『중앙일보』 신춘문예에 당선된 작품이다. 1980년대의 새벽을 가르며 발간되었을 『중앙일보』의 신춘문예란에 황지우가 나타났다.
어머니는 섬사람의 삶터인 바다를 달래기 위해 시루떡을 던진다. 그렇지만 그들은 우기의 처마 밑을 바라볼 뿐, 가난은 저희 어떤 관례와도 같다고 한다. 이름 없는 섬에 사는 사람들, 늦게 떠난 목선, 빈 항아리, 무슨 이유인지는 모르나 아버님은 끌려가셨고, 상여꽃만 보인다. 이처럼 처절한 메시지가 서정성보다 앞선 작품이다.

또한 황지우의 특유의 시작태도인 '대화'[11]가 주목되는 시이기도 하다. "먼 훗날 제가 그물을 내린 子宮에서 燐光의 항아리를 건져올 사람은 누구일까요"라고 묻는다. 시인, 시적화자가 그물을 내린 그곳은 섬사람에게 있어 삶의 터전인 바다이며, 더 나아가 인류의 자궁이다. 그러나 그 그물을 건져 올릴 사람은 시인이 아니다. 시인은 물음을 던진다. 독자가 그것을 걷어 올려야 한다. 시인의 이러한 태도는 그의 등단 시기의 작품인 다음 시에서도 보인다.

새벽, 인양선이 잠든 우리들의
고막으로 돌아오고 있었다
지친 海路를 뒤에 끌고 천천히,
길게 自己告白을 하는 뱃고동 소리
우리들 중 누가 이 低音의 깊은
밑바닥으로 잠수하려 할 것인지
잠결인 듯 深海의 술병에
목놓은 바람 소리 지나간다

木浦가 곧 물에 잠기리라
명년 초봄 平澤以北에 밤꽃이 피고
城內에 피가 흐르리라
어두운 땅에서 사람들이 이를 갈며 울리라

脫水한 수평선에 흰 새들이 빠져들고 있었다

---

11 황지우, 『사람과 사람사이의 신호』, 한마당, 1986. 참조.

끼룩거리는 찢긴 벽보들이, 갈보들 그들은
이미 죽은 시대를 屍姦한 수평선은
다시 물을 빨아들이고 있었다
오늘은 전국적으로 흐리고
嶺東 산간 지방에 비

            - 황지우, 「대답 없는 날들을 위하여」 -

이 작품은 「沿革」에서 보여준 것처럼 시의 본령인 서정성을 잃지 않으면서도 메시지가 분명히 전달되고 있다. 목포가 물에 잠긴다. 여기에서 목포는 다른 시에서 살펴볼 수 있듯이 착취의 땅이다. 섬사람들의 생계를 위협하는 도시로 대표되는 곳이다. 그러한 목포가 잠기고 어두운 땅에서 사람들이 이를 갈며 운다고 한다. 이를 갈며 우는 곳이란 성경 속의 공간, 그것은 바로 지옥일 것이다. 끼룩거리는 것은 갈매기일 터인데, 이는 찢긴 벽보며 갈보들이다. 이는 섬 여자들이 도회지에 가서 몸을 파는 것을 비유한 것이다. "오늘은 전국적으로 흐리"다는 황지우의 판단은 「沿革」의 상황과 같은 궤에 있다. 또한 "우리들 중 누가 이 低品의 깊은 / 밑바닥으로 잠수하려 할 것인지"에서 그의 특유의 대화법이 쓰이고 있다.

황지우가 1990년대에 읽히는 이유는 무엇인가. 황지우와 1990년대가 만나는 접점은 자성과 비판이다. 1990년대의 문화가 10~20대의 천박한 대중문화와 그에 대한 기성세대의 무조건적인 비난이었다면, 황지우는 자성적 비판으로 이루어졌기에 더욱 더 진정성이 엿보인다.

황지우의 7년 침묵 끝에 나온 시집 『어느 날 나는 흐린 주점에 앉아 있을 거다』는 화살의 방향만 바뀌었을 뿐 끊임없이 화살을 쏜다. 그것이 대 사회적이냐 아니면 개인이냐는 것의 차이가 있을 뿐이다. 1980년대 화살의 방향이 대 사회적이었다면, 1990년대는 자기 자신을 비롯한 각 개인이다. 그러나 개인에게 화살을 보내는 황지우는 이내 독자와 함께 대 사회를 바라보며 문제제기를 한다. 바로 이 점이 황지우를 살아있는 시인으로 만드는 것이다.

1
나는 폭포의 삶을 살았다, 고 말할 수 없지만
폭포 주위로 날아다니는 물방울처럼 살 수는 없었을까

- 황지우, 「等雨量線1」 일부분 -

위 시를 자연스럽게 바꾼다면, '나는 폭포의 삶을 살았다, 고 말할 수 없지만 / 폭포 주위로 날아다니는 물방울처럼 *살았다고 할 수 없을까*'로 하여야 할 것이다. 그런데 황지우는 "살 수는 없었을까"로 오히려 자신에게 반문한다. 자기 합리화가 아니라 자신을 객관적인 입장에서 다시 한 번 돌아보는 것이다. 여기에서도 앞서 언급했던 소위 대화법을 사용하여 다음과 같은 효과를 얻고 있다. 첫째, 자성의 흔적이 보인다는 것, 둘째, 읽는 독자가 황지우 당신은 그렇게 살았다 라는 평을 해 줄 것이다. 셋째, 독자 스스로 나는 어떠했을까 라는 반성을 하게 된다. 이처럼 그는 스스로는 자성을 하고 독자에게는 문제제기를 하는 화법을 주로 사용했다.

①
이력서를 집어들고 돌아오는 길 위에 잠시 서서
나는, 세상이 나를 안 받아준다고 생각하고 있었다.

- 황지우, 「等雨量線1」 일부분 -

②
나는 제자리에 그대로 있는데 아이들이 마구 자라
수위가 바로 코밑에까지 올라와 있는 생활
나는 언제나 한계에 있었고
내 자신이 한계이다.

- 황지우, 「等雨量線1」 일부분 -

③
감색 양복의 손님을 두고 아우 잡으러 온
안기부나 정보과 형사라고 고집하실 때,
아궁이에 불지핀다고 안방에서 자꾸 성냥불을 켜시곤 할 때,
내 이 슬픔을 어찌 말로 할 수 있으랴?
내가 잠시 들어가 고생 좀 했을 때나
아우가 밤낮없는 수배 생활을 하고 있을 때,
새벽 교회 찬 마루에 엎드려 통곡하던
그 하나님을
이제 어머님은 더 이상 부르실 줄 모른다.

           - 황지우, 「이 세상의 밥상」 일부분 -

　우리는 위 시에서 다음과 같은 자성의 구체적인 실체를 볼 수 있다. 첫째, 사회가 자신을 받아주지 않는다. 둘째, 처자식을 제대로 부양하지 못하고 있다. 셋째, 노모를 편히 모시지 못하고 있다는 것이다. 이와 같은 자성의 목소리는 비단 시인 황지우 한 사람에게만 해당되는 고민이 아니다. 현대를 살아가는 대부분의 가장은 고개를 끄덕일 것이다. 이는 소시민의 목소리인 것이다. 이것이 바로 1990년대의 황지우의 반응이다. 더 나아가 황지우는 여기에서 멈추는 것이 아니라 시적 화자를 더 무능하고 비참한 처지로 이끌고 간다.

원목 옷걸이에 축 처진 내 가다마이.
나를 담았던 거죽,
누군가 감아놓은 태엽의 시간을 풀면서
하루종일 TV 앞에서
오른팔이 아프면 왼팔로 머리를 받치고
길게 모로 누워 있는 일요일; 이 내용물은
서서히 금이 가면서 점점

진흙에 가까워지고 있다.
옷걸이에 축 처진 내 옷, 어떤 억센 힘에
목덜미 붙잡힌 자세로
그것은 월요일이 된 공기 속에 있다
이것도 삶이라면, 삶은 욕설이리라

- 황지우, 「점점 진흙에 가까워져 가는 존재」 일부분 -

황지우는 이제 하나의 사물에 불과하다. 인격체가 아닌 사물이 되어 버린다. "가다마이", "진흙", "축 처진 옷"이 그것이다. 그러나 황지우에겐 사물로 멈추지 못하게 하는 무언가가 있다. 황지우는 안주하는 것이 아니라 욕설을 하는 것이다. 이처럼 자신이 사물화 되어 가면 삶은 욕설이라 하여 용납하지 않는다.

그러므로, 어느 날 나는 흐린 주점에 혼자 앉아 있을 것이다
완전히 늙어서 편안해진 가죽부대를 걸치고
등뒤로 시끄러운 잡담은 담담하게 들어주면서
먼 눈으로 술잔의 水位만을 아깝게 바라볼 것이다
(중략)
문제는 그런 아름다운 廢人을 내 자신이
견딜 수 있는가, 이리라.

- 황지우, 「어느 날 나는 흐린 酒店에 앉아 있을 거다」 일부분 -

황지우는 자신이 이젠 완벽한 사물이 되어 "완전히 늙어서 편안해진 가죽부대를 걸치고" 주점에 앉을 것이라고 한다. 그러나 주목해야 하는 것은 그의 육신은 비록 가죽부대가 되었지만, 그의 정신만은 그 아름다운 폐인을 견딜 수 없다고 한다. 여기에 시인은 "가죽부대"와 "내 자신"으로 이분화되고 있다. 가죽부대는 아름다운 폐인이다. 이것을 시인의 정신, 자아는 견딜 수 없다고 한다. 이와 같은 면모는 다음의 시에서도 볼 수 있다.

하마터면 피아니스트가 될 뻔했던 아내가 출장 레슨 나가기 전에
그에게 와서 나를 어루만져줄 때가 나는 좋다.
나는, 아내가, 소파에 앉아 있는 그의 머리카락을 커트해 줄 때,
낮잠 자고 있는 그에게 가만히 다가와 나의 발톱을 잘라줄 때,
혹은 그를 자기 무릎에 눕혀놓고 내 귀지를 파줄 때, 좋다
아침마다 그에게 녹즙을 갖다주고, 입가에 묻은 초록색을 닦아주자
나는 그녀를 보면서 방그레 웃었다.
나는, 아내가 그를 일으켜주고 목욕시켜주고 나에게 밥도 떠먹여주고
똥도 받아주고, 했으면 좋겠다.
나는 그의 남은 생을, 그녀에게 몽땅 떠맡기고 싶다.
코로 숨만 쉴 뿐, 꼼짝도 않고 똥그란 눈으로 뭔가 간절히 바라고 있으면
그녀가 다 알아서 해주는 식물 인간이고 싶다.
가끔 햇빛을 보고 싶어하므로 창문을 열어줄 필요만 있을 뿐,
동정할 수는 있어도 책임을 물을 수는 없는 이 幸運木 나는
이 病室에서 나가고 싶지 않다.

- 황지우, 「살찐 소파에 대한 日記」 일부분 -

　시적 화자 '나'는 피아니스트가 될 뻔한 아내의 레슨비로 생활을 유지한다. 머리카락을 커트해 주고, 낮잠 자고, 발톱 잘라주고, 귀지를 파주고, 녹즙을 주고, 입을 닦아준다. 이런 면모는 극히 일상적이고 편안해 보이기까지 한다. 오히려 행복한 집안의 모습인 것 같다. 그러나 더 나아가 목욕을 시켜주고, 밥도 떠 먹여주고, 모든 것을 맡기며, 코로 숨만 쉬고 싶은 그런 식물인간이고 싶다고 한다. 시인은 비로소 정체를 드러낸 것이다. 안락한 삶으로 포장되었던 그 삶은 바로 주체적이지 못한 식물 인간적인 삶임을 드러내었다. 동정할 수는 있어도 책임을 물을 수 없는 행운목, 이는 아리러니이다. 시인의 삶, 시적 화자의 삶에 동정을 할 수 있으나 책임을 질 수 없다. 결국 이 병실에서 나가고 싶지 않다는 것은 나갈 힘이 없음을 자인하는 것은 아닐까. 그렇다면 그는 왜 자신을 식물인간으로 만들어 버리는 병실에서 나갈

수 없을까. 그 이유는 다음 시에서 찾아볼 수 있다.

> 핀 조명이 서서히 밝아지면
> 무대 중앙, 소파에
> 40세 가량의 한 사나이가
> 흰 석고 두개골을 안고 앉아 있다
> 무대 배경은 병원을 암시할 수 있는
> 흰색천으로 미니멀하게 처리

누군가 나타나서 여기서 나를 구해줄 거야······

아니면, 누군가 망치로 내 머리를 내리쳐주었으면 좋겠어.
아침에 일어나면 머리가 띠잉하고 멍멍해.
어떤 자가 주사로 공기를 주입해놓은 거 같아, 속은 텅 비고,
세상에 남의 뇌를 훔쳐가는 놈이 있단 말인가?
나는 국가 安全企劃部를 의심하지만, 그들도 잘 알 듯이,
내 性向은 스캐닝할 만한 별내용도 무게도 빛깔도 없잖아?
이게 내 문제야, (석고 두개골을 들여다보면서, 혹은 어루만지면서)
그것이 없다는 거;
스프레이로 뿌린 붉은 구름이 떠 있을 뿐
그 누구에게도 말할 수 없는 비밀; 나의 사상이 없어졌어!

                                    - 황지우, 「석고 두개골」 일부분 -

누군가 시적 화자의 사상을 훔쳐간 것이다. 이것이 바로 미시권력의 위력이다. 인간을 소파에 앉혀놓고 안락한 생활을 영위하게 하지만 그것은 그를 식물인간으로 만들기 위한 속임수였던 것이다. 시인은 이 사회가 인간을 무기력하게 만들고 사물이 되게 하여 사상을 빼앗아 버린다는 것을 고발한 것이다. 그렇다면 시인은 독자에게 어떤 방식으로 전달하고 있는가. 황지우는 시에서 단막극을 올린다. 시인은 극 장르가 관객과 배우를 하나로 만드는

장점을 지니고 있다는 것을 활용한 것이다. 관객은 어느새 배우가 되어 움직이고 이 극이 끝날 무렵 놀래서 제자리로 돌아가게 되는 것이다. 그리고 관객은 자신의 사상을 찾으러 떠날 것이다.

1990년대의 두 시인의 행로는 사뭇 다름을 살펴보았다. 이는 데뷔작에서 보았던 그러한 서정성의 농도 또는 기법의 차이가 아니라 두 시인의 사유방식이 달랐기 때문이다. 이는 데뷔작에서 어느 정도 짐작케 했던 두 시인의 향방이었다. 데뷔작에서 보여준 경향이 사유방식까지 결정짓는데 영향을 주었다는 것은 주목할 만하다.

1990년대에 와서 정호승은『별들은 따뜻하다』(1990),『사랑하다가 죽어버려라』(1997),『외로우니까 사람이다』(1998),『눈물이 나면 기차를 타라』(1999) 등을 상재했다. 1970 · 1980년대의 앙가주망 계열의 시인들에 비해 다작의 시기를 보냈다. 반면 황지우는『어느 날 나는 흐린 酒店에 앉아 있을 거다』(1998)의 시집을 남겼다.

두 시인들의 공통점은 1990년대에도 읽히는 시인이라는 점이다. 1990년대의 앙가주망 시인들의 활동을 정리해보면, 절필하거나 감상적인 서정시로 인해 스스로 사라지거나 독자들에 의해 잊혀져가는 시인들이 대부분이다. 그러나 정호승과 황지우는 어떤 방식으로든지 시를 쓰고 읽히는 시인들이다. 정호승은 서정성과 여성성의 결합에 의해, 황지우는 자성과 비판정신에 의해 꾸준히 읽히는 시인이다.

Ⅳ. 다양한 시의 형상화

1. 포스트모더니즘과 현대시

1) 모더니즘과 포스트모더니즘이란 무엇인가?

문명발전기의 새로운 단계와 후기 산업사회를 발판으로 등장한 포스트모더니즘은 불확정성, 미결정성, 불연속성이라는 과학적 지식을 바탕으로 한다. 이러한 지식체계는 현실과 단절된 총체성을 찾고자 하는, 즉 주체의 소외 문제가 아니라 주체의 죽음, 세계관의 상실, 현실이 자본과 지배권력에 조작된 이미지로 가득 찬 세계를 말한다.

모더니즘의 시대는 그래도 소외된 주체나마 존재하여 총체성을 획득하고자 하는 시도가 있었지만, 포스트모던의 시대에는 그러한 주체마저 상실된 시대인 것이다. 이젠 불확정성을 받아들여서 잃어버린 현실을 되찾아야 하는 시기가 된 것이다.

모더니즘의 미학적 저항은 근대성을 뿌리째 부인하기보다는 그것(자본주의적 근대성)이 낳은 병리적 현상(사물화, 소외)에 대한 반항의 형태를 보였다. 따라서 모더니즘은 근대성의 예술적 관습을 파괴하면서도 또 다른 정치적 대한이 전제되지 않았다는 점에서 다시금 자본주의적 근대사회 내부로 돌아온다. 그러나 포스트모더니즘은 근대성의 탈피가 아니라 그에 대한 반성이며, 이제까지의 근대기획들이 낳은 반근대적인 요소들을 극복하기 위한 문제제기이다. 즉 이성중심주의, 교환가치, 권위주의 등 모든 반근대적인 요소들의 근원을 해체함으로써 진정한 근대사회를 확립하기 위한 부정적 전략을 포함하고 있다.[12]

---

12 나병철, 『근대성과 근대문학』, 문예출판사, 1995. 참조.

2) 현대시에 접목된 포스트모더니즘

우리 시단의 포스트모더니즘은 1980년대에 이르러 나타나기 시작했다. 1980년대의 리얼리즘의 시가 성행을 이루고 있을 때, 한 편에서부터 시작된 바람이 1990년대에 이르러 확대가 된 셈이다.

포스트모더니즘의 시는 두 가지 방향에서 이루어졌다. 그 하나는 해체시로서 형식 파괴를 통한 사회비판의 시이며, 다른 하나는 후기 산업사회의 비판의 시이다.

1980년대 후반부터 드리워진 포스트모더니즘의 경향은 해체시라는 새로운 장르로 선보이기 시작했다. 그런데 이 해체시의 경향은 의도한 해체시 혹은 의도하지 않은 해체시가 있을 수 있다. 황지우의 시적 경향은 해체시의 면모를 보인다. 이는 시인 자신은 '시적인 것'[13]을 찾아 쓴 것이지만 결국 해체시로 귀결되었다. 이것이 바로 해체시의 한 경향이다.

> (생략)
> 다닥다닥다닥다닥다닥다닥다닥다닥다닥다(중략)
> 찌그러진 △ㅁ들, 일어나고 못일어나고,
> 찌그러진 ㅎ우들
>   88올림픽 오기 전까지의
>   新林山 10洞 B地區가
> 보인다
>   "해야 솟아라 지난 밤 어둠을 살라 먹고 맑은 얼굴 고운 해야 솟아라"
>   솟지마라(생략)
>
>   – 황지우, 「日出」이라는 한자를 찬, 찬, 히, 들여다보고 있으면」일부분 –

---

13 황지우, 앞의 책, 참조.

"해야 솟아라"는 적어도 박두진의 시에서는 광명, 독립 등등의 긍정적인 의미를 이끈다. 그러나 황지우의 시에서는 달동네의 "다닥다닥다닥다닥" 붙어 있는 집들의 서술을 통해 해가 뜨는 것은 힘겨운 하루의 시작을 알리는 버거움의 의미로 읽힌다. 이는 박두진의 광명의 의미를 내포하는 해가 그 가치를 잃어버린 경우에 해당한다.

시에서의 보여주기는 흔히 심상을 통해서 이루어진다. 그러나 황지우는 심상이 아닌 그림문자로 보여준다. 따라서 이는 감각적으로 재구성된 시각적 심상과는 별개의 것이다.

山
절망의산,
대가리를밀어버
린, 민둥산, 벌거숭이산
분노의산, 사랑의산, 침묵의
산, 함성의산, 증인의산, 죽음의산,
부활의산, 영생하는산, 생의산, 희생의
산, 숨가쁜산, 치밀어오르는산, 갈망하는
산, 꿈꾸는산, 꿈의산, 그러나 현실의산, 피의산,
피투성이산, 종교적인산, 아아너무나너무나 폭발적인
산, 힘든산, 힘센산, 일어나는산, 눈뜬산, 눈뜨는산, 새벽
의산, 희망의산, 모두모두절정을이루는평등의산, 평등한산, 대
지의산, 우리를감싸주는, 격하게, 넉넉하게, 우리를감싸주는어머니

- 황지우, 「無等」 -

위 시에서 "산"은 많은 내용을 담고 있다. 시의 형태를 산의 모양으로 조직하였는데, 그 산을 이루고 있는 것은 광주 무등산을 배경으로 한 광주의 실상이자, 1980년대의 실상인 것이다. 산이 사회라면, 그 사회는 절망, 분노, 죽음, 힘든 그러한 사회이다. 그러나 한편으로는 사랑이 있고, 함성이 있고,

갈망하며, 평등을 꿈꾸고, 어머니이기도 한 것이다. 시인은 산의 내용을 은유로 보여준 뒤, 그 의미를 산의 형태를 통해서 다시 한 번 각인시키고 있다.

> 죠옥 빠라서 씨버 주세요. 해태봉봉 오렌지 쥬스 삼백원!
> 더욱 커졌습니다. 롯데 아이스콘 배권임다!
> 뜨거운 가슴 타는 갈증 마시자 코카콜라!
> 오 머신는 남자 캐주얼 슈즈 만나 줄까 빼빼로네 에스에스 패션!
> (중략)
> 그가 그의 아내의 배 위에서, '그년'과 놀아난 '표'를 지우려 하면 할수록, 보성물산주식회사 차장 장만섭씨는 영동의 룸싸롱 '겨울바다'(제목이 참 고상하지. 시적이야. 그지?)의 미스 쵠가 챈가 하는 '그년'을 더욱더 실감으로 만지고 있는 것이다.
>
> — 황지우, 「徐代, 셔볼, 셔볼, 서울, SEOUL」 일부분 —

여러 광고들과 장만섭씨의 성생활은 현실태에 대한 황지우의 의도 있는 편집이다. 이러한 시를 읽은 독자는 놀라며 현실을 비판하게 될 것이다. 또한 황지우는 「한국생명보험회사 송일환씨의 어느날」에서는 날씨소개, 여러 가지의 물가, 신문의 만화, 금값의 시세 등등의 제시로 여러 부류의 인물군들의 삶을 간접적으로 제시한 뒤, 독자의 위치와 상실감을 간접적으로 드러내 주었다. 이와 같은 시로는 「버라이어티쇼, 1984」 등이 있다.

타 장르의 수용도 보이는데, 황지우는 신문 심인란, 신문기사, 편지, 광고, TV드라마, 다큐멘터리, 스포츠 중계, 희곡 등을 수용하여 시화하였다. 이 중에서 몇 가지만 살펴보자.

> "여기는 어디까지나 교육의 연장입니다. 학생 야구에 성인들이 저런 단 것은 용납할 수 없는 처삽니다. 스포츠 정신이란 게 뭡니까? 룰에 대한 절대적인 복종 아닙니까? 네네, 그렇습니다.
>
> — 황지우, 「5월 그 하루 무덥던 날」 일부분 —

스포츠 중계가 직접 시(詩)안으로 들어온다. 이런 면은 기성의 시와는 변별성을 지닌다. 이러한 이변적인 형식 속의 내용은 정치적으로 이용되었던 스포츠 정신의 왜곡을 표출한 것이다. 시인은 객관적인 아나운서와 해설자의 입을 빌어 숨겨져 있는 모순, 즉 룰에 대한 복종, 절대 복종의 정신을 비판한 것이다. "스포츠는, 필사적으로, 정치적이다."(「그들은 결혼한 지 7년이 되며」)도 같은 경우이다. 시인은 선택을 하고 독자는 이에 대한 깨달음을 갖을 것을 의도한 것이다.

> #6. 카메라는 다시, 가슴 앞에 피켓을 내밀고 일렬 횡대로 서 있는 사람들에게 맞춰지고-만오천이백삼번, 만오천이백사번……황해도 연백군, 함경북도 청진……형님, 누님, 여동생, 삼촌, 아버지, 어머니……
> (중략)
> #9(…)그는 조명등이 눈부시게 내리쬐는 천장을 향해 두 팔을 벌리고 대한민국만세를 서너 번씩 부르고 있다.
>
>   - 황지우, 「마침내, 그 40대 남자도」일부분 -

위 시에서는 방송이 시 속으로 들어온다. 그것은 일상세계의 침투이며 낯선 형식이다. 그러나 그러한 낯선 형식, 독자를 당황케 하는 형식은 시내용과 연결되어 시의 효과를 극대화시키고 있다. 가슴 앞에 피켓을 들고 있는 것은 마치 죄수들이 자신의 죄수번호를 들고 사진을 찍는 것과 흡사하다. 그들은 이름 대신 번호로 불린다. 번호로 불리는 그들은 이미 주체가 아닌 객체가 된 것이다.

또한 황지우가 1980년대에 6·25 한국전쟁의 비극을 되새기는 이유는 무엇일까. 그 이유는 1980년대의 비극이 바로 분단 상황에서 비롯되기 때문이다. 분단이 낳은 이데올로기의 대립, 그것을 이용한 독재체제를 비판하고자 한 것이다. 그래서 당대 민중들의 불만의 방향을 바꾸어 버린 이산가족 찾기의 실상을 시 속으로 불러들인 것이다. 이는 아이러니컬하게 이산의 상처를 준 대한민국에 대하여 만세를 부르는 현실을 비판하는 것이다.

> 핀 조명이 서서히 밝아지면
> 무대 중앙, 소파에
> 40세 가량의 한 사나이가
> 흰 석고 두개골을 안고 앉아 있다
> 무대 배경은 병원을 암시할 수 있는
> 흰색천으로 미니멀하게 처리
>
> 누군가 나타나서 여기서 나를 구해줄거야……
>
> 아니면, 누군가 망치로 내 머리를 내리쳐주었으면 좋겠어.
> 아침에 일어나면 머리가 띠잉하고 멍멍해.
> 어떤 자가 주사로 공기를 주입해놓은 거 같아, 속은 텅 비고,
> 세상에 남의 뇌를 훔쳐가는 놈이 있단 말인가?
> 나는 國家安全企劃部를 의심하지만, 그들도 잘 알 듯이,
> 내 性向은 스캐닝할 만한 별내용도 무게도 빛깔도 없잖아?
> 이게 내 문제야, (석고 두개골을 들여다보면서, 혹은 어루만지면서)
> 그것이 없다는 거;
> 스프레이로 뿌린 붉은 구름이 떠 있을 뿐
> 그 누구에게도 말할 수 없는 비밀; 나의 사상이 없어졌어!
>
> 누군가 나타나서 여기서 나를 구해줄 수 있을까?
> (중략)
> 그 누구 나를 여기서 구해줄 수 있으랴……
> (생략)
>
> ― 황지우, 「석고 두개골」 일부분 ―

위 시는 1990년대 말에 쓰인 시로서 1인극과 같다. 대본으로 엮어서 극을 올린다고 해도 가능하리라 생각할 정도다. 그런데 이는 혼자만의 독백이다.

그 내용인 즉, 불혹의 나이의 40대에 오히려 시적 자아는 공허함을 느낀다. 누군가에게 자신의 정신을 **빼앗긴** 것 같은 느낌, 자신의 삶을 **빼앗긴** 것 같은 느낌을 갖는다. 누가 자신을 도와주기를 바라나 도움이 가능할까 하는 회의를 하고, 더 나아가 도울 수 없음으로 자조한다. 그가 잃은 것은 사상이다. 환멸의 1990년대, 즉 1980년대에 젊음과 가진 모든 것을 다해 투쟁하여 얻어낸 결과는 속임과 기만뿐이다. 또한 1980년대의 투쟁정신도 사라졌다. 이 시대에 황지우가 잃어버린 것은 단순히 '잘 살고 잘 먹음'이 아니라, 그가 바랐던 새로운 세계의 도래 및 그 투쟁의 사상이다. 이 사상의 되찾음 그리고 자신의 인생의 되찾음을 위해 1인극을 꿈꾼다. 심도 있는 물음으로 자신에게 들어가기 위해서 말이다.

이와 같이 황지우는 '시적인 것'을 찾아서 적절한 시 형식을 강구할 때, 해체시의 경향으로 흐르게 됐던 것이다.

2. 에로티시즘과 현대시

1) 에로티시즘이란 무엇인가?

에로스(eros)는 다음 세 가지 측면에서 의미를 분화할 수 있다. 첫째, 신화적 측면으로서 사랑의 여신에서 연유한 이성간의 사랑. 둘째, 그리스 시대의 플라톤에 의해 미의식에 근원을 두는 이데아 세계를 향한 예지적 추구.[14]

---

14 ① "에로스에 바쳐진 플라톤의 두 대화 『향연』과 『파이드로스』는 철학언어는 달라도 항구적인 특징이 있다. 『향연』에서 아리스토파네스와 디오티메가 들려주는 신화 속의 뿌리를 둔 에로스는 그 신화들로부터 쉽게 빠져나와서 플라톤의 변증법 그 자체로, 또한 교육법의 실천으로, 절대선과 절대미의 입문으로서 증명되고 있다." 쥴리아 크리스테바, 김영 (역), 『사랑의 역사』, 민음사, 1995. 참조.
② "이성이나 지성은 에로스의 눈이요, 에로스는 이성이나 지성의 추진력이다. 플라톤이

셋째, 18세기 이후의 정신분석학자들에 의한 개념으로 나누어 볼 수 있다. 이러한 에로스 개념은 에로티시즘으로 연계되어 더 폭넓은 의미를 양산해 왔다.

그런데 에로티시즘을 문학비평의 한 방법론으로 사용하기 위해서는 먼저 단순한 성행위와 구별을 요한다. 왜냐하면 이는 문학의 외설시비의 문제를 해결해 줄 수 있기 때문이다. 이때 바따이유의 개념구분이 유용하면서도 타당성을 지닌다. 그녀는 단순한 성행위는 동물성으로, 성행위에서 인간의 내적 정신의 탐구는 에로티시즘으로 분리하였다. 바따이유는 인간이 다른 동물과 달리 성에서 인간의 내적 삶을 문제시하고 있기에 에로티시즘은 짐승의 성행위와 다른 것으로 보고 있다. 여기에서 내적 삶이란 인간이라는 각 객체가 불연속적인 상태로 존재하는 데서 오는 고립감이나 불안감을 뛰어넘고자 하는 연속성의 희구가 성행위를 통해 비유적으로 드러나는 의식을 말한다. 이런 의식은 다시 죽음을 뛰어 넘고자 하는 생명욕을 함유하게 된다. 이와 같이 동물성과 에로티시즘을 구분하면 우리의 연구 대상은 당연히 에로티시즘을 표출하고 있는 작품으로 한정된다.

2) 현대시에 접목된 에로티시즘 - 1950년대를 중심으로

1950년대의 우리 현실은 쾌락원칙과 현실원칙 사이에서의 갈등양상을 보여준 시대라고 할 수 있다. 이는 외부에서 주어진 압력·억압에 의한 불안, 공포, 경악을 동시에 수반한다. 1950년대의 전쟁은 사회적 조짐 속에서 불안을 느끼게 하였으며, 전쟁 자체에서 발아되는 삶의 공포 그리고 그 잔상에서 오는 경악은 항상성의 원칙으로 하는 쾌락원칙을 수행할 수 없게 한다. 따라

밝힌 대로 에로스는 창조적 원동력이요 끈질긴 생명력이다." 박종현, 『희랍사상의 이해』, 종로서적, 1985. 참조.

서 쾌락원칙은 현실원칙으로 대체된다. 현실원칙은 제도의 체제로 구체화되고 그러한 체제 속에서 자라나는 개인은 법이나 질서 따위의 현실원칙의 필요조건을 배우며 그것들을 다음 세대에 넘겨준다. 그러나 상상력은 문학적 변용으로부터 보호되어 그대로 쾌락원칙에 위탁되어 있다. 시인들은 전이, 투사, 압축 그리고 푸코 식의 고백을 통해서 원치 않은 상황과 고통스런 감정을 반복하고 대단히 정교하게 그것을 재생시켜 억압에 대한 반항의 한 방법인 에로스로써 극복하고자 한다. 왜냐하면 '성적 본능은 삶에 대한 의지의 구체적 표현'이기 때문이다. 이는 에로스가 성적 충동에서 시작하여 생의 충동으로 확장됨을 함의한다. 따라서 에로스는 성적 충동으로 혹은 생의 충동으로 드러난다. 이와 같은 거부와 생의 충동 양상은 우리 시단에서도 나타난다.

인간의 삶에 대한 본능이 가장 활발하게 또는 가장 치열하게 추구되는 시기는 전쟁이 일어나는 시기이다. 전쟁은 죽음과 연결되고, 죽음은 다시 삶의 의지를 불러일으킨다. 그래서 우리나라에서도 에로티시즘을 가장 명확하게, 집중적으로 드러낸 시기는 한국전쟁이 일어났던 1950년대이다. 1950년대 당시에 나타났던 에로티시즘은 단순한 사조에 의한 분위기로 연출됐거나 상업성에 휘말린 양상을 보인 것이 아니다. 단지 생의 욕구로서, 삶의 의지로서 나타난 에로티시즘이다. 따라서 이 장에서 다루어지는 에로티시즘은 1950년대에 발표된 시를 중심으로 살펴본다. 특히 정한모, 전봉건, 신동엽, 박봉우의 1950년대 작품을 중심으로 살펴보자.

1950년대의 시대고에 눌려서 순수 서정시의 맥이 흐려지기도 했다. 그럼에도 불구하고 정한모에 의해 순수 서정시가 시사(詩史)에서 지속적으로 발표되었다. 정한모는 현실태의 부정성을 인식하고 긍정적 세계로 이르는 극복방안으로써, 별빛, 사랑, 웃음의 얼굴, 불길, 입술, 꽃, 소녀 등등의 에로스적 상상력을 제시하였다. 그는 부정적 현실의 외면이 아닌 직시와 함께 모색을 시도한 시인이었다.

어둠이 쌓이는 밤의 깊이에서
서로의 가슴으로 불을 켜놓고
미소같은 우리들의 촛불을 밝혀 놓고
촛불같은 우리들의 미소를 지키면서
어둠에 밀려와 창밖에 소복히 앉아서
서로의 공백을 공백으로 채워주면서
손보다 눈이 더 많이 어루만져 주면서
사랑이란 눈언저리 가늘게 주름짓는 명암에서 퍼져가는 것
이렇듯 허전한 가슴끼리 서로의 가슴비벼 따스한 것
또는 잔허리 미끄러진 선에서부터 비롯되는 것
속삭임을 입보다 몸으로 나누면서
여감(餘感)은 잔잔한 우물 또한 그 위에 떨어지는 은행잎
욕망은 갈기머리 귀뿌리에 치솟아 타오르는 불길이고
나뭇가지는 바람을 울린다
어둠이 쌓이는 밤의 높이에서
스스로 불 태우는 아득한 성좌
마음은 하나의 입에 모으고
잠들어 깔리는 아슬한 지평에서
태양이 떠오르는 꿈을 이룬다

- 정한모, 「어둠이 쌓이는 밤의 깊이에서」 -

　시인은 현실상황을 어둠이 쌓이는 밤으로 인식하고 있다. 그러나 태양이 떠오르는 꿈을 이룰 때까지 쉬지 않는다. 시인은 어둠 속에 있는 사람들, 그들이 어둠을 만든 주체이든 또는 피해자이든 그들은 '우리'가 되고 '서로'가 되어 공백을 채워주고 가슴을 비벼준다. 그들은 손보다는 눈으로 사랑을 하고, 입보다는 몸으로 속삭임을 나눈다.

　손보다 눈, 때로는 강렬한 눈빛은 상대방을 매료시킨다. 우리는 입보다 몸, 열 마디의 사랑한다는 말보다 한 번 안아주는 것이 더욱 큰 신뢰임을

잘 안다. 이들의 사랑 나눔은 잔잔한 우물 위에 떨어지는 은행잎과 같다. 그들은 더 이상 불안하지 않다. 그러나 무감증도 아니다. 잔잔한 파문이 밀려오는 것이다. 이제 외부의 바람이 나뭇가지를 흔드는 것이 아니라 내부의 떨림이 바람을 울리는 것이다. 그런즉 그들의 파문은 깊숙이 전달된다. 잔잔하지만 깊숙이 밀려오는 것이다. 그 때에 비로소 갈기머리 귀뿌리로 욕망이 치솟아 스스로 불태우고 태양을 만들어내는 것이다. 이는 정한모의 시 세계인 휴머니즘으로 가는 길이 된다.

1950년대 전후 상황에서 불신과 불안만이 팽배해 있을 때, 서로에게 전해지는 사랑의 눈빛과 몸짓은 잔잔한 우물의 파문처럼 깊게, 천천히 다가와 이내 스스로 불태워 끌어안고 따뜻한 세상을 맞이하게 되는 것이다. 현실원칙에 굴하지 않는 상상력인 에로티시즘을 불러일으킨 것이다. 이런 면은 「빙하」에서 "입술 부딪치는 뜨거운 전율 속 / 꽃이 열리고 꽃은 이울고"로 연결되어 한 송이의 꽃으로 결정체를 만들기도 한다.

정한모의 에로스는 다음 시에서 더 구체화되고 있다.

> 5. 탐라국(耽羅國) 풍경
>   협죽도 피어 있는
>   돌각담을 돌아서
>   올라 선 언덕은
>   칸나 꽃길
>   바다에선
>   파도소리
>   휘파람
>   소리
>   활엽수 우거진
>   발 아래 숲 사이
>   바위 위를 흐르는

개울가에서
여인들은 옷을 벗고
머리를 감는다
소담한 둥어리
눈부신 햇볕
푸른 물빛
그늘진 앞가슴
팔은 연상 부드러운 선으로
물을 쥐어 올리면서
배경하는 푸른 바탕 위
밝은 태양 아래
아름다운
부끄러움보다
고운 육체는
양지쪽 같은
환한 장미
천지연(天池淵) 내리는 물이
칸나 꽃길
언덕 아래 흐르고
활엽수 우거진
바다 가까운 숲 사이
여인들은 옷을 벗고
머리를 감는다

- 정한모, 「해양시초(海洋詩抄)」 일부분 -

이 시에서는 남성과 여성의 모습을 두 가지 입장에서 지속적으로 보여주고 있다. 하나는 배경으로써 붉은 빛과 푸른 빛의 대비, 즉 꽃과 활엽수의 대비를 보여주고 있다. 다른 하나는 여인과 물 흐름의 비교를 통해서 시상을 옮기고 있다. 즉 붉은 빛의 칸나, 장미, 태양이 푸른빛의 활엽수, 바다, 푸른

바탕에 대비되어 있다. 일반적으로 붉은 계열이 여성으로, 푸른 계열이 남성으로 비유되는 것을 염두에 둔다면, 배경적으로 두 색상의 조화로움은 여성과 남성의 조화로 볼 수 있다. 그리고 시상의 움직임은 개울가의 여인에게 있는데, 여인의 옷 벗는 모습에서 머리 감는 모습으로, 그리고 소담한 등어리, 그늘진 앞가슴, 물을 쥐어 올리는 팔로 이동하여 그 물로 머리를 감는 데에 이른다. 여기에서 그 물은 바다 위를 흐르는 개울물이므로 곧 남성의 이미지인 것이다. 그렇다면 여인이 개울물로 머리, 등어리, 앞가슴, 팔을 씻는다는 것은 여성과 남성의 합일을 의미한다.

그렇다면 시인이 여성과 남성의 합일에서 꿈꾸는 것은 무엇일까. 이는 여성과 남성으로 대표되는 인류의 합일, 즉 휴머니즘으로 나아가는 것이다. 이는 다음 시에서 더 구체화된다.

꽃 봉오리는
아름다운 밀어도 없이
열리고 있었다
피와 함께 쏟아지는
외마디 소리는
하늘에 솟구쳐라 원했고
구름의 무게같은
소년의 입술을 받으면서
구름이 부끄러운
소녀의 아랫도리는
가늘게
떨리고 있었다

구름의 주름진 그늘 속에서
지금은 잠자고 있을
이 모든 창의 기억들

(중략)

너무나 밝기만 하던

유월의 아침과

(중략)

그 많던 우화들이

그려내던 가지가지 영상과

이제는

모두 다 사라져 간

창의 기억들을 안고

(중략)

머물고 떠나가는

구름의 주름 사이에

오늘의 기억을

삽입해 둔다

- 정한모, 「창(窓)의 증언」 일부분 -

위 시는 꽃봉오리가 열리는 모습, 소년의 입술을 받으면서 소녀의 아랫도리가 가늘게 떨리는 모습을 보여준다. 꽃봉오리가 열리는 생식활동은 소년과 소녀의 입맞춤의 에로틱한 상황을 구체화 시켜준다. 그러나 지금은 아름다운 기억들이 잠자고 있다. 다시 말해서 더 이상 소년과 소녀의 떨림은 유월의 아침, 시대적 상황과 연결했을 때 전쟁과 더불어 사라지고 존재하지 않는다. 그럼에도 불구하고 시인은 잊혀가는 것을 묵인하지 않는다. 미약하나마 '기억'의 장치 속에 묶어둔다. 여기에서 소년과 소녀의 등장은 의미가 깊다. 혹 에로스의 세계는 자연스럽게 성인들의 세계로 연상되지만, 정한모는 소년, 소녀를 통해서 순수한 에로스 더 나아가 차세대에 대한 기대를 넌지시 보여주고 있다.

앙가주망 시인으로서 전봉건, 박봉우는 시대고와 대결하는 자세에서 에로티시즘을 드러낸다. 전봉건과 박봉우는 정한모와 달리 은유적 상황, 특히 환유적 상황을 통해서 에로티시즘을 표출하였다. 먼저 전봉건의 에로티즘을 살펴보자. 전봉건은 치맛자락으로 비유된 여성, 꽃의 개화, 불로 환기된 에로스적 상상력으로 전쟁의 상흔을 극복하고자 하였다.

전봉건의 1950년대 시에서는 전쟁의 상흔을 따뜻한 사랑으로 극복하고자 노력한 흔적이 보인다. 그러한 흔적은 꽃과 불의 에로스적 상상력으로 형상화되고 있다.

비 오면
당신 오시리라
그렇게 생각합니다.

꽃 피면
당신 오시리라
그렇게 생각합니다.

나비 오면
당신 오시리라
그렇게 생각합니다
아 그러다가
한 잎 꽃잎이 지면
전쟁이 아니라
오신 당신 펄럭이는 치맛자락
탓이라 그 탓이라 알겠습니다

― 전봉건, 「치맛자락」 ―

위 시는 3단계로 되어있다. ① 비오면(꽃이 피면, 나비 오면) ② 당신이 오시리라 ③ 그렇게 생각하겠다의 구조로 되어 있다. 이와 같은 구조는 '당신'의 의사와는 관계없는 나의 믿음이다. 비, 꽃, 나비라는 조건이 형성되면 봄이 오듯이 당신도 와야 한다는 것이다. 시인이 당신의 오심에 대한 믿음을 자연 현상에 비유하고 있는 것은 그만큼 절대적임을 드러낸 것이다. 계절이 오는 것은 선택이 아닌 절대적 상황이기 때문이다.

꽃이 피는 것이 아니라 지는 것은 가을이라는 자연의 탓이 아닌 펄럭이는 치맛자락 탓이라 하겠다고 한다. 즉 자연의 거역할 수 없는 불변의 상황이 아닌 인간사로 돌리는 것이다. 더 나아가 전쟁이라는 구체적 사건이 아닌 치맛자락이라는 보조관념으로 대치해 의미를 절감시키고 있다. 그렇다면 치맛자락의 의미는 무엇인가. 치맛자락은 여성의 다른 표현이며, 이 여성은 꽃과 함께 죽음과 생명을 함유한다.

인간은 두 가지 측면에서 불연속성을 띤다. 즉 개인과 개인의 불연속과 개인 안에서 불연속이 그것이다. 개인 대 개인의 불연속성은 여성과 남성이 결합하는 성을 통해 연속성을 획득할 수 있다. 즉, 정자와 난자가 만나는 순간 두 개인과 개인은 연속성을 맛볼 수 있는 것이다. 이는 꽃의 경우도 유사한데, 정자와 난자의 개별적인 성질은 잃어버리지만, 그 둘이 하나의 새로운 생명을 만들어내는 그 때가 바로 개인과 개인의 연속성을 이루어내는 유일한 때인 것이다. 그 시기에는 죽음과 생명을 동시에 경험하면서 연속성을 획득하게 된다. 또 하나, 인간 개인의 불연속은 삶과 죽음이다. 그러나 인간이 삶에서 죽음으로 넘어가는 그 시기, 그 정점은 연속적인 것이다.

이러한 논리가 전봉건에게 들어오면 단순한 삶과 죽음의 개인적의 문제이거나 개인과 개인의 불연속의 사회적 문제뿐만 아니라 전쟁으로 인한 결핍과 불연속이 더 추가된다. 따라서 여인은 바로 개인과 개인의 불연속을 넘어서 전쟁으로 인한 불연속을 뛰어넘을 수 있는 기제가 되는 것이다.

눈보라 치는
깜깜한 밤이어도

하늘 꽁꽁 어는 밤이어도
나는 소곳이 오롯이 피는 꽃
雪梅花.

피난살이 가난해서
대문도 없는 집 문패도 없는 집
허무러진 담 아래 피는 꽃
아무렇지도 않게
이상하지도 않게
소곳이 오롯이 피는 꽃
나는 雪梅花.
피난살이 가난해도
당신과 함께 사는 피난살이
뜨겁게 뜨겁게 당신과 함께 사는 피난살이.

눈보라 치는
깜깜한 밤이어도
나는 피는 雪梅花.
아 하늘 꽁꽁 어는 밤이어도
소곳이 오롯이 피는 雪梅花

　　　　　　　　　　　　- 전봉건, 「雪梅花-샹송 비슷하게」 -

　　1950년대가 피난살이로 가난했다는 것은 더 이상 새로운 것이 아니다. 눈
보라치는 깜깜한 밤, 하늘 꽁꽁 어는 밤, 대문도 없고 문패도 없고 허물어진
담이 전봉건의 현실상황이다. 시인은 이러한 현실상황을 이겨낼 수 있는 방
법은 "뜨겁게 뜨겁게 당신과 함께" 살아가는 것이라고 말한다. 그럴 때만이
허물어진 담 아래 꽃이 핀다는 것이다. 앞서 밝힌 바, 꽃은 죽음과 삶의 순간
포착이자 결핍이 해소되는 공간이 된다. 당신과 내가 뜨거운 사랑을 나누며
시대고를 이겨나가는 모습을 설매화가 피는 장면으로 환유된 것이다. 독자

는 설매화가 피는 상황에서 인간의 에로스를 상상할 수 있다. 더 나아가 전봉건의 꽃은 화창한 봄날 흔하게 피는 꽃이 아니라 눈 속에 홀로 피는 매화이다. 설매화는 시대의 불연속뿐만 아니라 겨울과 봄을 이어주는 절망과 희망을 연결해 주는 매개이기도 하다. 이와 같은 꽃으로 비유된 에로티시즘은 "바로 내 앞에서 꽃은 여자의 몸에서도 / 피어나게 할 때까지"(「저 바람이」), "당신을 / 꽃이게 하는 / 치마 저고리. // 보듬어 / 당신을 꽃으로 피어나게 하는 / 치마 저고리"(「무늬」) 등에서도 보여진다.

박봉우는 피비린내 나게 싸우는 나비를 통해서 성적 본능이 생명본능으로 확장된 모습을 보여주었으며, 능금나무 열매를 통한 비유, 나무의 무성함을 통한 에로스적 상상력으로 분단 상황의 아픔을 극복하고자 하였다.

> 차라리 말하지 않는 것은 아름다운 당신. 열리지 않는 저 창 안에는 사월과 오월이, 그리고 여름 가을 겨울이 잠들고, 사랑의 연연한 손짓이 아지랑이같이 피어나는……어느 봄의 언저리.
> 하늘을 가득 배경으로 한 한 주 능금나무. 저 많은 열매들의 의미는 전쟁에 이긴 눈물 같은 것, 사상 밑에서, 무성한 나무 그늘을 이루는 세계. 세계여……나의 갈망인 완숙. 완숙이여.
>
> - 박봉우, 「능금나무」 일부분 -

사월과 오월이 지나간 자리, 봄이 지나간 자리에 여름 가을 겨울이 잠든 어느 정도 잠잠한 순간, 그래도 말해지지 않은 것이 있고 열리지 않은 창이 있었다. 그것은 아름다운 당신이고 창안에 있는 봄이다. 그리고 능금나무이다. 당신, 봄 그리고 빨간 능금나무의 공통점은 바로 생산성이자 생명력이다. 앞에서 이미 언급한 바, 여인은 개인과 개인의 불연속을 극복하는 지점에서 생명을 만든다. 여기에서 비롯되는 생명은 바로 봄이 만드는 생명과 능금나무의 과실로 연결되는 것이다. 이 생명들의 공통점은 죽음을 맛보고 이겨내는 것이다. 여성이 생명을 만듦에 있어서도 앞서 언급한 것처럼 난자와 정자의 개별성의 죽음을 맛보아야만 하고, 봄은 겨울이라는 죽음의 공간을 맛보고 이겨내야 하며, 능금나무도 여인과 마찬가지의 원리 속에서 생명을 맛보는 것이다. 박봉우는 전쟁의 죽음 속에서 다시 새로운 세계를 맛보아야 하는 것임을 알고 여인, 봄, 능금나무의 생명력을 갈구한 것이다. 이러한 생명력의 희구는 여인, 봄, 능금나무라는 소재를 통해서 환기되는 에로티시즘으로 분석해 낼 수 있다.

신동엽은 자신의 시론인 원수성(元數性), 차수성(次數性), 귀수성(歸數性)을 토대로 문명거부를 시화하였는데, 거부하는 방식과 귀수성의 세계를 에로티시즘으로 보여주었다.

香아 너의 고운 얼굴 조석으로 우물가에 비쳐이던 오래지 않은 옛날로 가자

수수럭거리는 수수밭 사이 걸쩍스런 웃음을 들려 나오며 호미와 바구니를 든 훤한 얼굴 그림처럼 나타나던 夕陽……

구슬처럼 흘러가는 냇ㅅ물가 맨발을 담그고 늘어앉아 빨래들을 두드리던 傳說같은 풍속으로 돌아가자

눈동자를 보아라 香아 회올리는 무지개빛 허울의 눈부심에 넋 빼앗기지 말고

철따라 푸짐히 두레를 먹던 정자나무 마을로 돌아가자 미끈덩한 기생충의 생리와 허식에 인이 배기기 전으로 눈빛 아침처럼 빛나던 우리들의 故鄕 병들지 않은 젊음으로 찾아가자꾸나

香아 허물어질가 두렵노라 얼굴 생김새 맞지 않는 발돋움의 흉낼랑 그만 내자

들菊花처럼 소박한 목숨을 가꾸기 위하여 맨발을 벗고 콩바심하던 차라
리 그 未開地에로 가자 달이 뜨는 명절밤 비단치마를 나부끼며 떼지어 춤
추던 전설같은 풍속으로 돌아가자 내ㅅ물 구비치는 싱싱한 마음밭으로 돌
아가자

- 신동엽, 「香아」 -

위 시에서 신동엽은 그가 펼친 전경인(全耕人) 의식인 귀수성의 세계를
반복적으로 설파하고 있다. 그는 차수성의 세계로서, "회올리는 무지개빛 허
울의 눈부심", "미끈덩한 기생충의 생리와 허식에 인이 배"긴 "얼굴 생김새에
맞지 않는 발돋움의 흉내" 등을 제시한다. 이에 반하여 그가 제시하는 귀수
성의 세계는 "옛날", "전설 같은 풍속", "정자나무 마을", "미개지"이다. 그렇
다면 어떻게 신동엽은 차수성의 세계에서 빠져 나와 귀수성의 세계로 들어
갈 수 있을까. 신동엽은 그 방법으로 "향"을 등장시킨다.

"향(香)"은 이름에서부터 향기를 뿜는다. 시인이 사랑의 대상을 향이라 부
르는 데에서 이미 에로틱함은 시작되고 있는 것이다. 그 향기는 바로 수수밭
사이 걸찍스런 웃음을 만들어 내기에 족한 향기이다. 수수밭은 어떠한 장소
인가. 전원에서 사랑을 나누기에 적절한 장소가 아닌가. 그 장소의 시간적
배경으로써의 석양은 더할 나위 없는 정경이 된다. 향은 또한 맨발을 담그고
늘어앉아 빨래를 두드린다. 냇물가의 맨발의 여인은 성적인 욕망을 자극하
기에 충분하다. 이러한 향에게 허울의 눈부심에 넋 나가지 말 것을 권한다.
또한 "미끈덩한 기생충의 생리와 허식의 인이 배기기 전"으로 돌아가자고
한다. "우리들의 고향 병들지 않은 젊음"으로 찾아가자고 한다. "발돋음의
흉내"를 내지 말고 예전의 "냇물 구비치는 싱싱한 마음 밭"으로 가자고 하는
것이다.

다시 말해서 신동엽의 원수성은 옛날 향이 맨발로 뛰노는 세계이다. 그리
고 그 원수성의 세계로 돌아가는 방법은 명절날 비단치마 나부끼며 떼지어

춤추던 전설 같은 풍속인 것이다. 여기에서 에로스는 바로 앞서 지속적으로 강조하였듯이 단순한 성생활이 아닌, 시인이 믿는 "잔잔한 해변의 세계"이자, "열매 여물어 땅에 쏟아져 돌아오는 씨앗의 마음"이며, "전경인의 세계"[15]인 것이다.

신동엽의 「이야기하는 쟁기꾼의 대지」는 서화를 제외하고는 궁핍과 결핍으로 물들어 있다. 심지어 "지구는 이미 먼저 나온 사람들이 한 몫씩 논하 갖고 말아버렸네 / 땅 한 번 디뎌도 세금이 좇아오데. 바람 마시는 값으로 코를 베어 주었네"라고 한다. 이는 프로이트가 말했듯이 이미 자원의 희소성의 문제가 아니라 배분의 불균형으로 인한 궁핍이며 결핍인 것이다. 여기에서 많은 억압이 발생하고, 이를 극복해 보고자 하는 신동엽의 발원은 바로 원수성의 세계로 드러난 것이다.

序話
당신의 입술에선 쓰디쓴 풀 맛 샘 솟거군요. 잊지 못하겠어요.
몸냥은 단 먹뱀처럼 애절하구, 참 즐거웠어요. 여름날이었죠.
꽃이 핀 高原을 난 지나고 있었어요. 무성한 풀섶에서 소와 노닐다가, 당신은 가슴으로 날 불렀죠.
바다 언덕으로 나가고 싶었어요.
밤 하늘은 참 좋네요. 지금 地球는 旅行을 한다나요?
冠座星雲 좀 보세요. 얼마나 먼 세상일까요……
기중 넓은 세상은 어떻게 생겼을까요. 그럼 그의 밖겉엔 다시 또 딴 마당이 없는 것일까요?
자, 손을 주세요. 밤이 깊었어요.
먼저 쉬이세요. 못 잊으려나 봐요. 우리가 抱擁턴
하늘에 솟은 바위, 그 밑에 깔린 구름, 불 달은 바위 위에서 웃으며 잠들던 아무것도 걸치지 않았던 당신의 붉은 몸.

---

15 신동엽, 「시인정신론」, 『신동엽전집』, 창작과비평사, 1975. 참조.

언제여든 필요되거든 조용히 시작되는 그 序舞曲으로 白鷺의 大圓 휘파
람 하세요. 돌아가 묻히겠어요, 陽달진 당신의 꽃 가슴으로. 아마 운명인가
봐요.

　　그럼 안녕히.

- 신동엽, 「이야기하는 쟁기꾼의 大地」 -

여성으로 보이는 시적 화자는 욕망 한다. "쓰디쓴"으로 표상 되는 자연성
의 상징인 풀맛 샘이 솟아나기를 원한다. 과거 어느 날 느껴봤음직한, 원수
성의 모습을 아직도 잊지 못한다고 한다. 화자는 계속적으로 회상어조로 말
하고 있다. 과거 원수성의 세계에서 당신은 나를 가슴으로 불렀다. 그러나
지금 지구는 여행 중이다. 원수성의 세계에서 벗어나 차수성의 세계로 가버
린 지금 또 다시 귀수성의 세계를 꿈꾼다. 그래서 밤은 깊어지고 당신이 아
무 것도 걸치지 않고 붉은 몸으로 잠들던 세계로 돌아가야 한다. 양달 진
당신의 꽃가슴으로 돌아가 묻히겠다는 화자는 서화에서 앞으로의 수난의 이
야기들을 마무리하고 돌아갈 곳을 제시하고 있는 것이다.

이처럼 신동엽은 시대의 결핍, 고통의 원인을 문명으로 보고 있다. 프로이
트가 문명은 억압의 역사이고 따라서 욕망이 금기되고 쾌락원칙을 현실원칙
으로 대체하는 현상이 일어난다고 했던 것처럼, 신동엽은 그러한 원수성의
세계가 차수성의 세계로 전환된 것을 거부한다. 따라서 신동엽은 다시금 귀
수성의 세계로 돌아갈 것을 에로티시즘을 통해 추구하고 있는 것이다.

이상의 논의에서 보았을 때, 에로스는 성적욕망으로부터 시작하여 삶의
본능, 삶의 의지, 죽음을 극복하는 생명력 등등으로 확장될 수 있었음을 알
았다. 특히 1950년대 시에 나타난 에로티시즘은 퇴폐적 관능이나 악마주의
가 아닌 강인한 생명력과 삶의 의지로 나타났음이 주목된다. 이는 1950년대
의 에로티시즘이 고도의 문명 속에서 오는 개인적 권태를 이기는 방안 또는
상업성의 에로티시즘이 아니라 전쟁의 폭력 앞에 무너진 생명의 가치와 민

족의 단절 등을 회복하고자 하는 에로티시즘으로 나타났다. 이는 시대정신이 요청한 에로티시즘이었다. 따라서 1950년대를 극복하는 한 방법으로써 에로티시즘은 건강한 시적 형상화 방법으로 자리하게 되었던 것이다.

제3장

소설의 이해

Ⅰ. 소설의 기원과 계보

1. 영웅시대와 운명의 이야기 : 서사시 epic

소설의 시작은 언제부터일까? 현재 우리가 읽고 있는 소설은 분명 근대의 산물이다. 아무리 멀리 잡아도 18세기를 넘지 못한다. 다른 장르들, 예를 들어 B.C 8~9세기에 성립했다고 보는 서사시에 비하면 대략 2000년이 지나서야 발생한 장르가 소설이다. 하지만 소설이 어느날 갑자기 등장한 장르는 아니다. 부모 없는 자식이 없듯, 소설도 '이야기'라는 속성을 지니고 있다는 점에서 그 기원을 찾을 수 있다. 특히 호머의 〈일리아드〉는 비극의 원형으로 〈오딧세우스〉는 장편소설의 원형으로 불리고 있다. 그런 면에서 '서사시'는 소설의 기원에 가장 가까운 장르이다.

우리에게 익숙한 서사시로는 호머의 〈일리아드〉, 〈오딧세우스〉 등이 있다. 이러한 서사시*epic*의 어원은 고대 그리스어 '*epos*'에서 왔다. 이 말은

'사물들이 말로 되어짐(언어화 되어짐)'을 의미한다. 이는 자연 혹은 세계의 모방이 예술이라는 고대 그리스적 예술관에 입각한 것으로, 비극이 '보여주는 것 *showing*'으로서의 모방이라면, 서정시는 '노래하는 것 *song*'으로서의 모방이다. 반면 서사시는 '말하는 것 *telling*'으로서의 모방임을 암시한다. 이처럼 서사시는 서정시처럼 노래되는 것이 아니라 '낭송'되는 문학이었다.[16]

아놀드 하우저의 유명한 저서『문학과 예술의 사회사』에 보면 고대 서사시의 발생 배경에 대해 자세히 언급하고 있다. 그에 따르면 고대 그리스 문학은 축복이나 기원을 담은 주문이나 신탁 또는 군가나 노동요처럼 목적성이 강한 것이었다. 게다가 종교적, 주술적 의미를 지니는 집단문학이었으며, 작가 개인의 정체성 따위는 중요하지 않았다. 그들은 모두 익명의 존재로서, 공동체의 규범이나 가치, 감정, 세계관 등을 그렸다.

하지만 영웅시대가 시작되자 상황이 변화하기 시작했다. 주술사처럼 종교적 사제가 집단을 이끌어가던 시대와 달리 영웅시대는 전쟁국가의 시대였다. 영웅시대란 말 그대로 영웅이 주인공인 시대이다. 그리고 절대 영웅은 다수일 수 없다. 최고의 영웅은 언제나 유아독존의 위치여야 했다. 원시시대의 공동체적 사고는 영웅시대를 만나면서 특별한 개별적 존재인 '영웅'을 숭배하는 사고로 바뀌게 되었다. 공동체라는 집단은 이제 영웅의 이름 속에서 기억되기 시작했고 영웅시(Heldenlieder, heroic lays)그 역할을 담당했다. 서사시를 영웅시라 부르는 이유도 주로 전쟁을 다뤘기 때문이다. 당시의 문학은 종교적, 집단적이기 보다는 승리를 가져온 영웅들의 이야기를 칭송의 대상으로 만드는 것이었다.

서사시가 소설의 원형이라고 부를 수 있는 중요한 이유 중의 하나는 소설처럼 인간의 이야기를 다루고 있다는 점이다. 일반적으로 신화의 주인공은 신이며, 서사시도 신이 주된 인물이라고 인식하고 있다. 하지만 엄밀히 말하

---

16 오세영,『문학과 그 이해』, 국학자료원, 2003, pp.471~472.

면 서사시에는 신과 인간이 함께 등장한다. 〈일리아드〉나 〈오딧세우스〉처럼 이곳의 신은 유일신이 아닌 다신론이며 철처하게 인간화된 신들이다. 이들은 인간처럼 사랑과 질투, 폭력 등의 감정을 지니고 있으며 인간의 삶에 개입한다. 심지어는 희화화된 모습으로 나타나기도 한다 헤겔의 지적처럼, 신들은 다리를 저는 헤파이스토스(Hephaestus:불과 대장간의 신)와 교묘한 올가미에 빠진 마르스(Mars:전쟁의 신)를 보고 비웃는다. 비너스는 귀에다 상자를 붙이고 있으며 마르스는 고래고래 고함을 지르는 등 명랑한 모습으로 등장하기도 한다.

이들과 함께 세계를 유지시키는 한 축으로 인간이 있다. 서사시의 인간은 신의 노예이거나 피조물만으로 등장하지 않는다. "개개의 인간들은 신에게 단지 복종하는 봉사자로 영락하지 않도록 신들과 인간들의 행동이 상호 독립하여 존재하는 시적 관계를 유지"[17]하였다. 무엇보다 중요한 것은 소설이 그렇듯이 서사시도 보편적인 인간의 모습을 그리고 있다는 점이다. 호머의 영웅들은 신들과 갈등을 빚지만 더욱 큰 문제는 현실과의 갈등이다. 그들은 현실이라는 시공간 속에서 벗어날 수 없는 인간적인 한계상황, 즉 죽음, 노화, 사랑, 이별 등으로 인해 괴로워한다. 그들은 비록 영웅이지만 인간이 실제로 부딪쳐야 하는 슬픔과 두려움으로부터 자유롭지 못하다. 하데스 궁에서 아킬레스는 오디세우스에게 "나에게 죽음을 해명하지 말라"고 말한다. 호머에게 죽음은 오로지 인간 존재의 법칙이요, 따라서 인간은 그것을 인정하도록 배워야 하고 또 배울 수 있기 때문이다. 그의 종국적인 가르침은 어떻게 해야 잘 살고 또 어떻게 해야 잘 죽느냐는 보편적인 주제인 것이다.[18] 또 헥토르의 아버지가 프리아모스 왕의 진지로 잠입해 자식 헥토르의 시신을 돌려받기 원했을 때 아킬레스는 시체를 돌려주고 장례까지 약속하는 장

---

17 헤겔, 최동호(역), 『헤겔시학』, 열음사, 1993, p.122. 여기서 언급하는 헤겔의 논의는 모두 이 책에서 참고했다.
18 호메로스, 유영(역), 『오딧세이아』, 범우사, 1993, p.372.

면은 오늘의 윤리에 비춰봤을 때도 전혀 문제가 없다. 우리의 방 안 책장에 놓여 있는 세계문학전집을 보자. 거의 모든 세계문학전집의 제1권은 호머의 이야기이다. 비록 셀 수 없을 정도의 옛이야기지만 시공을 넘어서는 인간의 보편성을 맨 처음 그렸기 때문에 항상 문학전집의 제1권의 자리를 지키고 있는 것이다. 반면 라틴문학의 아버지라 불리는 베르길리우스(Virgil)는 이상적인 로마인 만들기에 노력을 했기에 라틴문학에서만 인정하여 라틴에서만 제1권에 나온다.

소설과 연관해서 주목해야 할 또 다른 점은 개인과 세계와의 관계이다. 헤겔에 의하면 서사시의 세계 상태는 윤리적 생활의 여러 관계, 가족, 민족의 단결이 발견되고 형성되어야 하지만 개인의 살아 있는 객관적 특수성이 존재해야 한다. 즉 서사시의 세계는 일반적인 규약, 의무, 법칙이 존재하지만 그것이 개인의 의지에 대립되어 개체를 규제하는 힘을 가져서는 안 된다는 것이다. 그래서 서사시에는 객관적인 생활과 행동의 실체적 공통성이 발견됨에도 불구하고, 개인의 주관적 의지에서 비롯되는 경우가 많다. 이른바 '개체성'의 확장이 그것이다. 예를 들어 〈일리아드〉에서 아가멤논은 왕 중의 왕이어서 다른 제후들이 그에게 복종하지만, 아가멤논은 그들과의 관계를 지배와 복종의 회로로만 보지 않는다. 아가멤논은 다른 사람들의 의향에 주의를 기울이고, 현명하게 양보할 줄 도 안다. 왜냐하면 각각의 지도자들(제후들)이란 그가 부르면 무조건 달려오는 장군이 아니라 자신과 마찬가지로 각자 독립해 있는 사람들이기 때문이다. 그들은 자유롭게 왕의 주위에 머물거나 떠날 수 있기에 왕은 그들과 협의해야 한다. 그렇지 않으면 아킬레스처럼 전쟁터를 떠나버리기 때문이다. 백성 역시도 그 지도자를 자발적으로 따를 뿐 법률이 따르게 하는 것이 아니다. 그들이 복종하는 근거는 명예와 굴복, 그리고 언제라도 힘을 사용할 수 있는 보다 강한 제후와의 연대, 영웅적인 성격의 성질 등이다. 이는 가정 내에서도 마찬가지다. 한 가정 내의 질서는 고용관계로서가 아니라 마음이나 예의에 의한 것이다.

이러한 개체성의 존중은 사물과 상황에 대한 묘사에까지 이른다. 소설에서처럼 서사시에서는 참모, 왕권, 침대, 무기, 의복, 문기둥 등에 대해 아주 장황할 정도로 묘사를 한다. 심지어는 문 밑에 있는 돌쩌귀에 대한 것까지 정성들여 묘사한다. 오늘날의 문화 속에는 사물에 대한 등급이 매겨져 있다. 이른바 자본의 배치에 따라, 교환가치의 밀도에 따라 모든 사물은 등급이 매겨져 있다. 하지만 서사시의 시대에는 모든 사물이 사용가치로서 인식되었다. 이 세계에는 그 어느 것도 소외된 것이 없다. 모든 것은 제 각기의 기능과 존재론적 가치를 부여받고 있었다. 소를 잡고 술을 헌납하는 것은 영웅들의 일이었으며, 그들은 이 일 자체를 즐겼다. 이 영웅적 세계는 이러한 토대를 전제로 해서 하나의 '총체'를 이루는 국민적 관념을 나타내고 있었다.

마지막으로 서사시의 운명론이다. 소설이 근(현)대인의 사회구조적 운명을 다루고 있듯이 서사시의 주제 중의 하나도 바로 운명이다. 호머의 시대에서 '훌륭하다'는 의미는 오늘날과 달리 '사람다움', '남자다움'이었다. 여성들에게는 불편할 수 있는 말이지만, 플라톤도 "나는 야만인이 아니라 그리스 사람으로, 노예가 아니라 자유민으로, 여자가 아니라 남자로, 그리고 무엇보다도 소크라테스의 시대에 태어난 것을 신에게 감사한다."[19]라고 말한 바 있다. 하지만 여기서 남성다움은 단순히 생물학적인 것에서 멈추지 않고 '용감성(andreia)'을 뜻한다. 고대 그리스에서 사람다움이란 곧 남자다움이요, 훌륭함이며 용감성이었다. 당시의 귀족들은 '용기'를 가장 고귀한 덕목으로 여겼으며, 이를 위해서는 생명과도 바꿀 수 있었다. 트로이의 영웅 헥토르가 목숨을 내던진 것도, 그리스의 영웅 아킬레스가 목숨을 던진 것도 이 '용기'를 위해서였다.[20]

---

19 월 듀란트, 『철학이야기』, 문예출판사, 1998, p.27.
20 박종현, 『희랍사상의 이해』, 종로서적, 1994, p.16.

호머의 〈일리아드〉에 보면, 헥토르가 집에서도 안드로마케를 찾지 못하고 스카이아의 문이 있는 도로에서 겨우 그녀를 발견하는 장면이 나온다. 그녀는 그에게로 달려와 그의 앞에 서서, 시녀의 팔에 안겨 있는 자신의 아기를 조용한 미소로 쳐다보는 그에게 다음과 같이 말한다.

"당신은 미쳤어요. 당시의 이 용기는 당신을 죽일거예요. 당신은 당신의 어린 아기를 조금도 가엾게 생각하지 않아요. 그리고 당신의 아내인 저도 말이예요. 곧 당신의 미망인이 될 저를. 이제 곧 아카이아 군대가 일제히 쳐들어와 당신을 죽일거예요. 만일 당신을 잃는다면, 나도 차라리 죽어 버릴거예요. 그게 나아요. 당신이 최후를 맞이할 때, 나에겐 슬픔만 남을 뿐 아무런 위안도 없어요. 나에게 이젠 아버님도 없고 우아한 어머니도 없어요."

그녀는 자기의 아버지와 일곱 명의 남자 형제가 아킬레스에게 죽임을 당했다는 것과 그녀의 어머니도 잡혔다가 석방된 후 다시 죽음을 당했다는 사실을 자세히 이야기 한다. 이야기를 마친 그녀는 헥토르에게 이제는 당신이 자신의 아버지이고, 어머니이며 형제이고 건장한 남편이라고 말한다. 그리고는 자기 아기를 고아로 만들지 말고 자기를 과부로 만들지 말라고 애원한다.
그러자 헥토르는 다음과 같이 대답한다.

아내여, 그것은 모두 내가 걱정해야 할 일이오. 그러나 여기에서 비겁하게 전쟁을 피한다면 트로이 사람들을 대할 면목이 없을 것 같소. 지금 이러는 건 순간적인 흥분 때문이 아니오. 언제나 용감하고, 트로이 군대의 선두에 서서 싸우며, 조상의 높은 명예와 또한 나의 명예를 지키도록 배워 왔기 때문이오. 언젠가는 이 성스러운 일리움과 프리암 그리고 창술의 명수인 이 사람들이 번영할 날이 오리라는 걸 나는 충심으로 믿고 있소. 그러나 트로이 사람의 고통이나 헤쿠바와 프리암 왕, 그리고 적들의 손에 쓰러질 나의 사랑하는 형제들의 고통보다 당신이 더 나를 아프게 하는구려. 갑옷의 빛을 발하는 아케이아 사람이 눈물에 젖어 있는 당신을 붙잡아 가서 자유로운 생애를 빼앗고, 아르고스에서 다른 여자를 위해 실을 잣고 물을 길어야 할 운명의 힘이 당신을 덮치고 있소. 그때 눈물에 젖어 있는 당신을 보고, "저 여자가 헥토르의 아내이다., 일리움이 포위되었을 때 가장 용감하게 싸웠던 전사의 아내다"라고 말할 사람이 있을 것이오. 아마 누군가가 그렇게 말할 것이고, 당신은 당신이 노예가 되는 걸 막아줄 수도 있었을 한 남자의 죽음을 슬퍼할 것이오. 그러나 나는 당신이 끌려가며 지르는 고함 소리를 듣기 전에 흙 밑에 묻혀버릴 것이오.[21]

헥토르는 아킬레우스를 이길 수 없다는 것을 잘 알고 있다. 그래서 아내 역시 멀리 도망가 살 것을 남편에게 부탁한다. 하지만 헥트로는 "하지만 아니야, 제대로 싸워 보지도 않고 명예롭지 못하게 죽고 싶진 않아. 뭔가 훌륭한 행동을 하고 죽었음을 후세의 사람들로부터 듣도록 하고서 죽고 싶어."라는 부르짖는다. 호머 시대의 사람들이 용기를 얼마나 값진 것으로 여겼는가를 알 수 있다. 고대 그리스인들에게는 용기를 지닌 사람만이 참된 사람이었다. 그래서 그들은 "사람들은 많아도 정작 사람같은 사람은 적다."는 말을 한다.[22]

서사시에서 인물의 운명은 스스로 만드는 것이 아니라 '만들어지는' 것이다. 헤겔은 이 운명을 지배하는 실제적인 힘을 '환경'이라고 보았다. 환경은 주인공의 행위에 개성적인 형태를 부여하고, 인간에게 그 운명을 부여하며, 그 행위의 결말을 규정짓는 것으로 보았다. 서사시는 필연성을 내포하는 총체적 존재의 토대를 표현하는 것이어서, 개인은 이 실체적 상황으로서 존재하는 것(환경의 힘에 의해 만들어진 운명)에 따르며 여러 가지 고난을 치러야 한다. 결국 일어나야 하는 것과 일어나는 것을 운명이 규정하며, 그래서

---

21 헤겔, 최동호(역), 앞의 책, pp.133~134.
22 박종현, 앞의 책, p.17.

개인의 성공과 실패, 살고 죽는 것도 운명의 범주일 뿐이다. 헤겔은 이 숙명을 '위대한 정의'라 불렀다. 그런데 이것이 비극적으로 보이는 것은 인간적인 의미에서가 아니라, 이러한 상황이 개인이 감당하기엔 너무 큰 '비극적 네메시스(nemesis – 복수의 여신 네메시스의 이른에서 딴 것으로, 비극의 주인공이 자기 행위에 대한 보상으로 고난을 받는 것을 말한다.)' 때문이다. 그래서 서사시는 전체적으로 비애의 어조를 띠고 있다. 아킬레스는 살아 있으면서도 죽음을 슬퍼하고, 트로이도 멸망하며, 늙은 왕 프리암도 자기의 제단에 제물이 되어 죽고, 그의 아내들과 딸들이 노예가 되는 장면이 이를 증명한다.[23]

2. 완결된 인간의 이상향 : 로망스 romance

1) 중세 기사의 실제 모습들

로망스는 근대 소설과 가장 유사성을 지닌 양식으로 중세 기사들의 모험과 사랑을 다룬 작품들의 총칭이다. 로망스 *romance*(이탈리아어로는 *il romanzo*, 프랑스어로는 *le roman*, 독일어로는 *der Roman*)는 12세기 전후에 등장한 서술양식의 하나로 프랑스인들에 의해 처음 그 용어가 통용되었는데 중세 루스티카 *Rustica* 지방의 분위기를 지칭한 옛 라틴어 부사 '*romanic*'에서 파생된 말이었다. 이는 루스티카 지방의 방언을 '*romance*'라고 부른 것에서도 알 수 있다. 그러나 이 단어는 후에 공상적이고 낭만적이고 괴기스러운 이야기를 지칭하는 용어로 사용하게 되었다. 라틴어로 쓰인 문학작품들이 대체로 비극이나 서정시 그리고 '고상한 이야기' 즉 서사시임에 비해 방언

---

23 헤겔, 앞의 책, p.120. 요약 정리함.

특히 로망어로 쓰인 이야기들은 기사무용담이 중심이 된 '속된 이야기'였기 때문이다.24

아론 구레비치의 저서『개인의 등장』에 의하면 중세 초기의 전사들이 중세 전성기에 기사로 변형되는 과정은 그들을 시적 영웅, 심지어는 신화적 인물로 만드는 과정이었다. 11세기 말에서 13세기 말에 쓰인 〈롤랑의 노래〉와 같은 무훈시, 기사도 서사시와 로망스, 프랑스의 음유시인들과 중세 독일의 음유시인들, 이 모든 것이 각자 고유의 방식으로 기사의 이상을 만들어 냈다. 기사들을 향한 문학적 형상화는 실재 기사의 사회적 행동에도 영향을 미쳤다. 반면에 기사들이 보여줬던 모험, 방황, 영웅적 행위, 숭고한 사랑, 궁정식 태도, 결투의 예법 등은 모두 문학의 소재가 되었다.

한편 폭력, 약탈, 전리품을 향한 무절제한 욕심, 복수심, 조절되지 않는 행동, 사랑에 대한 이상화와 거친 관능, 하층계급에 대한 거만함, 비(非)귀족에 대한 경멸은 모두 봉건 사회의 거친 현실을 구성하고 있었다. 이처럼 문학과 일상을 비교해보면 중세 기사의 이상과 현실 간의 간극을 확인할 수 있다. 기사도 로망스의 중심주제가 '과거 예찬'인 것은 암울한 현실과 기사의 고상한 이상 간의 격차를 표현한 것이다. 실제로 기사는 로망스의 기사처럼 행동할 수 없다. 기사의 실제 삶과 문학적 재현 사이를 구분 못하면 돈키호테처럼 광인이 되는 것이다.

중세 기사들의 실제 모습들을 살펴보면 다음과 같다. 우선 감정과잉이다. 중세 기사들은 분노와 노여움에서 쾌활함으로 급작스럽게 변하거나 눈물과 절망 속에 쉽게 빠져 버리는 다혈질의 근성을 가지고 있었다. 감정과잉으로 인한 변덕스러움은 잔인함과 경건함의 혼재로도 나타났다. 이 감정과잉의 정도는 허구적 개인과 그의 내적 세계를 규명하는데 도움이 된다. 두 번째로는 개별적 행동을 들 수 있다. 기사들은 가족이나 씨족 등 집단적 전통에

---

24 오세영, 앞의 책, p.484.

소속되어 있지만 전장터에서는 중앙의 통제를 받는 군인들과 달리 단독 전투를 감행한다. 기사의 몸을 감싸고 있는 갑옷, 무기, 기마술과 말은 곧 자족적 요새를 뜻하는 것이었다. 그래서 자신의 힘과 용기, 지혜로 자신을 보호한다. 하지만 아이러니컬하게도 말에서 내리는 순간 얼간이가 되어 버리고 마는데 갑옷의 엄청난 무게 때문에 몸을 움직일 수 없기 때문이다. 따라서 기사란 말 위에 있을 때만이 '기사'로서의 위용을 갖출 수 있었다.

또한 그들에게는 엄결성이 요구되었다. 일본의 사무라이가 그러하듯 자족적 요새로서의 기사 하나는 곧 하나의 군대이기도 하다. 즉 기사 하나하나가 움직이는 군대이기 때문에 중앙에서 보급하는 무기를 갖고 싸우는 군인과는 엄격한 차이가 있다. 따라서 스스로 검을 차고 다니는 그들 간에는 엄격한 규칙이 따를 수밖에 없다. 기사계급이 되기 위한 고도의 의식, 전장의 싸움이나 마상창 시합, 언행의 예절 등은 규범의 지배를 받았다. 이러한 의식은 한편으로 외부를 향한 정체성의 선전이기도 했다. 모든 의식은 경건하면서 동시에 화려하다. 모든 행동은 곧 공연이 되는 것이다. 특히 마상창 시합은 장관이었다. 화려한 갑옷, 창, 말의 장식 그리고 이어지는 장대한 의식 등은 그들이 외부의 시선에 어떠한 방식으로 인식되고 싶었는가를 보여주는 것이기도 했다.

한편 기사의 호전성을 다스리기 위해 교회는 충성 맹세를 요구했다. 기사들의 호전성은 전장터에서만 허용되었으며 이 역시 '신의 평화'에 한정되었다. 기독교 의식에 충성 맹세를 도입했고, 이 맹세를 십자군에게도 적용시켰다. 그러나 기사들은 '성자'와 '도살자' 사이에서 방황해야 했다. 하지만 기사도 문학은 실제 기사들의 삶에 영향을 미치기도 했다. 즉 욕망의 모델을 제시하기도 했다. 즉 로망스는 기사들에게 사회적 행동의 논리와 기사의 모델(전형)을 제시해주었으며, 기사는 작가들에게 문학적 소재를 제공하였다.[25]

---

25 아론 구레비치, 이현주(역), 『개인주의의 등장』, 새물결, 2002, 7장 참조.

로망스 속의 기사	현실의 기사
신의 전사	폭력, 약탈, 무절제한 욕심
영웅적 행동	복수심, 무절제한 행동,
약자보호, 모험	약탈과 욕설
숭고한 사랑, 용기, 지혜	거친 관능
궁정식 태도, 결투의 예법	거만함

2) 중세 로망스의 특징들

로망스는 경이, 주술, 이국적 세팅과 관념적인 것을 지향하는 인물의 성격 등을 특징으로 하고 있다. 플롯은 복합적이며 행위의 발전은 대개 우연과 의외성에 의해서 전개된다. 따라서 로망스는 "소설에 적합한 사건이나 구성이나 성격에서 단지 리얼리즘이 느슨해진 내러티브"로 정의할 수 있다. 로망스의 또 하나 중요한 특징은 역사나 공동체의식보다 개인의식을 반영하고 현실을 상상과 미의식의 공간으로 초월시킨다는 점이다. 로망스가 관심을 갖는 것은 진실의 문제가 아니라 선악의 문제이며 현실이 아니라 이상 혹은 관념*ideal*의 세계이다.[26]

로망스의 첫 번째 특징은 욕망충족의 꿈에 가장 적합한 양식인 점이다.[27] 신화의 주체는 신이다. 물론 신화 속에는 인간의 모습과 운명이 다루어지긴 하지만, 이때 인간의 삶이란 신의 의해 마련된, 즉 '운명'의 범주를 넘어설 수 없는 운명론적인 삶이다. 따라서 인간의 주체적인 판단, 행동, 결정 등은 기대할 수 없다. 이러한 모습은 인간의 '용기'와 관련해서도 살필 수 있다. 일반적으로 운명과 관련해 용기라 함은 그 정해진 삶의 방식에 맞서 싸우는 것을 말한다. 그러나 그리스 신화나 서사시에 등장하는 인간의 용기란 '맞섬'이 아닌 주어진 그 운명을 '수용'하는 것이다. 이처럼 신화 혹은 그리스 서사

---

26 오세영, 앞의 책, p.486.
27 로망스 특징에 관한 항목은 조남현의 『소설원론』(고려원)을 참조했다.

시의 인간이란 지극히 수동적일 수밖에 없었다.

그러나 로망스에 와서는 역전된다. 로망스란 바로 인간이 주인공이며, 그 인간은 바로 용기의 표상인 기사이다. 기사는 도전과 승리의 표상이기도 했다. 더욱이 용맹과 정의로움, 강인함, 그리고 아름다운 공주와 사랑을 할 수 있는 자이다. 인간은 그동안 억눌렸던 인간의 욕망을 로망스를 통해 실현코자 했다. 기사를 통해 인간의 보편적인 욕망인 사랑, 그것도 너무나 아름답고 고귀한, 하지만 긴장과 위험 속에서 이루어지는 사랑을 정열적으로 쏟아내었다.

■ 완결형 인물의 이상향

로망스에 나오는 기사와 여인은 어느 것도 흠잡을 때 없는 완벽한 인간이다. 기사는 언제나 용감하며 정의롭다. 그러나 사랑하는 여인 앞에서는 자애로움을 잊지 않는다. 여인은 육체적으로 완벽한 존재이다. 그리고 그들은 한없이 여리고 순수하다. 이처럼 완전한 이성 간이 추구하는 이상향이란 바로 사랑의 완성인 것이다. 또 서사사에서는 남성성이 강조되는 반면에 로망스에서는 여성주의가 미화되며, 남성이 오히려 여성의 봉사자가 된다.

■ 탐색(*quest*)의 과정과 완결의 *plot*

기사도 소설의 기본구조는 탐색 혹은 모험의 이야기이다. 이 모험의 과정을 그리는 것이 곧 로망스의 기본 골격이다. 또 서사시의 본질이라 할 수 있는 '전쟁'이 로망스에서는 부차적인 것이 된다.

로망스의 플롯은 기본적으로 '갈등 ⇒ 투쟁 ⇒ 발견'의 방향으로 나아간다.

갈등(*agon, conflict*)이란 위험한 여행의 시작과 징후의 발생을 가리킨다. 앞서의 지적처럼 로망스는 모험의 과정이다. 주인공인 기사는 반드시 성문을 열고 여행을 하는 것에서 시작한다.(성 밖을 나가지 않는다면 로망스는 존재할 수 없었을 것이다.) 주인공은 여행을 시작하면서부터 작은 사건들에

휘말리게 도며, 이러한 사건들은 앞으로 다가올 거대한 일들의 징조로 작용한다. 주인공은 작은 사건들 외에도 주요한 만남을 하게 되는데, 바로 여인과의 만남이다. 눈부시도록 아름다운 여인과의 만남은 언제나 '우연하게' 시작되며, 그들은 곧 운명적으로 사랑을 느낀다. 그러나 이들의 달콤한 사랑은 오래가지 못한다. 이들을 방해하는 자(주로 악마나 괴물)에 의해 여인이 납치를 당하기 때문이다. 갈등이 시작되는 것이다.

투쟁(*pathos, death-struggle*)의 단계란 바로 그 악과의 투쟁을 말한다. 주인공은 갖은 고생 끝에 여인을 납치한 악과의 치열한 결투를 벌이게 된다.

발견(*anagnorisis, discovery*)의 단계는 주인공의 승리와 사랑하는 여인과의 만남이다. 이렇게 볼 때 로망스의 구조는 '만남⇒이별⇒만남'의 과정으로도 볼 수 있다.

■ 변증법적 공간

로망스의 공간이란 신화에서처럼 천상이나 지하가 아닌 인간들의 공간이 중심을 이룬다.

■ 인물간의 대립구도

우리가 주로 말하는 주동인물(프로타고니스트)과 반동인물(안티고니스트)의 대립구도가 중심으로 이룬다.

■ 추상적 무시간성

로망스에서 일어나는 사건과 시간들은 사실 주인공들에게는 무의미한 것이다. 기사가 여인을 잃은 후 스승을 만나 수련을 한다. 수련은 몇 년 아니면 몇 십 년에 걸쳐 이루어진다. 그러나 기사와 여인은 전혀 나이를 먹지 않는다.(이는 오디세우스나 그의 아내 페넬로페도 마찬가지다) 그들은 언제나 처음처럼 아름답다. 즉 작품 내에서 시간의 경과를 말하고 있지만 주인공들에게는 그 물리적 시간이 전혀 적용되지 않는 추상적 무시간일 뿐이다.

■ 우연성의 지배

우리의 고전소설처럼 로망스는 많은 사건이 우연성에 의존하고 있다. 그러나 이 우연성은 작품에 있어 긴장감을 부여하는 중요한 역할을 한다. 적들의 출현이나 여인과의 만남, 혹은 납치와 같은 중요한 사건들은 앞 뒤 설명 없이 언제나 '갑자기' 일어난다. 즉 중심 사건들은 언제나 '갑자기, 그때, 이때'와 같은 시간부사와 함께 발생한다. 이러한 시간 부사는 필연성을 갖는 것이 아니기에 말 그대로 '갑자기' 사건이 발생하며, 따라서 독자들은 긴장하지 않을 수 없다. 동시에 우연성은 한 치의 오차도 허용하지 않는다. 그 오차는 사건의 결말에 엄청난 변화를 가져올 수 있기 때문이다. 만일 춘향전에서 이몽룡이 조금이라도 늦게 등장했다면 어떠한 결말이 나왔을까. 아마 상상하기도 끔찍한 새로운 춘향전이 나왔을 것이다.

3. 여행이 시작되자 여행이 끝나버린 시대의 서사 : 노벨 novel

1) 서사시 〈오디세우스의 종말〉과 소설의 탄생

소설의 발생에 대해 흥미로운 이야기가 있다. Victor Auburtin의 〈오딧세우스의 종말〉을 보면 소설의 탄생 배경을 이해할 수 있다. 이 작품은 호머의 〈오딧세우스〉를 패러디 한 것인데, 단순한 재미를 넘어 그 이상을 보여 준다. 강인숙의 『어느 고양이의 꿈』에 나오는 한 대목인데 소개하면 다음과 같다.

영웅 오딧세우스는 조국과 아내에게 돌아가려는 갈망 하나 때문에, 혼신의 힘을 다해 포세이돈과 싸우면서 이십 년의 세월을 바다에서 보낸다. 그래서 그의 귀국은 인간의 능력과 의지력의 승리를 표상한다. 오딧세우스의 세계에는 패배와 좌절이 없다. 오직 도전과 승리가 있을 뿐이다. 그것이 편력 서사시 〈오딧세이아〉의 미학이다.

소설은 서사시적 영광이 끝나는 데서 시작된다. 방랑 대신에 정착이, 그리움 대신에 환멸이, 금발 대신에 회색머리가 나부끼는 곳에서 이 소설은 막을 연다.

오디세우스는 신들의 도움을 받아 기적적으로 그리던 이타카의 땅을 다시 밟게 된다. 그리고 구혼자들을 처단하는 일에도 성공한다. 모든 소원을 성취한 것이다. 구혼자의 시체가 양탄자에 말려 끌려 나가고, 사람들이 바닥에 묻은 피를 비로 쓰는 소리가 들려올 무렵에, 카메라는 대뜸 이십 년 만에 만난 사랑하는 남녀의 침실로 '줌'인 한다. 환하게 불이 밝혀진 침실에서 오딧세우스가 하고 싶었던 일은, 페넬로페에게 자신의 고난에 대하여 이야기하는 것이었다. 오랜 방랑의 세월 동안 그를 버티게 해준 것은 바로 이 순간에 대한 기대였다. 자기가 얼마나 힘들게 그녀에게 돌아왔는지를 알리면서, 그는 감사와 위로를 받고 싶었던 것이다.

그런데, "스칼라와 카리브디스까지 이야기 했을 때" 그는 아내가 잠이 든 것을 발견한고 경악한다. 그날뿐이 아니다. 그 후에도 페넬로페는 그의 모험과 수난에 대하여 별 흥미를 나타내지 않는다. 그녀가 관심을 가지고 있는 것은 칼립소에 관한 항목뿐이다. "십년 동안 당신은 거기서 칼립소와 무슨 짓을 했어요?"라고 아내가 물었을 때, "나는 그 여러 해 동안 오직 당신만을 그리워했어"라고 대답하려다가 남편은 머쓱해서 입을 다문다. 아내와의 사이에 넘을 수 없는 벽이 가로 놓여 있음을 깨달은 것이다.

"악마가 우리 둘 사이의 불신에 끼어 있는 것 같소."

그가 마지막에 뱉은 대사는 그것이다. 모험담에 귀를 기울여 주던 유일한 존재인 아버지마저 돌아가시자, 오딧세우스는 바닷가 모래 언덕에 그를 묻고, 종일 그곳에서 시간을 보낸다. 그는 거기에서 '자신이 사라져 가는 것'을 발견한다. 여신들의 사랑을 받던 금발은 회색으로 변해가고, 파란만장한 모험담도 기억 속에서 사위어가고 있었다. 마룻바닥을 갈고, 창고를 새로 짓는 것 같은 일상사에도 진력이 나고, 아내와의 감정적 단절에 절망한 그는 치열한 삶이 이루어지던 바다를 그리운 눈으로 바라보게 된다. 고향에 돌아오려고 발버둥을 치며 살아 왔는데, 지금 고향의 바닷가에서 그는 "고향이 없어 향수를 느끼고 있"는 것이다.

페넬로페라고 다를 것이 없다. 그녀도 자신의 '이십 년'에 대하여 이야기를 하고 싶었을 것이다. 하지만 남편은 자기 이야기에만 몰입해 있었다. 오딧세우스가 바닷가에 갔듯이 페넬로페도 가는 곳이 있었다. 저녁이 되면 그녀는 층계참에 서서 텅 빈 홀을 내려다본다. 구혼하려 온 빛나는 젊은이들이 득실거렸고, 플롯 소리가 흥청거리던 그 드라마틱한 축제의 장소를.... 남편은 구혼자들이 만들어 놓은 꽃밭을 갈아엎어 양배추를 심었다. 그들이 가져오던 꽃다발은 사라지고 여왕의 꽃병은 늘 비어 있다. 무료한 시간에 들려오는 것은 "날이 차니 돼지를 우리에 가두라"고 하인에게 명령하는 중년 남자의 매력 없는 대사 뿐.

신과 인간이 어울려서 흥겨운 축제를 벌이던 행복한 서사시의 시대는 끝났다. 싸움마다 이기던 영웅과, 구혼자에 둘러싸여 있던 화려한 여왕.... 그런 비범한 인간들의 드라마는 사라졌고, 지루한 일상 속에 던져진 좌절한 '고향 상실자'들만 남았다. 루카치의 말대로 인간의 내면에 심연이 형성된 것이다. 그것이 노벨의 세계이다. 노벨은 서사시와 로맨스가 끝나는 지점에서 시작된다.[28]

노벨, 이른바 소설의 시작은 유랑에서 정착의 시대에, 신과 영웅에서 평범한 인간이 주인공인 시대에 그리고 그러한 개인의 일상이 고독이 되던 시대에 탄생했다. 개인마다 거대한 서사를 담고 있던 시대는 화려한 기억 속에서만 존재할 뿐이다. 소설의 시대에서 화려한 서사는 꿈 속에서만 가능하다. 고향을 잃어버린 '뿌리 뽑힌 자들'의 이야기를 들어주고 들려주는, 그리고

---

28 강인숙, 『어느 고양이의 꿈』, 생각의 나무, 2008, pp.205~207.

이를 통해 삶의 위안을 얻는 가여운 인간을 그리고 있는 것이 소설, 즉 노벨이다.

노벨의 발생시기는 근대의 출발과 함께 한다. 최초의 소설로 알려진 리처드슨의 〈파멜라〉가 1740년이니까 18세기에 와서나 소설이 시작된 것이다. 그래서 소설은 새롭게 부상하기 시작한 계급인 부르주아의 문학이다. 소설의 주된 공간이 도시가 되는 것도 바로 이 때문이다. 이는 부르주아(bourgeois)의 어원에서도 확인할 수 있다. 원래 bourgeois는 '성에 사는 사람'이라는 의미를 지니고 있다. 프랑스어의 뷔르거(Burger) 역시 '성(Burg)에 사는 사람'이라는 말에서 나왔다. 성 안과 밖의 공간적 구분을 통해 도시와 시골의 구분이 시작되었고, 여기서 '시민'이라는 계층이 발생했다. 부를 축적한 계층들은 성채를 쌓아 완고한 요새화했으며, 성벽은 도시의 상징이 되었다. 도시라는 새로운 공간을 중심으로 '지금 여기(here and now)'의 사람들을 주인공으로 하는 문학이 바로 소설인 것이다.

문학이 시대를 반영한다는 평범한 진리는 소설 역시 예외가 아니다. 소설이 근대에 출발했다는 것은 소설이 다루고 있는 내용이 근대라는 시공간의 자장 속에서 가능하다는 것이다. 근대의 가장 큰 특징은 전 세계적으로 민족국가의 형성과 자본주의의 확산과 관련이 있다. 리처드 앤더슨의 지적처럼 소설은 이 시기 문학적 역할뿐만 아니라 민족 혹은 국민이라는 '상상의 공동체'를 형성하는데도 지대한 영향을 미쳤다. 세계가 거대한 변혁을 맞고 있던 시기에 소설이 등장한 것이다. 세계의 변혁이 문제가 되는 것은 그것이 개개인의 일상과 삶에도 중요한 연관을 맺고 있기 때문이다. 중요한 것은 세계의 변화와 개인의 삶이 얼마나 일치하는가 이다. 일치한다면 개인과 세계는 서로 화해하여, 아도르노가 말한 미메시스가 실현되는 새로운 '고향'이 되겠지만, 그렇지 않을 때는 적대적 관계가 될 수밖에 없다. 세계와 개인의 대결 혹은 긴장. 소설의 가장 큰 주제는 바로 여기에서 시작한다.

2) 인간의 운명과 소설의 진화

헝가리 태생의 학자 게오르그 루카치는 이 주제에 대해 가장 명징한 답변을 내놓은 학자이다. 그가 마르크스주의자가 되기 전에 쓴『소설의 이론』은 왜 소설의 주제가 대결의식이 되어야 하는지 밀도있게 그려내고 있다.

> *"Happy are those ages when the starry sky is the map of all possible paths - ages whose paths are illuminated by the light of the stars."*
> -G. Lukacs, *The Theory of the Novel.*

루카치는 본론이 시작되는 첫 문장을 "별이 빛나는 하늘이 모든 가능한 길들의 지도가 되던 시대, 별빛이 그 길들을 환히 비춰주던 그러한 시대는 얼마나 행복했는가?"라고 쓰고 있다. 길을 비춰주는 하늘의 별은 무엇이며, 왜 행복하다는 것일까? 그리고 이 시대는 도대체 어느 시대인가? 장면 하나. 현재까지도 많은 사랑을 받고 있는 게임인 '스타크레프트'를 알고 있을 것이다. 게임의 시작과 함께 하는 여러 가지 것 중 빠지지 않는 것이 적진을 향해 초병을 보내는 것이다. 초병이 지나가는 길마다 맵에 환하게 길이 보이기 시작한다. 게이머들은 환하게 밝혀진 길을 보면서 암흑의 지도가 주는 불안감을 떨치기 시작하며 전략을 구상하기 시작한다. 쉽게 말하면 내가 가야할 길이 보인다는 것이다. 그처럼 자신이 가야할 운명의 길이 보이던 시대를 루카치는 고대 그리스라 불렀다.

잘 알려진 것처럼 루카치가 희망하는 인류의 목적지는 고대 그리스 사회이다. 루카치가 보기에 고대 그리스 사회는 모든 것이 완결된 총체성의 세계이다. 그곳의 인간은 자신이 나아가야 할 길, 이른바 운명을 잘 알고 있다. 내가 가야할 길을 하늘의 저 별이 환히 비춰주고 있기 때문이다. 따라서 그곳에는 불안함이 없다. 자신이 가야 할 길을 아는 자의 여행과 그렇지 못한 자의 차이는 서사시의 운명을 통해 지적한 바다. 철학자 이정우의 지적처럼

'운명(destin/destiny)'이라는 말은 스토아학파에서 많이 쓰던 말인 'fatum'을 번역한 것으로 그리스어의 'heimarmenê'에 해당한다. 'fatum'은 '말하다'를 뜻하는 'fari'에서 온 말이자, 'fari'의 과거분사이다. 그래서 '말해진 것'이라는 의미이다. 이때의 '말해진 것'은 우리의 일상사에서 가볍게 말해진 것이 아니라, 인간 바깥의 그 어디에서인가 말해진 것을 뜻한다. 즉 신성한 의미를 담고 있는 말이다. 기독교 『구약』에 나오는 "태초에 말씀이 있었다."고 하는데, 'fatum'이란 이런 맥락에서의 '말씀'이다. 이 세계에 관련해 궁극적으로 "...하다" 또는 "... 하라"고 말해진 것과 같은 'fatum'은 그리스 문화에서 '신탁'을 예로 들 수 있다. 우리 인간으로서는 거역할 수 없는 말, 즉 그런 의미에서 'fatum'은 인간 개개인이 선택한 것이 아닌 각자에게 바깥으로부터 주어진 것을 말한다.

이러한 운명을 가장 많이 다루고 있는 문학이 바로 그리스 문학이다. 호머에서 시작하여 드라마 작가들에게 이르기까지 계속 등장하는 것이 바로 운명이라는 개념이다. 그런데 그리스 문학사를 보면 인간이 운명으로부터 조금씩 벗어나는 것이 보인다. 운명으로부터의 자율성이 획득되는 과정이라 할 수 있다. 그러나 이 자율성은 근대적인 의미의 자율성은 아니다. 다만 운명에 완전히 순종하는 태도가 아닌 운명과 화해하는 태도로의 전환이 시작된 것이다. 호메로스의 서사시에 등장하는 영웅들의 고난 앞에는 항상 '용기'(andreia; '앙드레'라는 이름이 여기에서 유래했다)라는 행위가 수반된다. 그리스적 맥락에서 용기는 자신에게 닥쳐 온 운명을 회피하거나 두려워하는 것이 아니라, 그 운명을 떳떳하게 받아들이는 것이다. 헥토르는 아킬레우스를 이길 수 없다는 것을 잘 알고 있다. 그래서 아내 역시 멀리 도망가 살 것을 남편에게 부탁한다. 하지만 헥토르는 아킬레우스를 맞서 싸우고 결국 죽음을 맞이한다. '운명을 피하지 않고 떳떳하게 받아들이는 것(hypermoron)'이것이 바로 그리스적 의미의 용기이다. 내가 겪는 모든 일이 우주의 섭리이자 운명으로서 받아들이는 것, 오히려 내가 운명으로 다가가는 것, 이것이 바로 그리스적

용기, 즉 'amor fati', 즉 운명을 사랑하는 것이다.[29]

이처럼 고대 그리스인들에게 죽음조차 두려움이 될 수 없었던 이유는 저 하늘의 별이 내가 가야할 길을 환히 비춰주고 있기 때문이다. 그러니 헥토르도 아킬레스도 죽음을 두려워할 이유가 없다. 오히려 그 두려운 죽음의 운명을 담대히 받아들임으로써 그들은 영웅이 될 수 있었다.

하지만 오늘날, 이른바 소설의 시대는 어떠한가? 소설의 시대에 살고 있는 개인들은 불안하다. 취학 아이들로부터 초중고생에게 이르기까지 모두들 학원으로 내몰리고, 대학생들은 조금이라도 더 좋은 학점과 스펙을 쌓기 위해 청춘을 바친다. 이미 취업에 성공한 사람들도 뒤지지 않기 위해 각종 학원에 등록을 한다. 이유는 간단하다. 불안하기 때문이다. 그럼 왜 불안할까? 불안의 원인은 간단하다. 고대 그리스처럼 우리들이 가야 할 길을 비춰주는 '하늘의 별'이 없기 때문이다. 그 별들은 모두 어디로 간 것일까? 루카치의 지적처럼 근대의 시작과 함께 모두 사라졌다. 국민국가가 등장하고 자본주의의 시대가 열린 근대는 사용가치가 아닌 교환가치가 지배하고 모든 것이 자본에 종속되는 세계이다. 따라서 근현대인들에게 하늘의 별이란 신의 목소리가 아닌 '자본'이다. '부자 아빠되기', '10억만들기 프로젝트', '대박나세요' 등등은 더 이상 신의 목소리가 들어설 자리가 없음을 반증하는 것이다.

대신 많은 자본의 축적만이 그들이 가야 할, 혹은 가고 싶은 길을 환히 비춰줄 수 있다. 그래서 모두들 보다 나은 대학과 스펙 경쟁을 하고 있는 것이다. 인간의 모든 행복은 자본의 축적 혹은 소비를 통해서 가능하게 된, 본질적 가치의 추구는 사치스럽거나 슬로건으로 전락해 버린 이 시대, 창공의 별이 사라진 시대, 앞길이 보이지 않는 시대, "여행이 시작되었으나 길이 끝나버린 시대", 신의 자리에 자본주의가 앉아버린 시대가 바로 근대인 것이다.

문제는 이러한 세계가 개인과 맺는 관계이다. 세계가 추구하는 방향과 나

---

29 이정우, 『삶·죽음·운명』, 거름, 1999, pp.74~82를 요약 정리함.

의 방향이 다르다면, 또는 내가 추구하는 세상을 세계가 가로막고 있다면? 고대 그리스의 세계는 개인과 조화로운 상태였다. 플라톤은『공화국』에서 "자신에게 알맞은 것을 소유하고 알맞은 일을 하는 것"이라고 말한 바 있다. 그 알맞은 것이란 바로 그에게 부여된 운명의 정도(degree)이다. 그래서 고대 그리스에서는 노예들도 불만이 없었다고 한다. 그것이 그들에게 부여된 '알맞은 것'이었기 때문이다.

우리가 살고 있는 근현대는 고대 그리스가 보여주는 세계와는 정반대의 세계이다. 근현대는 신이 떠나 버린 암흑의 시대이자, 가야 할 길이 보이지 않는 훼손된 시대, 타락한 세계이다. 고대 그리스처럼 오늘날의 인간은 이제 자기가 가야 할 길을 알 수가 없다. 말 그대로 암흑의 시대이기 때문이다. 오늘날 우리들에게 우리에게 주어진 것 - 비정규직, 성적 혹은 인종적 차별 등을 '자신에게 알맞은 것'이니 받아들이라고, 그것이 너의 운명이라고 한다면 어떻게 될까? 소설의 시대의 개인은 세계와 화해하고 있지 못하다. 세계는 계속 개인을 소외시킨다. 반면 개인들은 끊임없이 자신이 꿈꾸는 세계(총체성)를 이루려고 한다. 세계와 개인의 대결이 벌어지는 순간 루카치가 말하는 '문제적 개인'이 등장한다. 문제는 이 대결의 여정이 본질적으로 실패로 운명지어진 모험이라는 것이다. 루카치의 말대로 여행이 시작되자 길이 끝나버린 시대이기 때문이다.

개인은 결코 세계와 맞서 이길 수가 없다. 그럼에도 세계와 대결을 벌이려는 '문제적 개인'의 여정은 소설의 존재론적 이유를 말해준다. 소설 속의 "개인은 항상 자기 내부에 가능성이 내재해 있다고 생각하지만 눈앞에는 불가능의 기둥이 자기 앞에 우뚝 솟아있는 것을 보아야 한다."[30] 실패로 운명지어진 모험을 감행하는 문제적 개인을 두고 골드만은 '타락한 세계에서 타락한 방식으로 진실을 추구하는 자'라고 말한 바 있다. 이러한 아이러니를 담

---

30 미셸 제라파, 이동열(역),『소설과 사회』, 문학과지성사, 1993, p.142.

고 있는 것이 바로 소설이며, 이 소설 속의 개인들은 우리들의 운명과도 일치하고 있다. 하지만 소설이 세계와의 대결은 필패라는 비관적 운명론을 가르치는 것은 아니다. 비록 소설 속의 인물들은 장렬히 쓰러지지만 독자들은 그 지점에서 '각성'의 카타르시스를 경험한다. 이러한 각성들은 현실의 세계를 보다 긍정적으로 변화시키는 계기가 되기도 한다.

한국의 문학 역시 루카치의 소설론과 많이 닮아있다. 한국의 근대문학이란 곧 일제가 만들어 놓은 세계 속에서 자신의 총체성을 회복하려는 모색과 대결의 서사였다고 해도 과언이 아니다. 현대문학도 현대사회라는 세계와 개인 간의 대결을 다룬 이야기였다.

Ⅱ. 한국소설과 영상탐색

1. 한국소설과 재난의 상상력

1) 재난과 문학적 상상력

인간에게 재난은 언제나 삶의 숙제였다. 화산폭발, 쓰나미, 치명적인 바이러스, 홍수와 같은 자연의 재해로부터 전쟁과 같은 인위적인 재난까지 인류는 생존을 위해 늘 대비해야 했다. 이처럼 재난은 인간에겐 재앙으로 다가왔다. 하지만 아이러니컬하게도 예술에게 재난은 더 없는 양분이기도 했다. 재난의 이중성은 재난이 갖고 오는 거대한 충격에 대한 인식론적 전환 때문이다. 재난이 몰고 온 재앙은 충격과 공포를 만들어내지만 동시에 그 재앙의 대상과 원인에 대해 반성적 사고를 불러일으키기도 하기 때문이다. 그 중

전쟁은 많은 재앙 중에서도 예술적·문학적 상상력을 극대화시킨 요소 중의 하나였다.

고전으로 불리는 세계문학 가운데는 전쟁을 다루고 있는 작품들이 많다. 그리스 신화나 호머의 서사시로부터 헤르만 헷세 등 많은 작가들이 전쟁을 통해 위대한 문학을 탄생시켰다. 전쟁은 거대한 참극이기도 하지만 그렇기 때문에 그 안에서 벌어지는 인간의 행위를 더더욱 드라마틱하거나 숭고하게 만들기도 한다. 사랑, 우정, 희생 등도 일상과 달리 전장터에서 벌어지면 전혀 다른 드라마로 보이는 것도 이 때문이다.

재난은 일본에게 모더니즘의 세례를 가능하게 하기도 했다. 혹자들이 이야기하듯이 일본은 젊은이들이 살기에는 매우 답답한 나라이다. "일본이 가장 두려워한 것은 국가지상주의의 파괴"[31]라고 할 정도로 국가지상주의는 절대적 명제였다. 이런 분위기에서 개인적 자유를 갈망하는 젊은이들의 갈등은 어렵지 않게 느낄 수 있다. 이러한 가운데 1923년 9월 관동대지진이 발생한다. 잘 알려진 것처럼 이 사건으로 일본인뿐만 아니라 많은 조선인들도 억울한 죽음을 당했다. 그런데 흥미로운 것은 이 거대한 재난에 대해 일본 젊은이들이 환호성을 질렀다는 것이다. 낡은 건물과 가옥의 무너져 내리는 모습은 끔찍하고 참혹했지만 그들에게는 자신들을 옥죄고 있던, 그토록 견고해보였던 전통이 무너져 내리는 것으로 보였기 때문이다.

> 가타오카는 인류멸망설을 얼마나 즐겁게 선언하고 있는가. 그들은 그 발견을 즐기고, 그런 관념에 의하여 새로운 문학을 창출하는 일에 신이 나 있는 것이다. 그 기묘함은 도시화에 의해, 낡은, 구질구질한 공동체 의식에서 탈출한 기쁨과, 그러나 그 새 시가지에서 아무런 확고한 생활 실질을 느낄 수 없는 데서 오는 공허감과를 표리로 한 것이다.[32]

---

31 吉田精一,『自然主義の研究 上』, 小峯書店, 1976, p.27. 강인숙,『일본 모더니즘 소설연구』, 생각의 나무, 2006, p.17 재인용. 이하 일본 모더니즘 발생 논의는 이 책을 참조함.

이러한 옵티미즘(optimism)은 도저히 무너뜨릴 수 없을 것만 같았던, 불가항력적인 낡은 것들을 지진이 해결해주었기 때문에 가능한 것이었다. 이러한 밝음은 지긋지긋한 낡은 세계가 속 시원히 무너져 내리는 것을 목격한 젊은이들의 해방감을 대변하는 것이었다. 무너져 황폐화된 과거의 낡은 거리 위에 얼바니즘(urbanism)과 아메리카니즘이 쏟아져 들어오기 시작했다. 폐허화된 도시의 급속한 재건 속에서 종래의 것과는 현격하게 다른 서구적 새 도시가 탄생했다. 포장된 길 위에 세워진 고층 건물에는 영화관, 카페 등이 들어서고, 모던 걸과 모던 보이들이 거리를 활보하자, 도덕적 규범과 삶에 대한 인식에도 변화가 생겼다. 이 엄청난 소용돌이 속에서 일본의 모더니즘이 생겨났던 것이다. 일본의 모더니즘을 진재문학(震災文學)으로 부르는 이유가 바로 이 때문이다.

2) 한국전쟁과 소설의 대응

우리의 역사에도 전쟁은 빈번한 일이었으며 그때마다 이는 다양한 이야기로 전해져 왔다. 그 중에서도 1950년에 발생한 한국전쟁은 우리에게 가장 직접적이면서도 가장 가까운 전쟁의 경험이었다. 전쟁의 비극성은 고은이 말했던 것처럼 "아아"라는 감탄사 없이는 부를 수 없는 것이었다. 한국전쟁도 역시 예술과 문학에 많은 영감을 주었다. 그러나 일본처럼 명랑함으로는 다가올 수는 없었다. 밝음과 옵티미즘으로 상상하기에는 한국전쟁이 불러온 동족상잔의 처참함과 분단의 아픔이 너무 컸기 때문이다. 한국전쟁으로 인해 작가들은 엄청난 양의 작품을 쏟아내었다. 1950년 6월 25일부터 오늘에 이르기까지 한국문학에서 한국전쟁은 여전히 현재진행형이다.

전쟁을 통한 소설적 상상력의 한 축으로는 피난의 서사가 있다. 전쟁이라

---

32 河上徹太郎, 『橫光利一と新感覺派』, 有精堂, 1991, p.259, 위의 책, p.54 재인용.

는 재난은 생의 몰수를 전제로 한다는 점에서 어느 때보다도 생에 대한 욕망을 강렬하게 한다. 이러한 생의 욕망은 피난을 가지 못해 서울에 잔류해 있던 문인들, 이른바 잔류파 문인들이 작가적 양심을 저버리는 글쓰기를 감행하게 만들기도 했다. 인민군 치하가 3개월로 끝이 나고 서울이 수복되자 부역자처벌이 시작되었고, 당시 서울에 잔류하여 부역에 가담했던 사람들은 혹독한 처벌을 받아야 했으며 심지어는 사형을 당하기도 하였다. 시인 노천명은 부역혐의로 사형을 언도받기도 했다. 부역자 처벌에 대한 광풍은 잔류파 문인들에게 공포스러운 일이었고, 살아남기 위해서는 스스로 반공주의자임을 증명해야 했다. 당시 오제도 등 반공검사들이 주축이 되어 만든 반공텍스트에는 문인들의 글들이 많이 수록되어 있었는데, 잔류파 문인들의 글이란 모두 공산주의에 대한 적나라한 비난과 저주 그리고 자유주의에 대한 찬양 일색이었다. 이 때문에 2차 피난인 1·4 후퇴 때는 잔류파 문인들이 가장 먼저 피난을 떠나는 일이 벌어졌다.

김동리의 〈밀다원시대〉는 1·4 후퇴 때 부산으로 피난 간 문인들의 내면을 다룬 대표적인 작품이다. 김동리를 비롯해 실제 문인들의 모습을 다뤘다는 점에서 문단의 모습을 읽을 수 있는 귀한 자료이기도 하다. 이 작품에서 가장 인상적인 장면은 '이중구'라는 인물이 서울에 어머니와 가족을 남겨두고 홀로 부산역에 도착하는 장면이다.

이중구(李重九)는 팔목시계를 보았다. 여섯 시 이십분. 어저께 세시 십오분 전에 탔으니까 꼭 스물일곱 시간하고 삼십오분이 걸린 셈이다. 스물 일곱하고 삼십오분, 그렇다. 그 동안 중구의 머리 속은 줄곧 어떤 〈땅끝〉이라는 상념으로만 차 있는 듯했다. 끝의 끝, 막다른 끝, 거기서는 한 걸음도 더 나갈 수 없는, 한 걸음만 더 내어디디면 〈허무의 공간〉으로 떨어지고 마는, 그러한 최후의 점(點)같은 것에 중구의 의식은 완전히 사로잡혀 있는 듯했다.

중구는 이 〈새로운 자유〉를 안고 출찰구 밖으로 던져진 채 한순간 전의 〈동지〉들이 이제는 모두 남이 되어 돌아가는 광경을 물끄러미 바라보고 있었다. 모두들 어디로 저렇게 찾아가는 것일까. 중구는 그것이 신통해서 견딜수 없었다. 그들이 모두 부산에 친척을 가진 사람들이 아니란 것은 중구로서도 장담할 수 있었다. 그렇다고 해서 그들이 본디 부산 사람들이 아님은 더욱 말할 나위도 없었다. 그렇다면 그들은 모두 어디로 가는 것일까. 어찌하여 그들은 출찰구를 빠져나오자마자 그렇게 용감하게 자유를 행동할 수 있단 말인가. 그들은 이 부산이 〈끝의 끝〉, 〈막다른 끝〉에서 한 발자국이라도 옮기면 바다에 빠지거나 허무의 공간으로 떨어진다는 것을 잊었단 말인가. 그렇지도 않다면 정녕 이 〈끝의 끝〉, 〈막다른 끝〉까지 온 사람은 중구 자신뿐이란 말인가. 그렇다고 하더라도 어쩌면 이렇게 일천오백 명도 넘는 사람 가운데 중구 자신과 같이 서성대고 두리번거리는 사람은 하나도 없이 모두들 그렇게 용감하게 찾아갈 곳이 있단 말인가. 이것은 기적이다. 엄청난 기적이다. 중구는 혼자 속으로 이렇게 뇌까리며 저도 모르게 와아 몰려가고 있는 행렬을 따라 어슬렁 어슬렁 발을 옮겨 놓았다. 〈저도 모르게〉 그렇다. 그것은 〈동지〉의 관성(慣性)이었는지도 몰랐다.[33]

이 장면이 전면에 내세우는 의미는 '땅끝의식'이다. 혼자 살겠다고 적치하에 가족을 버리고 차에 오른 이중구가 부산에 도착하자 느낀 것은 "끝의 끝", "막다른 끝"이라는 의식이다. 당시 부산은 "바다와 맞닿는 육지의 끝"이자 서울에서 "꼭 스물일곱 시간하고 삼십오분"이 걸리는 곳으로 고은의 말처럼 "세계에서 가장 행복하지 않는 관광객"인 피난민들의 거처였다. 전쟁이 점점 더 격렬해지고 부산까지 밀려온다면 이중구를 비롯한 피난민들은 더 이상 갈 곳이 없다. 앞에는 적들이 뒤에는 부산의 바다가 그들을 기다리고 있기 때문이다. 진퇴양난의 공간이 될 수도 있는 곳이 바로 부산이었다.

이중구는 문인들이 모여있다는 '밀다원 다방'으로 찾아간다. 다방 안의 사람들은 새로운 친구들이 등장할 때마다 '살아있었군'을 외친다. 쇼펜하우어가 말한 '생에 대한 맹목적 의지'로 이곳까지 온 그들에겐 살아있다는 것이

---

33 김동리, 「밀다원시대」, 『한국현대문학문학전집』 14, 삼성출판사, 1978, pp.246~247.

가장 중요한 일이었기 때문이다. 문인들의 피난 서사는 밀다원이라는 다방 안에서만 이루어진다. 살아있지만 혼자서는 아무 것도 할 수 없는 문인들에게 유일하게 삶의 안정감을 부여한 곳이 바로 다방 밀다원이었기 때문이다. 그들은 이곳에서 전쟁 이전의 일상을 재현하려 했다. 그래서 인사도 없이 자기 앞의 커피를 훌쩍 마시는 조현식(조연현)의 취미, 길여사(김말봉)의 '소녀적인 열성과 우애의 독점열, 송화백의 허풍기 어린 재담이 밀다원 다방 안에서도 여전히 현재진행형이다. 그들은 일상의 회복을 통해서 심리적 안정을 취할 수 있었고, 밀다원은 이를 가능케 한 유일한 공간이었다. 이 외에도 문인들의 피난생활을 다룬 작품으로 박영준의 〈부산〉, 황순원의 〈곡예사〉, 〈안개 구름끼다〉, 김동리의 〈흥남철수〉 등이 있다.

전쟁이 낳은 또 다른 소설의 모습은 이데올로기의 문제를 다루는 것이었다. 한국전쟁이 이데올로기 간의 전쟁이라는 것을 감안할 때 이러한 작품의 등장은 자연스러워 보인다. 그런데 문제는 이념을 다룬 작품들이 단지 작품으로 끝나지 않고 남한사회의 이념적 지형도를 그리는 데 모종의 역할을 했다는 점이다. 특히 한국전쟁이 한창이던 당시에 발표된 많은 작품들 가운데는 이른바 '환멸의 서사'가 한 축을 이루었다. 환멸의 서사란 적대적 이념을 바탕으로 이루어진 것으로 주로 공산주의와 북한에 대한 일방적인 저주의 상상력으로 채워진 작품이다. 이들 작품은 북한을은 어머니와 형제를 살해하는 "살인귀"나 "피에 주으린 야수"(김송, 〈폭풍〉, 1951)로 그리거나 무서운 질병으로 그리고 있었다.

■ 이것이 모다 불과 몇 시간 전의 일인데 목전의 현실은 자기가 지레죽지 않으려면 인공기를 달아야 하는 굴욕의 세상으로 변해버렸다. 내 손으로 인공기를 만들어서 내 짐[34] 문전에다 달아야 하다니 그것은 자기로서는 백번

34 원문에 '짐'으로 어 있으나 '집'의 오기로 보인다.

죽었다 깨나도 될 일이 아니었다.

"애잇! 적의 손에 굴욕을 당하느니 보다는 차라리……"

일순간 그에게는 비장한 각오가 섰다. 다시 더 망설일 것이 없었다.

그는 약장 앞으로 다가서서 핸들을 잡아 재쳐치고 엄지손가락 크기만한 약병 하나를 골라내었다. 그리고 태연한 자세로 옷깃을 바루고 창 넘을 바라보았다. 하늘은 언제 보나 고왔다.(최인욱, 〈목숨〉, 1950)

■ 원수를 만나기 전에 놈들의 손때와 더러운 눈길이 나의 몸과 눈과 귀에서 발리기 전에 스스로 삶을 걷우어 버림으로써 순결을 보전하는 것이 훨씬 나으리라.(최태웅, 〈구곡을 떨치고〉, 1951)

최인욱의 〈목숨〉에서 조병기가 자살을 하는 이유나 최태웅의 〈구곡을 떨치고〉에서 '내'가 자살을 하려는 이유는 모두 동일하다. 북한이라는 공산주의는 "마마와 같은 역병"[35]이기 때문에 이 질병에 접촉하는 순간 자신도 이 질병에 감염되리라는 생각 때문이다. 이른바 '접촉공포증'으로, 악마와 같은 그들에게 붙잡히는 것보다 차라리 생을 마감하는 것이 이념적으로 순결을 지키는 방법이라는 것이다. 당시 한국전쟁기에 발간된 많은 작품들은 이러한 상상력으로 이루어진 것이 많았다. 이들 작품들은 대중에게 북한에 대한 이미지를 심어주었을 뿐만 아니라 반공주의자로서 가져야 할 윤리를 보여주기도 했다.

반면 한편에서는 다른 모습으로 이데올로기를 그리고 있었는데, 전쟁과 이데올로기에 대한 저항의 포즈였다. 장용학의 〈요한시집〉(1955), 〈현대의 야〉(1960)와 박연희의 〈증인〉(1956), 최인훈의 〈광장〉 등이 그것이다. 이들

---

35 양주동, 「공란의 교훈」, 오제도 (편), 『적화삼삭구인집』, 국제보도연맹, 1951, pp.6~7. 이 텍스트는 적치 삼개월 간 서울에 남아있었던 9명의 잔류파 문인들의 수기를 담고 있다. 주로 부역행위에 대한 고해성사를 하고 있으나 실제로는 부역의 불가피성을 강조하고 있다. 더불어 북한에 대한 과장된 증오를 보임으로써 자신을 향한 이념적 의심에서 벗어나고자 했다.

작품의 주된 메시지는 이데올로기의 폭력성과 무의미이다. 장용학의 〈요한 시집〉에 등장하는 '누혜'의 삶이야말로 이데올로기의 추구가 얼마나 무의미한 것인지를 그대로 보여주고 있다. 인민이 되기 위해서 인민을 죽여야 한다는 이 모순이야말로 이데올로기의 허구성을 잘 보여주고 있다. 박연희의 〈증인〉은 반공주의의 메커니즘이 어떻게 작동되는지 보여준다. 논리와 논리가 부딪히는 논쟁 가운데 갑자기 등장하는 "사상을 의심하지 않을 수 없는데"라는 답변은 모든 논리의 정지이자 동시에 마법이 시작되는 순간이다. 그 마법이란 모든 합리적인 생각을 멈추고 경쟁자를 이념의 사슬로 옭아맬 수 있는 힘을 말한다. 이제 작품의 주인공 '준'은 어느 신문사의 기자에서 사상이 의심스러운 자로 규정되고 만다. 최인훈의 〈광장〉은 한국전쟁과 이데올로기의 문제를 가장 정면으로 다룬 대표적이 작품이다. 〈광장〉의 주인공 '이명준'이 보여준 망명과 자살은 아무리 이데올로기로부터 벗어나려 해도 결코 벗어날 수 없음을 극명하게 보여주고 있다.

3) 민족의 균열과 치료 : 윤흥길의 〈장마〉

한국전쟁은 전쟁 이후에도 중요한 문학의 주제였다. 특히 1960년대 이후부터는 전쟁을 상대화 하려는 시도들이 있었고, 작가 윤흥길은 그들 중 하나였다. 윤흥길은 이러한 시도를 위해 아이의 시선을 빌리는 방법을 선택한다. 아이를 통해 전쟁을 바라봄으로써 한국의 분단문학은 전쟁을 이념의 기준이 아닌 다른 시선으로 바라볼 수 있는 길이 열리게 되었다. 윤흥길의 〈장마〉(1973)는 소년의 눈으로 바라본 전쟁의 모습을 그리고 있다. 소년을 서술자로 내세우는 이유는 여러 가지가 있겠지만, 가장 두드러진 이유는 사건과의 거리를 갖기 위해서이다. 전쟁을 직접 체험한 성인들은 전쟁이라는 사건은 객관화(상대화)하기 어렵다. 그들은 이미 고정된 자신들의 세계관을 통해 전쟁을 경험했고, 그 경험으로 인해 세계관이 더욱 견고해지기 때문에 사건을 공정하게 바라보기가 어렵다. 사건을 경험했기에 냉철한 이성보다는 '뜨거운 감정'이 우세하기 쉬운 것이다. 전쟁체험 세대(성인)들에게 객관적 거리를 기대하기는 힘든 것이었다.

하지만 어린아이는 다르다. 아이들로 표상되는 '순진무구함'은 자동적으로 세계 혹은 사건에 대한 선입견(세계관)을 배제시켜 버린다. 그들의 시선은 리얼리티에 의존한다. 말 그대로 눈에 보이는 대로 기술하고 기억한다. 그곳에는 고정된 선입관이 크게 작동하지 않는다. 특히 한국전쟁처럼 이념이 지배하는 사건에서 이념으로부터 자유로운 시선에 의해 한국전쟁을 말한다는 것은 작가도 그렇고 독자에게도 어떠한 '객관성'을 유지하겠다는 '의지'의 소산이다.

윤흥길의 〈장마〉, 〈기억 속의 들꽃〉 등은 모두 전쟁의 분열 상태나 재난 또는 어른 세계의 교활함이 동심에 가하는 세찬 충격과 두려움을 제시함으로써 전쟁과 관련된 성장소설의 한 모형을 이루고 있다. 중편 〈장마〉는 표제 그대로 기상현상이요, 천재적인 재난인 장마와 인위적인 재난인 살육의 전쟁을 상호 병렬 시키고, 이를 다시 사돈 간인 김씨 집안과 권씨 집안의 갈등을 대치시키고 있다. 그리고 이들의 이질성이 토속적인 샤먼에 의해 극복되는 과정을 어린이(동만)의 시선으로 포착하고 있다. 말하자면 길고 지루한 우기의 기상현상인 장마를 상징적인 분위기와 배경으로 하면서 상호의 이질화를 심화시키는 이념의 배타성이 토착적인 사유방식에 의해 융합되고 조정되고 있음을 보여주는 것이다. 갈등의 중심에는 〈할머니〉와 〈외할머니〉가 존재한다. 이런 호칭이 벌써 소년 나레이터를 중심으로 기술됨을 보여준다. 양자는 유대의 관계였으나, 전쟁과 함께 이념이 다른 두 아들을 가지고 있다는 이유 때문에 갈등의 관계로 전환된다. 전자는 인민군 쪽을 선택한 아들 김순철(삼촌)을, 후자는 국군 장교가 된 아들 권오문(외삼촌)을 둔 어머니들의 관계이다.[36]

이 작품이 전쟁의 참상을 고발하는데 그쳤다면, 이 작품은 '역사' 혹은 르포타쥬의 영역에 멈출 것이다. 하지만 이를 우리가 문학이라고 부르는 것에는 사실의 기술인 역사와는 다른 문학의 내적형식이 내재되어 있기 때문이다. 사돈, 시댁과 뒷간은 멀리 있을수록 좋다는 옛말처럼, 이 두 관계란 그리 간단치가 않다. 이 긴장관계 위에 작가는 이념의 대립을 덧씌운다. 내재된 긴장감이 이념의 선택을 계기로 강화된 형태로 분출되고, 구렁이와 샤먼의 상징성을 통해 내적 균열을 봉합한다는 것이야말로 문학만이 할 수 있는 것이자, 역사 기술과 분기점을 이루는 지점이다. 즉 이 작품은 전쟁이라는 물리적 폭력이 어떻게 사람과 사람을, 민족과 민족을, 가정과 가정을 균열시키고 재배치시키는지 보여주고 있는 것이다.

전쟁은 민중과는 무관한 사건이다. 민중은 그저 농사를 짓거나 회사에 나가 자신의 일상을 유지하고 있을 뿐이다. 특히 한국전쟁과 관련해서는 더더욱 그렇다. 전 인구의 70%가 농민이다. 평생 땅만 파던 사람들이다. 문맹율도 60%가 넘었다. 이러한 그들에게 이념이란 어불성설이다. 자신들의 의지와 무관하게 벌어진 사건. 이로 인해 자신의 의지와 무관하게 자신 혹은 가족의 죽음을 감내해야 했다. 문제는 여기서 멈추지 않았다는데 있다. 전쟁은 국가가 벌인 것이지만, 그로인한 희생과 갈등은 대중들의 몫이었다. 국가 간의 전쟁이 민족의 균열로, 그리고 친족의 균열로 이어지고, 그것은 뿌리 깊게 재생산되어 결코 화해할 수 없는 증오의 늪을 만들고 만 것이다. 사상이 다른 아들을 두었다는 이유로 한 친족의 위계가 붕괴된다. 그 친족의 구성원 중에는 아무 것도 모르는 어린 아이(동만)이도 있다. 위계의 붕괴에는 합리성이 존재하지 않는다. 그들도 모르는 '이념'의 선택이 '맹목적인 신념'으로 변화하는 순간에 이루어졌기 때문이다. 따라서 여기에는 그 어떤 합리적인 해결방안이 존재할 수가 없다. 결코 양립할 수 없는 이 대결과 대립을 해결하는 방법이란 무엇일까?

---

36 이재선, 『한국현대소설사』, 민음사, 1994, pp.96~97.

구렁이의 등장은 분단의 해결방법이 어디에 있는지 보여준다. 이념의 대립으로 인한 전쟁, 수 천 년을 한 민족이라는 인식으로 살아왔던 우리에게, 저 낯선 근대의 인식(이데올로기)은 대립과 반목 그리고 증오를 가르쳤다. 문제는 우리는 저 이데올로기가 무엇인지도 모르고 같은 민족, 가족, 형제를 향해 총부리를 겨눴고, 지금은 이렇게 세계유일의 분단국가가 되어 불안과 긴장을 지속시키고 있다는 것이다. 그리고 여전히 저 이데올로기가 무엇인지도 모르면서 '빨갱이', '친북좌파', '종북주의자'라는 이름하에 합리적인 소통이 원천봉쇄 되어 있다. 윤흥길은 말한다. 우리에겐 우리의 사유방식이 있다고, 그리고 그것은 서구의 근대성과도 다른 우리만의 공동체를 유지시켜왔던 수 천 년의 방식이 있다고 말한다. 그 어떤 이질적인 것도 이 세계관 속에서는 봉합되고 조화될 수 있는 것이 바로 우리의 DNA 안에 흐르고 있는 토속적 세계관이다. 우리 민족은 그 세계관 속에서 모든 문제를 슬기롭게 해결해왔다. 따라서 이 증오의 대결을 해결할 수 있는 방법이란 더 이상 서구의 근대적 사유가 아닌 우리의 사유방식이라는 것이다. 집단적인 자아가 투영된 전통적 문화가치가 낯설은 이념이 심화시키는 이질화를 메우고 극복하는 동력이 될 수 있음을 윤흥길을 말하고 있는 것이다.

2. 환멸의 자본과 숭고의 노동 - 방현석의 <새벽출정>

1980년대는 한국의 현대사에 있어서, 특히 민주화라는 측면에서 기념비적인 시기였다. 80년대는 광주의 민중의 핏빛으로 시작되었지만, 87년 6.10 항쟁이라는 거대한 민중의 승리로 기억되는 해이기도 했다. 광주의 기억은 정치적 상상력의 확장을 가져왔다. 그것은 불의에 대한 '정직한' 저항의 영역이 무한히 넓어질 수 있음에 대한 것이었다. 동시에 노동현실에 대한 인식과 노동자의 정체성을 묻는 일이었다. 1980년대의 노동현실은 최악이었다. 노동3권이나 근로기준법 등은 하나의 레토릭에 불과했고, 실제 노동자들은 저임금과 철야잔업 등으로 착취당하고 있었다. 한쪽에서는 '국가산업의 역군'이라는 수식으로, 한쪽에서는 '공돌이, 공순이'라는 일반명사로 불렸다. 이 역설적인 이중의 정체성 속에서 그들은 착취당하고 멸시당하면서 자신의 존재를 유지해야 했다.

이러한 사회현실은 문학 속에서 다시 재현되고 있었는데, 바로 노동문학이 그것이다. 80년대의 노동문학은 많은 함의를 지니고 있다. 단지 노동자의 모습을 그렸다는 문제가 아니라 당시 사회구성체 논쟁에서부터 리얼리즘 논쟁 그리고 사회변혁의 문제까지 모든 논쟁과 연결되고 있었다.

1) 환멸의 자본

방현석의 〈새벽출정〉(1989)이 표나게 드러내고 있는 것 중의 하나는 자본에 대한 환멸의 포즈이다. 1980년대 후반, 계속되는 군사정권은 정권의 정당성을 확보하기 위해서 끊임없는 개발성장론을 목표로 삼고 있었고, 이를 위해 특정 기업, 이른바 대기업 중심의 경제정책을 펴고 있었다. 국가는 모든 불법과 편법을 통해 대기업을 밀어주고, 이를 통해 대기업은 경제성장의 '통계지수'를 높여나가고, 언론은 이를 대대적으로 선전했다. 강력한 물리력을 가지고 있는 국가통수권자에 의해 물가는 꽉 잡혀있었고, 서민들은 이를 '물가안정'이라고 생각했다. 모두가 잘 먹고 잘 사는 것이 목표였던 그 시절, 군사정권은 정권유지를 위해 이를 적극 활용했고, 국가의 목표가 되었다. 따라서 이를 거부하는 모든 행위는 말 그대로 '반국가적'인 것이 되어야 했고, 거기에 '빨갱이'라는 이념적 주홍글씨까지 덮어써야 했다.

잘 먹고 잘 사는 방법에 대해 국가는 화합을 강조한다. 노사 간의 화합. 이를 통해 기업이 성장하고, 기업이 성장하면 노동자들도 잘 살게 되고, 그렇게 되면 국가도 부강해진다는 너무나 단순한 '연쇄반응'을 끊임없이 국민의 '기억' 속에 강요하고 있었다.

　그러나 이 자명한 '연쇄반응'의 이면에는 결코 노사가 화합할 수 없는 숨은 얼굴이 있었는데, 바로 환멸의 자본이 그것이다. 자본에는 두 가지 본질적 얼굴이 있다. 하나는 독점에의 욕망, 또 하나는 무한증식의 욕망이 그것이다.

　　회사는 올해 초 공정의 합리화와 기동성 있는 제품의 생산이라는 기치를 내걸고 기존의 생산라인을 완전히 둘로 분리했다.(중략……) 부서 분리의 이유를 회사는 다양한 품속을 신속하게 생산하기 위한 것이라고 했다. 사실과는 거리가 멀었다. 그것은 며칠 지나지 않아서 명확하게 드러났다. 둘로 분리된 라인에 동일한 제품이 투입되었다. 그 결과는 서로 비교되지 않을 수 없었다. 한쪽에는 격려와 치하가, 또 한쪽에는 추궁과 압박의 살아 있는 근거가 되었다. 치열한 경쟁은 피할 수 없었다.(중략……) 화공1부는 게으른 2부 때문에 자신들의 몫이 늘어난다고 눈을 흘겼다. 2부는 또 미련한 1부 때문에 지시량이 고무줄처럼 늘어난다고 이를 갈았다. 점심시간 공놀이조차 하지 않았다. 엉뚱하게도 자신의 살을 갉아먹도록 강요하는 사슬을 어떻게 끊어야 하는지 모르는 부서원들은 서로에게 발톱을 드러내고 으르렁거렸다.

　환멸스런 자본의 모습은 기업의 사장을 통해 표면화된다. 사장 김세호는 노조에 대한 극도의 혐오감을 가지고 있다. 그리고 그 혐오감은 노조를 설립하려는 노동자들에게 온갖 회유와 협박으로 나타난다. 사장의 혐오감은 그들이 진정 "빨갱이"여서가 아니다. 혐오감의 진원지는 위에서 언급한 자본의 욕망을 노동자들이 거세하려는데 있다. 사장으로 표상되는 자본가(혹은 기득권자)들은 자본의 욕망을 유지하기 위해 노동자들을 탄압한다. 노조 설립을 물리적으로 방해할 뿐만 아니라 노동자들을 분열시키려 한다. 그리고 그들의 방식은 무척 세련되어 있다. 자본주의가 표방하는 이데올로기는 '정당화와 은폐'라는 이중적인 모습으로 나타난다. 생산라인의 분리가 표방하는 본질은 노동자 간의 내부 분열과 그로 인한 '네트워크(노조)'의 방해이며 이를 은폐하기 위해 '생산성 향상'라는 정당화를 앞세운다.

자본가들은 자본의 증식을 위해서라면 그 어떤 행위도 할 수 있는 자들로 나타나고 있다. 이러한 장면은 이른바 '자본(가)의 윤리성'에 대한 질문에 다름 아니다. 자본은 윤리적일 수 있는가? 이 말은 자본은 비윤리적이라는 전제가 내포되어 있다. 본래 자본은 반윤리적이다. 그것은 앞서 지적한 자본의 얼굴로 설명할 수 있다. 자본은 무한증식과 독점이라는 아이덴티티를 가지고 있기 때문에 그 자체로서는 윤리적일 수 없다.

> 개근 그게 사람 잡는 올가미라는 거야. 때려 치고 싶어도 3년 다닌 거 아까워 못하고, 다음에는 4년 개근 아까워 못 하고, 사 천원 벌려고 아침 거르고 2천원 어치 택시 타게 만드는 게 개근이라는 거다.

'개근'은 2가지를 보여준다. 하나는 무한증식하고자 하는 자본의 욕망에 포섭당한 노동자의 욕망과 이를 이용해 더욱 많은 자본을 증식하고자 하는 자본가의 음험함이다. 이런 면에서 노동자는 이중의 기만을 당하고 있는 것이다. 사 천원 벌기 위해 2천원짜리 택시를 탄다는 이 아이러니야말로 요즘 말대로 '낚인' 것이다.

그렇다면 자본가는 어떠한가? 이 작품에 등장하는 사장 김세호는 말 그대로 '인간성이 돼먹지 않은' 특수한 부류인가? 다시 말해 착한 사장이었다면 세광물산의 노동자들은 오늘의 사태 없이 행복한 날들을 보낼 수 있었을까? 정말이지 세상에는 '맘씨 좋은 사장님'들도 얼마든지 있지 않은가. 정말 맘씨 좋은 사장님만 만난다면 노조 따위는 필요 없는 세상이 올까? 현장직에서 과장까지 오른 생산과장이 좋은 예가 될 것 같다. 민영은 그가 누구보다 생산직 노동자의 입장을 잘 알고 대변해준다고 믿고 있다. 그리고 실제 그는 그렇게 행동하고 있다. 세광을 떠나려는 민영을 잡아준 것도 생산과장이었고 홍수로 결근을 하자 "회사 생활하면서 이런 흠집 남겨선 안 돼"라며 출근

카드를 고쳐준 것도 생산과장이었기 때문이다. 하지만 결정적인 순간, 즉 노사의 경계(이해관계)가 분명해지는 순간 "누구보다 현장의 사정을 잘 알고 이해하며 애정을 가지고 일한다고 강조"했던 생산과장이 선택한 것은 사장의 입장이었다. "이럴 줄 몰랐다, 배신감을 느낀다고 말하는 그의 얼굴에는 찬바람이 일었"던 이유는 민영과 그의 동료들이 기업의 이윤추구에 방해가 되었기 때문이다. 생산과장은 자본에 포섭된, 기득권을 욕망하는 자일 뿐이다. 자본에 포섭되는 순간, 즉 자본주의 구조 속에 편입되는 순간 의지와 무관하게 그들은 자본의 노예가 되고, 자본의 메커니즘에 동화하게 된다. 한 명의 자본가가 9를 먹고 10명의 노동자가 나머지 1을 가지고 나눠먹는 것은 악덕이라 한다. 그렇다면 자본가가 8을 먹고 나머지 노동자가 2를 가지고 나눈다면 이것은? 그럼 이러한 분배의 격차가 계속 줄어들어 5 대 5가 된다면 이것은 '맘씨 좋은 사장님'인가? 아니 차라리 1대 9가 되면 이것은 거의 성인의 반열인가? 이것은 불가능하다. 자본주의 시스템 상 이러한 분배는 존재하지 않으며, 이렇게 되면 자본주의는 유지될 수 없게끔 되어 있다. 교묘한 방법으로 숨기고 있지만 자본주의의 경제구조는 '착취'와 '희생'의 지반 위에서 성립하고 있는 것이다.(그래서 요구되는 것이 '자본에 대한 윤리적 강제' 이른바 '세금'의 차등과 분배의 균형이다. 쉽게 말하면 복지관련 예산 등이 자본의 반윤리성을 억제하는 장치들이다.)

2) 노동자의 운명

노동자란 말 그대로 자신의 노동력을 팔아먹고 사는 사람이다. 노동자는 생산수단을 가지고 있지 않기 때문에 자신의 노동력을 최대치로 끌어올려(시장성을 높여)야 생존이 가능해지는 존재이다. 그들은 자본가의 자본을 증식시켜주는 계약 조건으로 자신의 존재를 지속시킨다. 따라서 그들은 기본적으로 사회적 약자이다.

강민영, 너는 일당 사천팔십원짜리 고용인 이상의 그 무엇도 아니야. 그리고 이제 사장은 내가 필요 없어졌어. 매일 구매하던 4,080원짜리 물건을 이제는 다른 곳에서 구입하겠다는 거야. 내가 앉혀졌던 자리에 다른 누군가 앉혀져서 도료를 만지게 될 거야. 7, 8년 동안 흐려져 있던 것이 한순간에 명확해졌다. 결코 사장과 자신들은 같은 줄에 서 있을 수 없음을, 7, 8년이 아니라 70년 80년을 다녀도 그들이 서야 할 줄은 노동자의 대열임을 뼈아프게 확인하였다.

아무도 노동자들의 목소리를 들어주려 하지 않는다. 이미 세상은 가진 자들의 것이었고, 그들의 자본을 보호하고 유지하기 위해 있는 것이었다. 경찰은 미정의 일행보다는 위장 폐업한 사장을 보호하기 위해 저 가여운 노동자들을 폭행한다. 경찰뿐만이 아니었다. 노동청, 안기부 등 국가도 사회적 약자가 아닌 가진자들의 기득권을 보호해주기 위해 '관계기관대책회의'를 하고 있는 것이다.

우리 세 식구의 밥줄을 쥐고 있는 사장님은 / 나의 하늘이다 / 프레스에 찍힌 손을 부여안고 / 병원으로 갔을 때 / 손을 붙일 수도 병신을 만들 수도 있는 의사 선생님은 / 나의 하늘이다 / 두 달째 임금이 막히고 / 노조를 결성하다 경찰서에 끌려가 / 세상에 죄 한번 짓지 않은 우리를 / 감옥소에 집어넣는다는 경찰관님은 / 항시 두려운 하늘이다 / 죄인을 만들 수도 살릴 수도 있는 판검사님은 / 무서운 하늘이다 / 관청에 앉아서 흥하게도 망하게도 할 수 있는 / 관리들은 / 겁나는 하늘이다 / 높은 사람, 힘있는 사람, 돈많은 사람은 / 모두 하늘처럼 뵌다 / 아니, 우리의 생을 관장하는 / 검은 하늘이시다 / 나는 어디에서 / 누구에게 하늘이 되나 / 代代로 바닥으로만 살아온 힘없는 내가 / 그 사람에게만은 / 이제 막 아장걸음마 시작하는 / 미치게 예쁜 우리 아가에게만은 / 흔들리는 작은 하늘이것지 / 아 우리도 하늘이 되고 싶다 / 짓누르는 먹구름 하늘이 아닌 / 서를 받쳐 주는 / 우리 모두 서로가 서로에게 푸른 하늘이 되는 / 그런 세상이고 싶다

— 박노해, 〈하늘〉

박노해 〈하늘〉에 나오는 시처럼 가진자들은 사회적 약자들 위에 군림하고자 한다. 노동자를 비롯한 사회적 약자들에게 '항상 두려운 하늘'이길 바란다. 힘과 권력으로 사회적 약자들에게 패배의식을 주입시키고 "높은 사람, 힘있는 사람, 돈많은 사람은 / 모두 하늘처럼 뵌다 / 아니, 우리의 생을 관장하는 / 검은 하늘이시다"라고 믿게 한다. 그렇다면 사회적 약자들이 할 수 있는 것은 무엇일까? 다른 것도 아니고 인간답게 살기 위해 '노조 인정, 일당 1,500원 인상, 강제 잔업 철폐'를 요구하는 이 여린 여성노동자이 할 수 있는 것은 무엇일까?

"미정언니, 8년 다녀서 지금 일당 얼마야? 사천이백십원. 뭐가 남았어요? 내년, 내후년이면 나아질까? 이게 우리들의 현실이야. 그런데 그것도 모자라서 우리끼리 싸워야 하는 거야? 언닌, 너무 비참하단 생각 안 들어?"

영화 〈메트릭스〉의 '빨간 약과 파란 약의 선택이 가져온 결과처럼 이들에게도 각성이 필요했다. "사람들은 두려운 거야. 회사와 다투기엔 엄두도 나지 않고"라며 자기도 모르게 되뇌이던 세뇌된 의식을 깨는 것이다. 즉 "노동자의 운명은 가난과 굴욕이라고 생각하는" 패배의식으로부터 탈출하는 것이자, "자신의 권리를 위해 싸울 줄 모르는 사람은 노동자가 아니"라는 인식의 도달이다.

"이 자리에서 떨쳐 버리고 일어설 용기가 없다면! 없다면, 하릴없이 노동만 하고 앉았는 노동자에 불과하다면, 착취의 선두주자인 자본가 계급의 기름진 배를 더욱 기름지게 만들어 주는 것 이상의 가치가 무어가 있는가!"

인식의 전환이 가져오는 변화는 무섭다. 인식의 전환은 사회적 약자들이 어떻게 살아가야 하는지를 본능적으로 알게 해주었는데 바로 "피로 맺은 연대"가 그것이다. 연대를 통해 그들은 "노조를 튼튼히 세우고 모든 노동자들이 떳떳하게 요구하며 당당하게 주장"할 수 있다는 각성을 하게 된다. 이러한 각성이야말로 150여일의 힘든 투쟁을 견디게 해준 동력이었다.

우리가 이들의 각성에 더욱 주목해야 하는 이유는 자본가들이 제시하지 못하는 전망을 보여주고 있기 때문이다. 이른바 자본의 욕망을 제어하고, 자본주의가 가지고 있는 폭력성을 완화하여 보다 인간다운 세상을 위한 인식론, 즉 자본의 윤리성을 제시하고 있다.

> "우리가 원했던 돈은 인간다운 삶을 이어 나가기 위한 것이었을 뿐, 돈에 대한 탐욕이 아니었습니다. 우리는 부자가 되려고 했던 게 아닙니다. 인간답게 살고 싶었던 것뿐입니다. 김세호 사장이 내놓은 2억의 돈을 우리는 뿌리치기로 했습니다. 김세호 사장에게는 돈이 가장 소중한지 모르지만 우리에게는 돈보다 더욱 소중한 것이 있기 때문입니다. 동지에 대한 변할 수 없는 애정과 참인간다운 삶이 중요하기 때문입니다."

이제 그들은 잘 알고 있다. 그들이 원하는 세계는 그리 쉽게 얻어지는 것이 아님을. 권력과 결탁한 자본은 더욱 교묘하고 세련된 방법으로 대중을 유혹하여 포섭할 것이기에, "우리는 화해를 믿지 않습니다. 우리는 오직 불타는 적개심으로, 비타협적으로 싸울 뿐"이라고, "죽을 수는 있어도 질 수는 없다!"라고 선언할 수 있는 것이다.

그렇다고 모든 노동문학이 노동자를 절대적 선(善)의 위치에 놓는 것은 아니다. 분명 가진자와의 팽팽한 대결의식은 다루고 있지만 노동자들 역시 반성의 주체이기도 하다. 그들이 생산의 주체임을 인식하기 위해서는 반드시 자신의 존재론적 위상에 대한 반성과 각성이 있어야 하기 때문이다.

이불홑청을 꿰매면서 / 속옷 빨래를 하면서 / 나는 부끄러움의 가슴을 친다 / 똑같이 공장에서 돌아와 자정이 넘도록 / 설겆이에 방청소에 고추장단지 뚜껑까지 / 마무리하는 아내에게 / 나는 그저 밥달라 물달라 옷달라 시켰었다

/ 동료들과 노조일을 하고부터 / 거만하고 전제적인 기업주의 짓거리가 / 대접받는 남편의 이름으로 / 아내에게 자행되고 있음을 아프게 직시한다 / 명령하는 남자, 순종하는 여자라고 / 세상이 가르쳐 준 대로 / 아내를 야금야금 갉아먹으면서 / 나는 성실한 모범근로자였었다 / 노조를 만들면서 / 저들의 칭찬과 모범표창이 / 고양이 꼬리에 매단 방울소리임을, / 근로자를 가족처럼 사랑하는 보살핌이 / 허울좋은 솜사탕임을 똑똑히 깨달았다 / 편리한 이론과 절대적 권위와 상식으로 포장된 / 몸서리쳐지는 이윤추구처럼 / 나 역시 아내를 착취하고 / 가정의 독재자가 되었었다 / 투쟁이 / 깊어 갈수록 실천 속에다 / 나는 저들의 찌꺼기를 배설해 낸다 / 노동자는 이윤 낳는 기계가 아닌 것처럼 / 아내는 나의 몸종이 아니고 / 평등하게 사랑하는 친구이며 부부라는 것을 / 우리의 모든 관계는 신뢰와 존중과 / 민주주의적이어야 한다는 것을 / 잔업 끝내고 돌아 올 아내를 기다리며 / 이불홑청을 꿰매면서 / 아픈 각성의 바늘을 찌른다

- 박노해, 〈이불홑청을 꿰매면서〉

박노해의 〈이불홑청을 꿰매면서〉는 노동자가 왜 끊임없이 반성적 주체가 되어야 하는지를 잘 보여주고 있다. 스스로 노동자라 외치고, 성실한 모범 근로자라고 생각하고 있지만 가정에서 보이는 자신의 모습은 자신들의 적과 너무도 닮아 있다. "거만하고 전제적인 기업주의 짓거리"를 "대접받는 남편의 이름으로 / 아내에게 자행되고" 있는 것이다. 그 역시 아내를 착취하고 가정의 독재자가 되어가고 있었던 것이다. 하지만 그는 자신의 모습을 "아프게 직시"한다. 그것도 아내가 하던 "이불홑청을 꿰매면서 / 아픈 각성"을 하게 된다. 이렇게 노동자는 절대적으로 정의롭거나 선한 존재가 아니다. 그들 역시 언제나 유혹에 둘러싸인 연약한 인간이다. 하지만 그들에게는 '반성'과 '각성'이 있다. 이를 통해 그들이 실현하고자 하는 세계와 "모든 관계는 신뢰와 존중과 / 민주주의적이어야 한다는 것"을 다시 깨닫게 되는 것이다.

방현석의 작품이 오늘에도 여전히 문제성을 지니는 이유는 이 상황이 결코 1980년대에 국한되지 않기 때문이다. 오늘날 한국의 노동 상황은 작품의

상황과 크게 다르지 않다. 노동자들은 여전히 사회적 약자이고 불평등의 세례를 온 몸으로 받고 있기 때문이다. 특히 비정규직의 모습은 〈새벽출정〉의 노동자와 많이 닮아있다. 노조설립을 방해하기 위한 사업라인의 분리는 노동자간의 분열을 일으키고 있는 정규직과 비정규직의 구분과 유사하다. 과거에는 노사간의 대결이었다면 이제는 노·노 간의 갈등을 유발시키고, 사측은 이를 즐기는 오늘의 현실과 다르지 않다. 특히 복수노조의 허용으로 이젠 노조 간의 분열과 갈등까지도 예상되고 있다. 노동자의 불안한 위치도 여전하다. 말 그대로 자신의 노동력을 팔아 생존을 유지하는 80년대의 노동자와 오늘의 비정규직 노동자는 이란성 쌍둥이와 같다.

> 오늘도 공단거리 찾아 헤맨다마는
> 검붉은 노을이 서울 하늘 뒤덮을 때까지
> 찾아 헤맨다마는
> 없구나 없구나
> 스물일곱 이 한 목숨
> 밥벌 자리 하나 없구나
> 토큰 한 개 달랑,
> 포장마차 막소주잔에 가슴 적시고
> 뿌리 없는 웃음 흐르는 아스팔트 위를
> 반짝이는 조명불빛 사이로
> 허청 허청
> 실업자로 걷는구나
> 10년 걸려 목메인 기름밥에
> 나의 노동은 일당 4,000원
> 오색영롱한 쇼윈도엔 온통 바겐세일 나붙고
> 지하도 옷장수 500원짜리 쉰 목청이 잦아들고
> 내 손목을 이끄는 밥꽃의 하이얀 미소도
> 50% 바겐세일이구나

에라 씨팔,

나도 바겐세일이다

3,500원도 좋고 3,000원도 좋으니 팔려가라

바겐세일로 바겐세일로

다만,

내 이 슬픔도 절망도 분노까지 함께 사야 돼!

- 박노해, 〈바겐세일〉

1980년대 노동운동의 대명사처럼 불렸던 박노해의 시 〈바겐세일〉이다. 취업을 위해 공단거리를 헤매지만 "스물 일곱 이 한 목숨 밥 벌 자리 하나 없구나"라고 한탄하는 1980년대 노동자는 오늘날 취업난에 휩싸인 청년의 모습이다. 1980년대 일당 4000천원과 2011년 4천원이 조금 넘는 시급은 우연의 일치일까? 2011년 기준 최저임금(시급) 4320원, 2012년에는 4580원으로 결정되었지만 88만원 세대라는 청년들의 삶의 길에는 희망이라는 단어가 쉽게 떠오르지 않는다. 청년의 80%가 대학생인 나라, 그들은 모두 '준비된 비정규직' 노동자가 되기 위해 "50% 바겐세일이구나 / 에라 씨팔, / 나도 바겐세일이다 / 3,500원도 좋고 3,000원도 좋으니 팔려가라 / 바겐세일로 바겐세일로"라고 외치고 있을지 모른다.

3. 연약한 내면의 상처 혹은 살아남은 자들의 슬픔
- 최윤의 〈저기 소리 없이 한 점 꽃잎이 지고〉(1988)와 영화 〈꽃잎〉

1) 한국의 현대사와 광주

한국의 현대사는 결코 만만치 않다. 오늘의 경제성장과 물질적 풍요, 외형적 민주주의와 자유로움을 결산하기 위해선 많은 민초의 피가 필요했다. 해

방 이후 제주도 4.3, 사건, 여순반란사건, 한국전쟁, 4.19, 70년대 박정희의
유신독재, 80년대 광주와 6.10항쟁 그리고 2009년 용산철거민 참사, 비정규
직 노동자의 자살과 분신, 23살 꽃다운 나이로 죽어간 삼성전자 반도체 소녀
등등 오늘날 벌어지고 많은 민초들의 피와 죽음으로 맞바꾼 것이 오늘의
현실이다. 대통령은 신년 연설에서 대한민국은 블루오션이라고 자랑하고 있
지만, 민초들에게 역사는 레드 오션, 피바다의 시간이었다. 그리고 광주가
그 피바다 가운데 서 있다.

  80년대 광주는 '어떤' 지역의 장소명이 아니라 대한민국 역사의 일반명사
가 되어 버렸다. 그리고 그 역사적 서사를 작가 최윤이 그리고 영화감독 장
선우가 우리 앞에 다신 '재현'했다. 이 영화는 우리들에게 과연 국가란 무엇
이었는가를 진지하게 묻고 있다. 대한민국 헌법 제 10조에는 다음과 같이
명시되어 있다.

> "모든 국민은 인간으로서의 존엄과 가치를 가지며, 행복을 추구할 권리를
> 가진다. 국가는 개인이 가지는 불가침의 기본적 인권을 확인하고 이를 보장
> 할 의무를 진다."

  헌법을 말하지 않더라도 국가가 국민의 재산과 생명을 보호한다 라는 것
은 상식이다. 그리고 그 국가의 모든 주권은 국민으로부터 나온다고 재차
확인하고 있다. 그러나 1980년 5월 18일의 광주에서도 이러한 상식이 허용
되고 있었는가?

> 원래 부정한 짓을 저지르는 것이 좋은 것이고, 부정한 짓을 당하는 것은
> 나쁜 것이지만, 당함으로써 겪는 나쁨이 저지름으로써 얻는 좋음을 월등히
> 능가하기에(…) 서로에게 부정한 짓을 저지르지 말도록 약정을 맺는 것이 낫
> 겠다고 생각한 것입니다. 이로부터 (…) 법/관습(nomos)에 의한 제약은 합법
> 성과 정당성을 얻은 것입니다.[37]

국가는 국민의 보호와 유지를 위해 법을 재정하고 집행한다. 플라톤의 『국가』에서 언급하고 있듯이 법의 기원은 나와 타자와의 관계 속에서 정의를 구현하는 방안에서 출발하였다. 나 역시 가해자이자 동시에 피해자가 될 수 있다라는 가정이 서로가 합의할 수 있는 '정의'의 영역을 만든 것이다. 즉 서로에게 부정한 짓을 저지르지 말자는 계약에 의해 그 법은 합법성과 정당성을 획득하는 것이고, 국가는 이를 총괄하여 집행하는 것이다. 이러한 계약을 바탕으로 대한민국의 헌법이 탄생했고 그 1조에 국가의 역할을 담고 있다.

하지만 1980년 5월의 광주에는 법의 합법성과 정당성을 찾기 어려웠다. 국가는 폭력의 주체였고 광주의 시민들은 폭력의 대상이었을 뿐이었다. 많은 사람들이 진실을 말하고자 했으나 국가는 물리적 폭력을 앞세워 이를 제지했다. 언론이 침묵하고 진실은 소문처럼 떠돌아 다니는 신세가 되어야 했다. 풍문 같은 진실을 문학이 담아내기 시작했으며 광주의 5월은 문학의 무거움을 보여주는 또 하나의 계기가 되었다.

임철우의 단편 〈봄날〉(1984)의 주제는 '저주'였다. 살아남은 자에게 가해진 저주 혹은 형벌은 봉합 불가능한 영혼의 상처였다. 친구를 죽음 속으로 밀어 넣었다는 자책 때문에 저주의 형벌을 자임한 주인공은 내적 망명과 그에 뒤이은 자살을 통해 살아남은 자에게 내려진 '저주'를 완성하고 있다. 광주항쟁을 괄호치고 비통한 신음만 뿜어냈던 것이라는 비판이 없지는 않으나, 그 '신음'과 '비명'은 같은 시대의 안온한 일상을 겨냥한 것이었던 것만큼 단순히 사적인 탄원이나 분노의 배설에 그치는 것은 아니었다. 폭력의 현장으로부터 탈출한 비겁자라는 사실 때문에 소시민적 우울과 부채의식을 안게 된 지식인을 형상화한 윤정모의 〈밤길〉(1985)이나, 광주의 학살 현장에서 동생을 쏴죽인 죄책감 때문에 정신질환에 걸린 공수대원의 이야기를 다룬 정도상의 〈십오방 이야기〉(1987), 가해자의 입장에서 5.18에 참여했다는 사

---

37 이정우, 『개념-뿌리들』, 철학아카데미, 2004, p.279.

실이 탄로날까봐 당시의 만행을 기록한 테잎을 끊임없이 확인하면서 잠 못이루는 강박증자를 그린 이순원의 〈얼굴〉(1990), 일상에 대한 염려로 타인의 불행을 외면한 평범한 여인의 신경증을 그린 박호재의 〈다시 그 거리에 서면〉(1987), 폭력의 공포를 마조히즘의 연극 속에서 넘어서고자 했던 한 정신분열자의 이야기를 다룬 정찬의 〈완전한 영혼〉(1992), 폭력으로 인한 외상과 그로인해 광기에 유폐된 한 소녀를 그린 최윤의 〈저기 소리 없이 한 점 꽃잎이 지고〉(1988) 등 많은 소설이 광주의 상처와 그로 인한 개인의 삶의 분열, 굴절을 다루고 있다.38

2) 폭력의 흘러넘침과 트라우마

최윤의 소설을 영화화 한 〈꽃잎〉의 특이성은 국가의 물리적 폭력이 개인의 내면에 어떠한 영향을 미치고 있는가를 집요하게 묻는데 있다. 일반적으로 광주를 다룬 작품들과 영화들은 국가의 무자비한 폭력성을 밝히는데 많은 노력을 가한 부분이 있었다. 광주를 담은 역사 다큐들도 이러한 범주와 크게 다르지 않았다. 하지만 이러한 관점은 자칫 광주에서 벌어진 사건을 추상화시키는 위험이 있다. 1980년 광주라는 시공간의 특수성과 그곳을 구성하는 개인들의 내밀한 삶이 삭제된 거대한 국가적 폭력의 폭로는 굳이 광주가 아니어도 충분히 보여줄 수 있기 때문이다. 즉 국가 폭력의 위험성에 대한 경고 정도라면 외국의 어느 사례를 보여줘도 무방하기 때문이다. 따라서 광주의 이야기는 철저히 광주의 개인들을 전제로 해야 한다. 최윤의 소설과 영화 〈꽃잎〉이 갖는 중요성은 여기에서 시작한다.

영화의 줄거리는 다음과 같다. 대학생으로 보이는 청년들이 한 소녀를 찾고 있다. 그 소녀는 한 마을에 살던 친구의 여동생이다. 그런데 1980년 광주

---

38 차원현, 「5・18과 한국소설」, 『한국현대문학연구』제31집, 2010.8, p.457.

민주화항쟁 때 소녀는 어머니를 잃고 정신병자가 되어 전국을 떠돌고 있다. 소녀는 방황하던 중 장씨(문성근 역)를 만난다. 장씨는 그녀를 통해 성욕을 해소하고 학대한다. 하지만 소녀는 그를 떠나지 않는다. 장씨도 그녀를 안쓰러워하게 되지만 소녀는 오히려 냉담해진다. 어느 날 소녀가 무덤가로 가자 장씨도 함께 따라간다. 그곳에서 소녀는 왜 자신이 미쳐야 했는지를 빙의에 걸린 사람처럼 미친 듯이 중얼거린다. 그녀는 다시 길을 떠나고 청년들을 끊임없이 그녀를 찾아 헤맨다.

영화 〈꽃잎〉의 내용은 역사적 소재의 무거움과 달리 그리 어렵지 않다. 특히 영화에서 보이는 인물과 주변 소재의 상징성을 추론해 보면 영화가 말하고자 하는 의미를 어렵지 않게 따라 잡을 수 있다. 이 영화는 소녀를 중심으로 하는 내적인 측면과 외적인 측면으로 살펴볼 수 있다. 먼저 외적인 측면들이다.

영화 서두에 장씨가 소녀를 겁탈하는 장면이 나온다. 1980년대라는 시대적 상징으로 읽을 때 이 장면은 단순히 한 미친 소녀에 대한 겁탈 이상의 의미를 지닌다. 1980년대란 폭력이 일반화된 세계였다. 박정희대통령이 김재규의 총에 죽임을 당하고, 전두환 역시 폭력으로 대한민국을 접수한다. 지속되는 군부의 독재는 곧 힘의 통치를 의미하고, 그 힘이란 그대로 물리적 폭력이었다. 폭력으로 통치되는 사회는 이른바 폭력사회이다. 그리고 그러한 폭력성은 우리에게도 그대로 전이되고 있었다. 여전한 가부장적 폭력, 여성에 대한 성적 차별, 노동자에 대한 폭력 등등 1980년대 사회는 폭력이 일반화된 사회였고, 폭력의 정점에 최고의 권력자가 있었다. 이처럼 1980년대는 폭력의 시대였다. 그 폭력은 광주로 대표되고 있었고, 폭력의 주체는 국가였다. 거대한 국가의 폭력, 그리고 그 밑에 살고 있는 이 세계 역시 폭력에 의해 유지되고 있음을 장씨를 통해 보여주고 있다. 국가의 물리적 폭력은 일상의 시공간 속에서도 그대로 이어지고 있다. 장씨의 성폭력은 개인의 문제가 아니다.

한다. 시작한다. 움직이기 시작한다. 온다. 온다. 온다. 온다. 소리난다. 울
린다. 엎드린다. 연락한다. 포위한다. 좁힌다. 맞힌다. 맞는다. 맞힌다. 홀린
다. 흐른다. 뚫린다. 넘어진다. 부러진다. 날아간다. 거꾸러진다. 패인다. 이그
러진다. 떨려나간다. 뻗는다. 벌린다. 나가떨어진다. 떤다. 찢어진다. 갈라진
다. 뽀개진다. 잘린다. 뛴다. 튀어나가 붙는다. 금간다. 벌어진다. 깨진다. 부
서진다. 무너진다. 붙든다. 깔린다. 긴다. 기어나간다. 붙들린다. 손올린다. 묶
인다. 간다. 끌려간다. 아, 이제 다 가는구나. 어느 황토 구덕에 잠들까. 눈감
는다. 눈뜬다. 살아 있다. 있다. 있다. 있다. 살아 있다. 산다

- 황지우, 〈動詞〉 전문

　　소녀에 대한 장씨의 폭력성은 그대로 5.18의 가해자가 행한 폭력성으로
치환된다. 그의 남근과 주먹은 광주를 피로 물들였던 총과 방망이의 또 다른
상징물이다. 국가가 광주의 인민들을 때리고 총살하듯이 장씨는 소녀를 때리
고 강간한다. 소녀라는 지극히 여리고 상처받기, 훼손당하기 쉬운 이미지는
광주에 살고 있는 민초들의 이미지와 중첩 된다.39 따라서 장씨의 겁탈은
말 그대로 광주의 폭력이 특정지역에서 벌어진 것이 아니라 이미 사회에
일반화된 폭력의 형태임을 보여준다. 장씨가 으슥한 곳에서 소녀를 겁탈하듯
이 보이지 않는 곳에서 폭력은 늘 진행되어 왔다. 그러한 폭력사회는 그 소녀
처럼 '미쳐버린 사회'이며, 동시에 미치지 않고서는 견딜 수 없는 곳이었다.
　　영화 속에서 매우 인상적이었던 장씨의 집은 폐쇄성과 폭력성으로 대표된
다. 그곳은 이미 정상적인 가옥형태도 아니었으며, 역시 정상적인 주거의
역할도 하지 못하고 있었다. 이 곳은 마치 '광주'라는 공간의 상징적 표현처
럼 보인다. 광주가 고립되어 있었던 것처럼 장씨의 집도 인가와 멀리 떨어져
있다. 그리고 그 고립되고 폐쇄된 공간에서 모든 언로를 차단한 채 폭력이
이루어진 광주처럼 소녀를 가둔 채 폭력이 행사되는 공간 역시 집이다.

---

39 박명진, 「한국영화의 역사재현 방식」, 『국제어문』41집, 2007. 12, p.224.

소녀를 찾는 대학생들은 이 영화의 나레이터 역할을 하고 있다. 그들은 소녀 오빠의 친구들이기도 하다. 그들도 소녀를 찾고 있지만, 소녀가 계속적으로 반복하는 소리도 '오빠'였다. 그들은 스스로를 "우리들"이라고 불렀는데, 영화 속의 '우리들'과 영화를 보는 '우리들'은 결코 다르지 않음을 보여준다. '우리들'이 찾고자 하는 소녀는 이른바 광주의 '진실'이다 청문회도 열리고 했지만 여전히 진실은 멀리 있었고 '우리들'로 표상되는 지식인과 우리 역시 무관심하기는 마찬가지였다. 영화 속 '우리들'이 무기력했듯이 현실 속의 우리들 역시 무기력하거나 무관심했다. 그들은 끝끝내 진실을 만나지 못한다. 현재도 이 진실을 왜곡하려는 자들이 끊임없이 등장하고 있다.

이제 영화의 주인공인 소녀에게 집중하자. 정처 없이 떠돌아다니는 소녀에게는 특정 장면이 지속적으로 반복되어 나타난다. 그것은 시위의 한 장면이며 동시에 어머니의 얼굴이다. 제정신이 아닌 소녀에게 파편적인 특정 장면이 반복적으로 나타난다는 것은 그 부분이 미해결의 상태임을 말한다. 이른바 그녀에게 정신적 외상, 즉 트라우마로 작용하고 있는 것이다.

소녀는 엄마의 죽음 이전에 오빠의 죽음을 먼저 경험한다. 군대에 간 오빠가 의문사 한 것이다. 어머니는 반 실성 상태가 되고 평온하던 가정에 균열이 생기기 시작한 것이다.

> 김종수 80년 5월 이후 가출
> 소식 두절 11월 3일 입대 영장 나왔음
> 귀가 요 아는 분 연락 바람 누나
> 829-1551
> 이광필 광필아 모든 것을 묻지 않겠다
> 돌아와서 이야기하자
> 어머니가 위독하시다
> 조순혜 21세 아버지가
> 기다리니 집으로 속히 돌아오라

내가 잘못했다

나는 쭈그리고 앉아
똥을 눈다

- 황지우, 〈심인〉 전문

　1980년대는 이른바 실종의 시대이기도 했다. 함께 공부하던 대학선배가 다음날부터 보이지 않는다. 거리의 사람들이 하나둘씩 사라져가는 일들이 빈번했다. 사라진 운동권 선배는 어느 날 한적한 시골에서 시체로 발견되거나 군대에 있다고 연락이 온다. 사회정화라는 이유로 삼청교육대로 끌려간다. 시인 황지우도 당시의 상황을 시로 표현했다. 화장실에서 읽고 있는 신문의 내용이란 모두 사람을 찾는 기사, '심인'이었다. 민심이 흉흉한 이 때 소녀의 오빠도 군대에서 죽음을 당한다. 어머니는 아들의 죽음을 알리려 온 그들의 말을 믿지 않는다. 행복한 공간에 균열이 생기고 있는 것이다.

　그래서 소녀는 더욱 더 '오빠'에 집착한다. 그 평화롭던 시절의 한 지점이 '오빠'라는 언어와 함께 기억되기 때문이다. 봄날, 오빠와 오빠의 친구들이 한가로이 쉬고 있고, 소녀는 그 자리에서 김추자의 노래 '꽃잎'을 부른다. 그것은 세계와 단절된 불연속적인 세계가 아닌 가정과 주변세계와의 평온한 공존이 가능했던 세계였다. 소녀의 입에서 끊임없이 나오는 '오빠'란 연속적 세계에 대한 갈구에 다름 아닌 것이다. 그런데 그 세계에 처음으로 균열이 일어났던 것이 오빠의 죽음이었다. 하지만 그 균열도 곧 메워지는 듯 했다. 소녀의 독백처럼 어머니가 돈을 세고 있는 모습을 보면서 마음이 놓였기 때문이다. 하지만 이것도 오래 가지 못한다. 5월의 광주가 기다리고 있었던 것이다.

　소녀를 미치게 만든 것은 광주의 끔찍한 학살이 아니었다. 그것보다 더 무서운, 끊임없이 그녀를 괴롭혀 온 것은 다름 아닌 '죄의식'이었다. 그녀의 머릿속을 떠나지 않았던 장면, 이른바 시위대의 모습과 쓰러진 어머니의 파편적 장면이 드디어 연결되면서 그녀를 괴롭힌 정체가 드러난다. 끝내 떨어 뜨리고 나오려는 엄마를 따라 나온 소녀는 광주의 도청으로 간다. 엄마는 그녀를 건물 속에 숨기려 하지만 소녀는 막무가내다. 할 수 없이 도청 앞에 서 광주시민들과 함께 서 있는 모녀. 애국가가 울리는 순간 군인들의 발포 소리와 함께 사람들이 쓰러져 나가기 시작한다. 넘어지는 소녀, 그녀를 일으 키는 엄마, 하지만 곧 총소리에 쓰러지는 엄마. 자식을 향한 걱정은 죽어가 면서도 소녀의 손을 꽉 쥐고 있는 엄마의 손으로 알 수 있다. 하지만 살기 위해, 총알이 빗발치는 그곳을 피하기 위해 어미의 손가락을 뒤로 꺾고 발로 밟아야 했던 소녀. 생에 대한 맹목적 의지가 실현되는 순간인 것이다. 소녀 는 시체로 가장해 시신의 더미 속에 있다가 몰래 탈출한다. 하지만 그것은 살아있는 것이 아니었다. 죽어가는 어미의 손을 뿌리치고 달아나야 했던 소 녀의 죄의식은 그녀를 맨 정신으로 존재하게 만들지 않았다. 그녀의 실성은 죄의식으로부터 탈출하는 방법이었지만, 문득 문득 떠오르는 그 장면으로 인해 그녀는 더욱 괴로워해야 했다.

이 장면은 브레히트가 말한 '살아남은 자의 슬픔'을 잘 보여준다. '운이 좋아 남들보다 오래 살았다'는 시처럼 소녀 역시 운이 좋아 살아남았다. 하지 만 살아남은 자의 슬픔도 함께 살아남았다. 저 지옥 같은 현실에서 살아남았 다는 것은 기뻐해야 할 일이 아닌가? 한국전쟁 당시 3개월 만에 수복된 서울 에서 만난 사람들의 첫 마디는 '살아있었구나!'였다. 하지만 이 본능적인 반응 이 광주에서는 통하지 않았다. 소녀뿐만 아니라 광주의 시민들은 살아남은 것에 대해 부끄러워했고 죄의식을 가져야 했다. 마지막 날 밤 도청에 남아있 던 자들 때문에 집안에 있던 광주의 인민들은 피눈물을 흘려야 했다.

우리는 최후까지 싸울겁니다
우리는 광주를 지켜내고야 말 것입니다
사랑하는 광주 시민 여러분

우리를 잊지말아주세요
잊지말아주세요
시민여러분
우리를 기억해주세요
제발 우리를, 잊지말아주세요

- 영화 〈화려한 휴가〉 중 박신애(이용원) 대사

소설 속에서도 가끔 등장하는 장면이듯이, 오랜 세월이 흐른 후 버스에서 두 사람의 시선이 마주친다. 누굴까? 기억이 날 듯 말 듯 하다가 기억이 난다. 그날 광주에 함께 있었던 자들이다. 하지만 그들은 서로 얼굴을 떨구고 모른 채 한다. 이유는 단 하나, 함께 행동하지 못했기 때문이다. 차라리 그날 도청에서 함께 죽었으면 떳떳했을 것이라고, 부모, 친척, 친구, 연인 모두 떠나보내고 혼자 살아남았다는 생각이 그들을 부끄럽게 하는 것이다. 광주 금남로의 대규모의 시위와 죽어가는 어머니가 잡은 손을 발로 밟으면서까지 총부리를 피해 도망치는 소녀의 이기적인 생존본능은 광주의 거리에서 살아남은 모두의 죄의식이기도 하다. 광주에서 살아남은 자들은 살아남았다라는 안도감 보다는 살아난 것에 대한 죄의식을 먼저 느껴야 했다.

죄의식 속에서 살아가기란 현실을 완전히 잊거나 미쳐버리는 방법 밖에 없다. 소녀는 이 모든 것을 무덤가에서 마치 빙의 들린 사람처럼 중얼거리다 혼절하고 만다. 그녀의 주위에는 무수한 이름 없는 무덤들이 널려있다. 마치 광주에서 이름 없이 죽어간 그들처럼. 소녀는 무덤마다 꽃을 올려놓는다. 이 장면은 광주의 영령들을 향한 살풀이, 혹은 제사지내기처럼 보인다. 소녀는 길을 떠난다. 장씨가 따라가보니 그녀가 시장의 한 구석에 앉아 있다. 시장 바닥에 구걸하는 소녀. 광주의 진실은 그토록 남루한 모습으로 한 구석에 놓여 있다. 시장, 그 무수한 사람들이 지나다닌 곳이지만 아무도 그녀에게 눈길을 주지 않는다. 아니 그녀의 존재조차도 모른다. 진실은 그토록 가까이 있지만 진실을 외면하는 혹은 보지 못하는 대중들. 진실은 기껏해야 장씨의 일터 노동자들의 입에서 떠도는 풍문처럼 떠돌아 다닐 뿐이었다. 하지만 풍문같은 진실마저도 "이 사람들 다 빨갱이 아녀."라는 한 마디에 쏙 들어가 버린다. 따라서 광주의 진실은 마치 유령과 같다. 소녀가 유령처럼 여기저기를 떠돌아 다니 듯 광주의 진실도 그렇게 흘러다닐 뿐이었다.

그럼 다시 처음의 질문, 국가는 우리에게 무엇이었나? 이 질문에 소녀는 답한다. 영화가 끝나갈 무렵, 가족, 친지, 친구, 동료의 피를 묻은 그 거리에 시간이 흐르고, 다시 애국가가 흘러나올 때, 자신을 향해 총부리를 겨눈, 혹은 그들을 향해 폭력을 행사할지 모르는 그 국가를 향해 애국심을 표하는 저 아이러니.

"나는 자랑스런 태극기 앞에 조국과 민족의 무궁한 영광을 위하여 몸과 마음을 바쳐 충성을 다할 것을 굳게 다짐합니다."

왜 우리는 "몸과 마음을 바쳐 충성을 다할 것을 굳게 다짐"해야 하는지, 영화는 묻고 있다. 국가는 우리에게 무엇을 해 주었는가? 내가 국가를 위해 뭘 할 수 있을지 고민해야 한다는 케네디의 명령(?)은 광주의 인민들에게도 통하는 말일까? 그래서 소녀는 모두들 국기에 경계를 하는 그 엄숙한(?) 순간에 유유히 그곳을 '흘러' 지나간다. 저 국가주의를 모독하는 가장 신성한 방법이란 말 그대로 '흘러'가는 것이다. 소녀가 보여준 것은, 정지된 그들처럼, 경직되고, 억압적인 현실을 가장 자연스러운 상태로 되돌리는 방법이다.

〈망월행〉

곽재구

망월 가는 겨울버스 차창에
누군가 뽀얀 입김으로 새겨놓은

매화 한 가지 빛깔은 차가워도
향기는 없어도 성에밭 포근히 스민
그 마음 절로 알 수 있어라
바스락거리는 손끝으로
여보 당신은 천사였소
하늘에서 만납시다
그날의 묘비명을 새겨보는데
눈 덮힌 보리밭 가장자리
까마귀떼 한 무리 내려앉네
대숲 두른 먼 마을에서 바람 소리 긴 총성 소리
그래 이제는 무엇을 사랑해야 하는지
이제는 무슨 꽃을 피워야 하는지
알 수 있을 것 같은데
길고긴 겨울 지난 후 다시 만날
고통의 넓은 가슴 그때는 아늑하리
성에 속에 매화 향기
얼어붙은 겨울 들판 적시네.

4. 해프닝이 권력을 만났을 때
- 오종욱의 희곡과 영화 <칠수와 만수>

1) 감독 박광수의 〈칠수와 만수〉 제작 과정

영화 〈칠수와 만수〉(1988)는 박광수 감독이 만든 영화이다. 원작은 하층
계급의 근로자를 모델로 한 세태 풍속극이자 정치성을 띤 사회극으로 알려
진 오종우의 동명 희곡 〈칠수와 만수〉이다. 박광수 감독은 현실과 정치 이
념의 문제에 관심이 많은 작가로 보인다. 그가 보여준 작품세계가 여기에서

크게 벗어나지 않기 때문이다. 그가 만든 〈그 섬에 가고 싶다〉라는 영화에서도 분단의 문제를 섬사람들의 갈등으로 한껏 부조시킨 다음 우리의 전통적인 해결 방식인 살풀이를 통해 갈등을 치유하고 있다..

어쨌든 〈칠수와 만수〉는 그 당시의 분위기로서는 다소 아슬아슬한 영화였다. 우선 영화 표면에 가득 보이게끔 해 놓은 '양심수', '연좌제', '계급적 갈등' 등의 주제는 사실 전두환, 노태우 정권으로서는 영 반가운 것이 아니었기 때문이었다. 그래서였을까? 박광수 감독은 개봉을 일부로 1988년에 맞춘다. 올림픽이라는 세계최대의 축제 분위기 속에 묻어가자는 의도였던 것 같은데, 역시 감독의 직감은 맞아떨어졌다. 당시 서울이 올림픽개최지로 선정된 데는 5공의 정통성 시비를 희석시키기 위한 의도와 로비도 강하게 있었지만, 역시 세계올림픽위원회의 정치적 의도도 있었던 것으로 보인다. 독일과 함께 유일한 분단국이자 남과 북이 불과 수십 킬로 거리에서 대치하고 있는 남한의 한 복판에서 평화의 축제를 벌인다는 것은 올림픽위원회로서도 그리 손해 보는 장사가 아니기 때문이다. 어쨌든 세계의 눈이 쏠려 있는 상황에서 영화를 검열하고, 그것도 헌법에도 보장된 사상과 표현의 자유를 재단하는 인상을 세계에 보이기는 힘들었을 것이다. 그래서 이 당시 여러 해금 조치들이 일어난다. 학생들이 중고등학교 때 배웠던 카프문학이라든지, 월북작가라든지 이런 이념적인 부분들에 조금씩 빗장이 풀리기 시작했다. 올림픽은 정치성, 상업성 논란으로 이미 만신창이가 되어있었지만, 어쨌든 덕분에 약간의 정치적, 이념적 자유가 삶 가운데로 스며들기 시작했다.

2) 박광수가 하고 싶었던 이야기는?

이 영화는 과거 명절 때만 되면 하던 〈한국특선영화〉, 〈특선방화시리즈〉 등을 통해서 자주 방영되던 영화 중의 하나였다. 특히 안성기가 옥상의 사다리에 매달려 몸을 이리저리 움직여보다가 뛰어 내리는 그 장면은 많은 사람들의 마음을 먹먹하게 만들었다. 필자도 정확한 의미는 알 수 없었지만 그 장면이 맴돌았고, 그를 뛰어내리게 한 것은 자신이 아니라 외부의 어떤 것이었을 거라는 생각 정도만 했던 기억이 난다.

어느 작가든 작품을 만들 때는 뭔가 이야기 하고 싶은 것이 있기 때문이다. 프로이트는 이러한 현상을 일종의 신경증이라고 말한 바 있다. 내부로부터 오는 억압, 특히 말하지 못함으로써 오는 억압이 신경증이 되고, 작가는 작품을 통해 엄청난 수다를 하고 덕분에 신경증으로부터 해방된다는 이야기다. 박광수도 그런 심리였을까? 박광수가 하고 싶은 이야기의 독자는 당연히 자신은 아니었을 것이다. 외부의 독자들. 박광수가 외부의 독자들, 즉 세상 사람들에게, 그것도 1980년대 후반에 살고 있는 사람들에게 저 영화 〈칠수와 만수〉를 만들면서까지 하고 싶었던, 혹은 꼭 들려주고 싶었던 이야기는 무엇이었을까?

영화를 읽어내는 독법은 매우 다양하다. 그 만큼 다양한 의미로 해석될 수도 있다. 그렇다고 작가의 의도를 정확히 파악하는 독법만이 좋은 비평의 자세는 아니다. 모든 비평가가 궁예의 '관심법'을 가지고 있는 것은 아니니까. 어쨌든 크게 모나지 않는 범위 내에서만 이야기를 해 보자. 일반적으로 현실의 문제를 다루는 작품들은 전통적인 구조가 있다.

〈개인 VS 세계〉의 대결구도

리얼리즘 계열 작품의 일반적인 모습이다. 개인 대 개인의 갈등이 전면에 부각된다 하더라도 아마 어느 한 쪽은 사회나 국가의 메타포일 것이다. 〈칠수와 만수〉 역시 이러한 구도 속에서 이루어지고 있다. 칠수와 만수라는 하층민(소시민) 대 국가(사회)의 대결이 이 영화의 기본 구도이다. 대결에는 항상 승패가 있기 마련이고, 전장터가 아닌 이상 승패라는 사건은 중요한 함의를 지니고 있을 것이다. 칠수와 만수, 그리고 그들이 맞서야 했던 1980

년대의 사회. 누가 승자고 누가 패자일까? 그리고 그 승패가 던지는 메시지는 무엇일까? 이러한 선들을 그려가다 보면 작가가 말하고 싶었던 욕망을 읽을 수 있지 않을까?

3) 〈칠수와 만수〉가 보여주는 한국사회

〈칠수와 만수〉가 독자들을 향해 외치고 있는 것은 1980년대 한국사회의 본질이다. 그는 한국사회의 모습을 독자들에게 알리고 싶었고, 한국사회의 맨얼굴을 칠수와 만수라는 개인을 통해 형상화하고 있는 것이다. 문제는 감독 박광수가 바라보는 한국사회 본질의 정체가 무엇이냐이다. 거칠게 말하자면 박광수는 1980년대 한국사회의 본질을 두 가지 측면에서 바라보고 있었다.

분단체제에 기반한 폭력적 국가기구 / 신식민지국가독점자본주의

생소한 용어일수 있지만 1980년대 당시 한국사회를 규정하는 논의 속에서는 매우 익숙한 것들이다. 영화에서 만수라는 개인을 통해 부각시켰던 사건은 바로 양심수와 그로 인한 연좌제 문제였다. 영화에서 만수는 중반 이전까지 매우 수수께끼 같은 인물로 그려지고 있었다. 칠수처럼 가볍지 않으며, 〈라이언 일병 구하기〉의 톰 행크스처럼 뭔가 사연이 가득한 인물로 나타난다. 자본에 굴종하면서도 진지한 그의 태도는 궁금증을 더욱 배가시킨다. 겨우 독자에게 던져진 단서는 일이 없는 날이면 술만 먹거나, 라디오나 TV에서 흘러나오는 정치 관련 뉴스에 극도의 거부반응을 보이거나, 중동 노동자로 가려하나 신원조회에 걸려 여권 발급이 안 되거나, 취중 시비로 경찰서에 갔을 때도 "다른 문제가 좀 있다"는 등 정도이다. 결국 그는 30년간 옥살이를 하고 있는 양심수 아버지의 아들이었고 그로 인해 제대로 된 직장을

가질 수 없었던 것이다. 만수는 양심수 아버지 때문에 이념의 족쇄에 갇혀 있는 셈이다. 그 족쇄는 너무도 견고하였다. 여동생이 *"왜 당하고만 살아요"* 라고 말했을 때, 만수는 '그래, 함께 싸우자!'라고 말하지 않는다. 이미 거대한 현실의 힘을 알고 있기에, 아무리 부딪혀 봐도 현실의 벽은 결코 무너지지 않는 난공불락의 성이었기 때문에, 만수는 말한다.

"미친년! 세상이 그렇게 하겠다는데, 네가 그런다고 되는 줄 알아!"

만수도 불만이 있지만, 내면에는 여전히 대결의식의 불꽃이 사그러지지 않고 있지만, 현실은 너무 크고 자신은 너무 나약했다. 이런 모습이 바로 우리들의 모습이기도 하다. 적당히 눈치보고 세상의 흐름에 몸을 맡기며 적당히 적당히 살아가는 우리와 크게 다르지 않다. 연좌제는 한국전쟁과 그로 인한 분단국가가 만들어낸 괴물이었다. 같은 민족을 죽인 저 빨갱이들과는 단 한시도 함께 할 수 없다는 적개심은 그들의 피가 조금이라도 흐르는 자들조차 용서할 수 없게 만들었다. 빨갱이들은 동족을 죽였다는 점에서 마치 근친살해, 근친상간을 하는 인면수심의 존재들이기 때문에 그들의 피와 유전자가 흐르는 후손들은 번영의 대한민국에 균열과 혼란을 가져올 잠재세력으로 인식되었고, 이러한 인식은 연좌제를 정당화하는 양분이 되었다.

연좌제는 5공화국이 들어서면서 폐지되었다. 정당성 없는 정권을 유지하고 반대여론을 무마하기 위해 폐지했다. 하지만 잘 알다시피 폐지한다고 다 없어지는가? 미국에서 노예제도를 폐지했더니 흑백 인종갈등이 사라졌던가? 오히려 더 음습하고 은밀하게 진행되는 법이다. 지금도 양심수가 남아 있고, 부모의 이념으로부터 자유롭지 못한 문인들이 많이 있다. 이념의 연좌제 말고도 학연, 지연의 연좌제도 무시 못한다. 이 외에도 국가의 폭력적 힘이 개인의 삶에 관여하는 장면들은 곳곳에 배치되어 있다. 첫 장면인 민방위 훈련 장면도 마찬가지이다. 전쟁을 가상하여 전 국민이 사이렌 소리와 호각

소리에 맞춰 저 거대한 광화문 사거리를 일사분란하게 여백의 공간으로 만들어 버린다. 마치 램프의 요정 지니의 마술처럼 조금 전까지만 해도 번잡하던 서울이 한 순간에 침묵과 공동(空洞)이 공간으로 변해버린다. 일사분란한 국가의 규율과 통제의 힘이 빛나는 순간이다.

다음은 신식민지국가독점자본주의에 대한 것이다. 이 부분은 사실 많은 설명이 요구되는 것이지만 간략히 설명하면 다음과 같다. 한국사회는 어떠한 사회냐라는 논쟁이 있었다. 혹자는 파쇼국가다, 군부독재다 등등 여러 지적이 있었는데, 그 중의 하나가 신식민지 이론이었다. 즉 예전에는 일제의 식민지였듯이 오늘날은 미국의 식민지라는 것이다. 정치, 군사, 사회, 문화, 경제 등등 그 어느 것도 미국의 예속 하에 있지 않은 것이 없다는 이론이다. 여전히 우리는 자주독립국가가 아니라 식민지의 연속이라는 입장이다. 이러한 신식민지의 파생물이자 희생물의 표상이 바로 '칠수'인 것이다.

칠수의 고향은 동두천이다. 동두천은 한국전쟁 당시 미군과 양공주로 넘쳐나던 공간이었다. 1980년대 당시도 이러한 풍경은 그리 변하지 않았다. 영문 간판으로 넘쳐나는 그 곳은 대한민국의 정체성이 모호해지는 공간이었다. 더욱이 일제가 조선을 범했던 것처럼 미군이 양공주의 육체를 범하는 곳이기도 하다. 그런 곳에서 양공주의 아들로 칠수가 태어나고, 누나도 양공주가 되고, 아비는 포주와 재혼을 한다. 신식민지가 계속 재생산되고 있는 것이다. 미국에 대한 예속성을 보여주는 것은 이 외에도 많이 있다. 성조기가 그려져 있는 런닝셔츠를 입고 있는 칠수, 회상 장면에서 미군과 눈이 맞아 미국으로 도망가 버린 누나의 에피소드, 칠수가 가는 햄버거 가게, 백화점, 디스코텍, 영어 회화 학원, 집에 붙여 놓은 〈대부〉라는 미국영화 포스터, 그리고 말론 브란도, 자신의 형이 미국 마이애미에 살고 있고, 자기도 곧 미국으로 이민 간다고 허풍 떠는 칠수, 엉터리 영어를 구사하는 칠수 등의 모습은 신식민지의 모습을 이해하게 해준다.

4) 소통의 몰수와 의미의 전유

아마 이 영화에서 가장 인상적인 사건은 칠수와 만수가 옥상에서 벌이는 해프닝일 것이다. 너무나 비극적인 상황임에도 웃음이 나오는 것은 어처구니 없는 상황들이 빚어내는 아이러니 때문이다. 옥외 광고판 작업을 하던 중 쉬는 시간을 이용해 칠수가 먼저 올라가고 그것을 본 만수가 따라 올라간 이 사건, 너무나도 우발적인 이 사건이 필연적인 사건으로 전유되는 과정이야말로 80년대 한국사회의 경직성과 폭력성 그리고 국가의 존재 이유에 대한 진지한 질문을 강요하고 있다.

힘 없는 자들이 할 수 있는 게 무엇이 있을까? 억울한 일이 있을 때 어떻게할 수 있을까? 돈이 없으니 변호사를 선임하는 것은 아예 불가능하고, 가능하다 해도 이념 문제는 헌법 위에 군림하기에 변호사로 될 일도 아니고, 그렇다고 지금처럼 인터넷 아고라가 있어 세상에 알릴 기회가 있는 것도 아니고, 돈 없고, 백 없고, 힘 없는 놈들은 그냥 입 다물고 살아야 했을 것이다. 요즘에는 중고등학교에서 공부 못해도 한 가지 정도 남 다른 재주가 있으면 대접 받지만 80년대 당시에는 공부 못하면 말 그대로 개그맨 박명수의 별명처럼 '쭈그리'가 되어야 했다. 아님 싸움을 잘 하거나 힘이 세서 아예 학교 '밖'의 세계로 진출하던가. 그래서 이 못난 족속들(?)인 칠수와 만수가 기껏 하는 일이란 옥상에서 세상을 내려다보며 한 마디 하는 것이다.

"서울에 있는 높은 놈, 배운 놈, 잘난 놈, 있는 놈들 내 얘기를 들어봐라!
말 좀 해야겠다. 높은 데 있을 때 큰 소리 좀 쳐 보자!
정말 너희들 그럴거야? 그렇게 밖에 못하겠어!"

그들은 허공에다 외치고 있을 뿐이다. 세상이 발 아래 있지만 그들은 너무 멀리 떨어져 있다. 지나가는 바람은 들었을까? 약자들이 할 수 있는 최대치인 것이다. 매우 우발적인 사건이 사람들의 시선과 기자, 경찰 등의 등장으로 인해 뭔가 의도된, 혹은 불순한 의미로 확장되는 지점을 보면서 들뢰즈라는 철학자가 떠오르는 것은 이상한 일이 아니다. 배치와 의미의 관계 사물과 사물 혹은 사건과 사건이 어떻게 배치되느냐에 따라 즉 어떻게 계열화되느냐에 따라 전혀 다른 의미가 산출된다. 어머니의 손과 칼이 접속을 하면 그 칼은 정성 가득한 음식을 만드는 도구가 되지만, 깍두기 형님들의 손과 접속하는 순간 '흉기'라는 의미로 변한다. 마찬가지다. 칠수의 손에 들려있던 소주병이 경찰과 접속하는 순간 '화염병'이 된다. 그들이 옥상에 올라가 있는 사건도 사회부 기자와 접속하면 '투신자살 소동'이 되고, 회사 사장과 접속하면 '노조, 노사문제'로 의미가 생성되는 것이다.

하나의 단순한 사건을 거대한 사회적 의미로 전환시키는 힘은 다름 아닌 국가기관과 미디어였다. 이들의 개입/관여가 시작되는 순간 일상은 파괴되기 시작한다. 그렇다고 달리 방법이 있는 것도 아니다. 국가와 미디어의 부조리한 관여는 너무나도 거대해서 우리 같은 존재들은 아무 것도 할 수 없기 때문이다. 나와는 무관하게 모든 것이 규정되어 버리기 때문이다. 그들이 접속하는 방식에는 합리적인 소통 따위는 없다. 자신들 마음대로 대상에 접속하고 배치한다. 그 무지막지한 배치는 말 그대로 무지막지한 의미들을 산출하고, 그렇게 산출된 의미들은 다시 칠수와 만수에게 무지막지하게 덧입혀 져서 그들을 사회에 불만을 품은 폭력적 존재로 규정한다. 그리고는 칠수와 만수를 향해 다음과 같이 말한다.

"폭력을 쓰지 맙시다. 폭력은 폭력을 부릅니다.
많은 시민들이 불편을 겪고 있어요. 이성을 찾으세요."

이 장면에서 웃지 않을 수 없는 것은 진정 누가 폭력의 주체이고 비이성인지, 이 전도된 세계를 감독은 희화화하고 있기 때문이다. 그래서 칠수와 만수가 외친다.

"모든 게 다 이런 식이야, 왜 우릴 이렇게 못살게 굴어!"

답답한 사회현실. 가뜩이나 먹고 살기 힘든 노동자들에게 이념의 족쇄로, 연좌제의 족쇄로, 폭력의 족쇄로 목을 조르고 있었다. 진정 국가란 무엇인지 질문을 던지는 순간이었다. 국가는 국민의 안녕과 보호를 위한 것이라고 배웠는데, 저 국가가 거대한 폭력을 기반으로 한 개인을 몰아세울 때, 그가 할 수 있는 일은 무엇일까? 만수가 사다리로 올라 가던 장면이다. 마치 무성영화나 16mm 영화의 한 장면처럼 갑자기 무음이 시작되고, 만수는 좁은 사다리에서 몸을 이리저리 움직여 본다. 그는 마치 무언가를 잡으려는 것처럼 손으로 여기저기를 잡아 보지만 여의치 않아 보인다. 일종의 한계상황처럼 보이는 저 사다리의 좁은 폭 속에서 만수는 급기야 뛰어 내린다. '날자, 날자 다시 한 번만 날아보자꾸나'라고 외치던 이상의 〈날개〉처럼 만수는 저 국가의 폭력에 떠밀려 떨어지고 만다. 국가는 이런 문제적 개인들에게 외친다.

"가만히 계세요. 조용하세요. 암적인 존재가 되어서야 되겠습니까?"

국가에게 그들은 보호받아야 할 국민이 아니었다. 그들은 여전히 뭔가 음습하고 수상하고 불순한 사상범의 아들이자 노동자, 양공주의 아들이었을 뿐이다. 모 방송국에 나와 180cm 이하의 남자를 향한 그녀의 발언처럼 '루저'인 것이다. 국가는 끊임없이 그들에게 순종하는 개체가 되길 바랐던 것이다. 미네르바. 자신의 생각을 블로그에 올렸을 뿐인데 여기에 국가와 미디어가 접속하는 순간 그는 갑자기 국가경제에 수 천 억 원의 손해를 입힌 매국노가 되었고 급기야는 구속까지 되었다. 어디 이런 일이 미네르바 뿐이겠는가?

5. 치유와 관계의 가능성
- 우애령의 <정혜>와 영화 <여자 정혜>

1) <여자 정혜>의 불편함과 진지함

영화 <여자 정혜>를 보는 일은 그리 만만치 않다. 우선 기본적인 서사가 존재하지 않는다. 전통적인 면에서 서사의 기본은 '사건'이다. 그 사건이 발단-전개-위기-절정-파국의 리드미컬한 리듬 속에서 진행되어 독자들의 손바닥에 한 줌의 땀을 만들어줘야 정상적인 서사가 되기 때문이다. 그런데 <여자 정혜>에는 그러한 사건의 리듬이 보이지 않는다. 또 하나 이 작품의 감상을 힘들게 하는 것은 공간의 단조로움이다. 뭐 하나 새로울 것이 없는 공간이 반복되어 등장한다. 좁은 아파트 내부, 역시 좁은데다가 번잡하기까지 한 우체국, 그리고 평범해서 하품이 나올 것 같은 거리가 그렇다. 인물은 어떤가. 생기 없는 인물들이 98분 동안 지치지도 않고 등장한다. 아~ 이런 영화를 본 것이다.

그런데 문제는 이 영화의 지루함(혹은 지나친 섬세함)이 갖는 함의이다. 그 함의 때문에 지루함 속에서도 관객들은 문득문득 동질감을 느껴야 했을 것이다. 그 동질감이란 무엇일까? 역시 우리와의 동질감은 영화에서처럼 우리의 일상 역시 너무나도 '지루하다'라는 것이다. 그 여자 정혜처럼, 우리도 매일 거의 변동 없는, 같은 리듬의 일상을 살고 있다. 매일 같은 사람을 만나고, 끼니 때면 거의 같은 것을 먹으면서도 고민하고, 지금 우리가 서 있는 이 공간을 맴돌고, 같은 교수님과 같은 친구들을 거의 하루단위 혹은 일주일 단위 등으로 만나는 우리의 일상 역시 정혜와 다르지 않다. 영화를 보는 내내 '아~ 지루해'라는 한탄은 혹시 나의 일상에 대한 한탄은 아니었을까? 이 영화의 불편함은 우리의 지루한 일상을 비추고 있었기 때문이다. 작가나 감독이 불편한 일상을 꺼내 든 이유가 단지 일상의 지루함을 말하려고 한 것은 아닐 터. 무엇을 말하고 싶었을까?

2) 폭력의 상처와 관계의 회복

(1) 외로움 혹은 유폐의식의 기원

〈여자 정혜〉의 일상적 반복이 보여주던 모호함은 영화 중반 외삼촌의 성폭행 장면과 함께 해결된다. 그녀의 외로움 혹은 세상과의 단절의 기원이 어디에서 비롯되었는지를 보여주고 있기 때문이다. 영화를 통해 그녀에게 다가온 폭력은 크게 3가지이다. 첫 번째는 그녀의 유폐의식의 트라우마로 작용한 삼촌의 성폭행이다. 레비 스트로스의 말처럼, 가족 혹은 친족의 구분이란 성적 대상의 허용 유무를 위한 것이다. 인류는 동서고금을 막론하고 지역, 집단, 계층, 성별에 관계없이 두 개의 타부가 있었는데, 바로 살인과 근친상간의 타부가 그것이다. 레비 스트로스는 미개한 원시인들이 부모 자식 할 것 없이 난교를 했을 것이며, 문명이라는 것이 들어오면서 도덕, 윤리가 작동했을 것이라는 '상식'을 한껏 비웃는다. 인류가 그 시작과 함께 가장 먼저 한 것이 바로 살인과 근친상간에 대한 타부를 작동시켰다는 것이다. 특히 근친상간을 막기 위해 한 일이 바로 친족의 범위와 명명법을 만든 것이었다. 즉 엄마, 아빠, 할아버지, 할머니, 삼촌, 숙모, 처제, 형부 등의 친족의 위계와 그 명칭이란 바로 성적대상의 범위에 대한 배치이다. 따라서 '삼촌'이라는 호칭 속에는 '정혜'와의 성적 관계가 불가능함이 포함되어 있다. 더불어 그 둘이 보호와 존중을 통해 유지되어야 하는 친족임을 알리는 표시이기도 하다.

정혜의 유폐의식이 견고한 원인이 여기에 있다. 조르쥬 바따이유가 지적한 것처럼 성행위는 그 자체가 '폭력적 욕망'이다. 그런데 정혜는 그 폭력적 욕망의 주체가 다른 사람도 아닌 '보호자'의 기능을 담당한 '삼촌'(친족)이라는 점에서 이중의 폭행을 당한 것이다. 엄마와 단 둘이 살고 있는 정혜에게 친족은 더 이상 보호와 유지가 아닌 '인접된 일상적 폭력'의 메커니즘으로 다가온다. 삼촌의 성폭행이 중요한 이유는 단지 삼촌이 행한 매우 예외적인 하나의 사건이 아니라 '폭력'이란 늘 이렇게 우리의 일상에 가까이 밀착하여 존재하고 있음을 환기시켜주기 때문이다. 두 번째와 세 번째 폭력 역시 그녀(혹은 우리의)에게 가장 가까운 '관계' 속에서 일어난다. 신혼여행 다음 날 새벽에 호텔을 나와야 했던 것은 '삼촌'처럼 가장 가까운 존재로부터 '폭력'을 당했기 때문이다. 그녀는 전혀 보호받지 못하고 있었다. 무방비 상태에서, 혹은 준비되지 않은 상태에서, 그녀의 거부(혹은 이해를 바라는 상태)에도 불구하고 남편은 삼촌의 행위처럼 그녀를 소유한다. 그리고는 마치 용의자를 심문하는 형사처럼 그녀의 깊은 상처를 캐묻는다. 서로 보호하고 보호받아야 할 존재로부터 보호받지 못할 때, 아니 보호를 몰수 당할 때 그녀가 할 수 있는 자기보존의 방법이란 가족의 관계를 청산하는 것이었고, 그래서 그녀는 호텔을 나온다. 구두샵에서 남자 종업원의 불쾌한 접촉 역시 일상에 밀착되어 있는 폭력이다. 이처럼 세계는 폭력으로 가득 찬 곳이다. 그리고 그 폭력은 관계에서 비롯된다. 친족의 관계든, 이웃의 관계든, 혹은 일상의 관계든, 관계를 맺어가는 곳곳에 '폭력'은 지뢰처럼 밟히기를 기다리고 있는 것이다. 폭력의 기억은 지울 수 있을까? 불가능하다. 구두샵에서 돌아온 정혜가 가장 먼저 한 일은 욕조를 청소하는 것이었다. 구두 종업원의 폭력의 손길을 지우고픈 심리가 일종의 세척강박이라는 형태로 나타나고 있는 것이다. 하지만 지우고 싶은 기억일수록 더욱 깊게 각인되는 법. 지울 수 없다면 다른 방법이 필요한데, 그것은 폭력과의 거리두기이다.

연약한 한 개인이 이러한 폭력에 노출되지 않는 방법이란 무엇이 있을까? 가장 단순한 방법, 바로 자신을 관계로부터 단절시키는 '유폐'이다. 관계의 단절에서 오는 유폐의식을 이 영화는 '외로움'이라는 표정으로 비추고 있다.

(2) 단절의 표상들

〈여자 정혜〉는 섬세한 영화다. 그녀의 가녀린 육체는 그녀의 모든 감정이 다 드러내 보일 것 같다. 외로움이 얼마나 섬세할 수 있는 가를 보여주는 영화 〈여자 정혜〉다.

여자 정혜는 외로움을 표나게 강조하고 있다. 그녀의 야윈 육체도 외롭고, 불면증에 걸린 듯 잠을 이루지 못하는 얇은 눈꺼풀도 외롭다. 외로운 자들은 두 종류이다. 외로워지기 시작하면서 살이 찌는 부류가 있다. 또 하나는 끊임없는 거식증에 말라가는 자신의 몸을 바라봐야 하는 부류이다. 전자의 대표적인 사람이 시인 기형도, 후자는 '탑 오브 더 월드'를 불렀으며, 거식증으로 죽음에 이른 가수 카펜터즈. 여자 정혜에게도 식욕이 없다. 마치 거세된 욕망처럼. 식욕의 충족을 위해 맛있는 식당을 찾는 동료와는 달리 정혜는 "그냥 가던데로 가는 게 편하잖아?"라고 건조하게 말한다. 한지처럼 얇은 얼굴 피부, 한없이 가느다란 그녀의 목, 애처로울 정도로 가녀린 그녀의 육체는 조금만 건드려도 부서질 것 같아 항상 긴장미를 지니고 있다. 그런 그녀가 자주 물을 마신다. 그리고 이 장면은 배란다의 여린 나무에 물주는 장면과 닮아 있다. 겨우 존재를 이끌어가는 방식. 여린 나무가 물에 의존해 생명을 유지하듯, 정혜도 폭력에 상처 입은 연약한 육체에 물기를 채운다.

• 그녀의 집.

유일한 그녀의 안식처. 그녀의 유일한 보호자이자 관계의 근원인 엄마와의 기억으로 만든 집이다. 그녀는 그 안에서만 작은 평안을 얻는다. 하지만 말 그대로 작은 평안일 뿐이다. 관계의 단절이라는 유폐 행위를 통해 얻어낸 만족일 뿐이다. 그녀의 집은 이처럼 유폐의식의 표상들로 가득차 있다. 현관문에 있는 3개의 잠금장치는 단절의 견고함이 어느 정도인가를 보여준다. 게다가 3개의 잠금장치를 반복적 확인함으로써 집안의 고립이 의도적임을 강조한다. 또 눈 부시다는 딸에게 엄마가 얼굴을 덮어준 책 제목이 바로 〈갇혀 있는 뜰〉이었다. 그녀의 집이란 스스로 자신을 가둬놓은 '갇혀 있는 뜰'이었던 것이다.

• 홈쇼핑 광고.

그녀가 집안에서 유일하게 세상과 소통하는 것이 있었으니 '홈쇼핑 광고'이다. 유일하게 세상과 연결된 듯한 홈쇼핑 방송이야말로 그녀의 고립감을 더욱 도드라져 보이게 한다. 늘 틀어 놓는 홈쇼핑 광고는 일상을 영유하기 위한 최소한의 관계 맺기이다. 홈쇼핑이란 직접적인 '관계'없이도 '접속'만 하면 관계가 가능한 비교적 안전한 장치이기 때문이다. 우체국 동료와의 관계 역시 홈쇼핑 광고와 다를 바 없다.

• 소파와 기억의 공간.

그녀의 주된 공간은 소파이다. 그곳에서 홈쇼핑 광고도 보고 엄마의 기억도 떠 올린다. 소파는 어머니와의 기억을 재생시키는 공간이다. 그녀는 어머니와의 기억 속에서만 관계를 유지시킨다. 엄마만이 유일하게 그녀에게 상처를 주지 않는 신뢰의 존재이기 때문이다. 하지만 엄마는 기억 속에서만 존재한다. 그녀의 유폐가 기억공간인 주된 이유이다. 하지만 일상으로 돌아가야 할 때가 있다. 기억의 시공간에 균열을 가져오게 할 장치(영화 인셉션의 '킥'같은)가 필요한데, 알람이 그것이다. 그녀의 집 곳곳에 있는 알람시계, 알람은 기억 속의 그녀를 일상으로 회복시키는 호출기제이다.

3) 관계의 가능성 혹은 치유의 방법

(1) 긴장의 미학

여자 정혜, 그녀는 섬세한 여인이다. 그녀의 동작 하나 하나에 그 섬세함들이 스며있다. 그리고 그 섬세함에는 알 수 없는 긴장감이 있다. 그녀의 목은 항상 꼿꼿이 서 있다. 그 가는 목줄기에는 과도한 동작을 기대할 수 없다. 그녀의 움직임은 천천히 그러면서도 간결하다. 그녀의 육체가 반향시키는 긴장감은 그녀의 기억과 결합되어 더욱 배가 된다. 왜 그녀의 동작에 이토록 차가운 긴장감을 느껴야 하는 걸까?

곪는 것에도 두 종류가 있다. 겉으로 곪기 시작하는 것들은 금방 티가 난다. 표피에 농이 맺히기 시작하면 곧 표피 위에 노랗게 꽃을 피운다. 사람들은 어렵지 않게 상처를 발견한다. 하지만 속으로 곪기 시작하면 문제는 다르다. 표피의 얇은 막에 가려져 마치 상처가 봉합된 것처럼 보이지만 그 막 안에서는 농이 깊게 자리하기 시작한다. 그녀가 그렇다. 고모부의 성폭행. 그로부터 시작되는 상처의 기억들. 그 기억들은 겉으로 곪지 못하고 자꾸 안으로만 숨어갔고, 그래서 더더욱 기억 속에 묻혀 사는 그녀.

그녀의 동작이, 움직임이 긴장을 갖는 것은 바로 그 얇은 표피가 터져버릴까봐, 감당할 수 없는 그 상처가 터져버릴까봐, 그녀는 그토록 조심스레 움직인다. 그 움직임 속에는 관계에 대한 강한 거부감이 있다. 관계란 타자와의 교감을 전제로 한다는 점에서, 때로는 자신의 상처를 들킬 수밖에 없는 필연적 구조를 가지고 있다.

(2) 치유의 방법들

• 고양이 기르기.

정혜에게 고양이는 또 다른 정혜의 얼굴이다. 그녀가 외부의 폭력으로부터 보호받지 못했던 것처럼 새끼 고양이도 세상으로부터 무방비상태였고, 정혜는 거기서 고양이와 동질감을 느낀다. 고양이를 기르는 것, 이는 상처 입은 정혜가 상처 입은 정혜를 기르는 것과 다르지 않다. 보호받아야 할 자가 보호자가 되는 것처럼 어색한 것이 있을까? 어린왕자와 여우의 관계처럼 그들은 그렇게 시작한다. 시간이 흐르고, 어머니가 그랬던 것처럼 고양이가 그녀의 발(신체)에 접촉한다. 관계가 시작되고 있는 것이다. 관계의 무르익음은 고양이를 통해 어머니를 기억하는 장면에서 읽을 수 있다. 이제 타인/세상과의 관계를 희망해도 되는 것일까? '상처 있는 자들을 조심하라.'는 말이 떠오르는 것은 괜한 노파심일까?

• **폭력에 복수하기.**

자주 가던 맥주집에서 만난 낯선 남자. 그 남자도 관계의 균열에서 오는 폭력에 힘들어하고 있다. 함께 술을 마셔주는 정혜. 술 취한 남자를 안아주는 장면은 동병상련일까? 아니면 폭력의 기억 속에 살고 있는 자기 자신을 안아주는, 자기 연민? 아니면 세상과 소통하지 못하는 자기 자신에 대한 용서하기?

이런 것으로는 세상과의 화해가 불가능하다. 그 칼을 보는 순간 복수의 방법이 떠올랐기 때문이다. 아침 일찍 집을 나서면서 고양이를 버린다. 스스로를 지킬 수 없는 존재가 다른 존재를 보호하고 지켜준다는 것은 역설이기 때문이다. 운동 나온 삼촌을 만났고, 몇 초간의 긴장. 폭력을 돌려주려 한 칼이 다시 자신에게 상처를 입히고, 그녀는 서럽게 운다. 이러한 방법은 아니라는 것이다.

• **작가 만나기.**

폭력의 상처를 치유하는 방식은 쉽지 않았다. 동물이라는 매개된 존재와의 관계를 통한 치유는 출발부터 한계를 지닐 수밖에 없다. 복수 역시 최선의 방법이 아니었다. 그러던 와중에 작가와의 만남이 이루어진다. 작가와의 만남은 일종의 관계 회복을 암시한다. 작가 역시 세계와의 관계가 어색한 인간이라는 점에서 정혜와 같은 부류이다. 하지만 작가는 글로써 세계와 소통하는 인간이라는 점에서 정혜와는 다른 부류이기도 하다. 글이란 일종의 내면의 고백장치라는 점에서 작가는 정혜와는 다른 소통의 방식을 가지고 있기 때문이다. 작가에는 있고, 정혜에게는 없는 것이 바로 이것이다. 정혜가 하지 못하는 점, 즉 상처를 보이고 말하지 못하는 것. 바로 이것 때문에 결혼도 실패한 것이다. 그런 면에서 말 못하는 자(정혜)가 글로 말하는 자(작가)를 만난다는 것은 상처 회복의 가능성 암시한다고 할 수 있다. 작가가 내면을 글로 말하는 자, 혹은 말하게 하는 자라는 점에서 관계의 회복이 어떻게 시작되어야 하는지를 감독은 제시하고 있다. 치유는 상처를 드러내는 지점에서 시작됨을, 폭력이 끊어 놓은 관계는 단절이나 유폐가 아닌 새로운 관계에 관여함으로서 시작됨을 정혜의 마지막 표정(관계의 시작을 고민하는)을 통해 제시하고 있는 것이다.

제4장

희곡의 이해

I. 희곡의 현장성과 비판의식

연극은 두 종류의 인간을 필수 조건으로 한다. 첫째는 행위 하는 인간이고, 둘째는 바라보는 인간이다. 타 장르에서는 인간을 형상화 하지 않고도 작품을 형성해갈 수 있지만, 연극은 오로지 인간이 인간들의 이야기를 인간에게 보여준다. 이런 점에서 연극은 타 예술장르보다도 인간 본질의 근저에서 움직인다고 하겠다. 이러한 연극의 대본이 바로 희곡이다.

희곡은 '길'에서 '무대'로 옮겨진 연극의 대본이다. 길이라 함은 우리나라 전통의 마당극의 무대라 할 수 있다. 그러나 지금은 마당극일지라도 고정된 무대를 전제로 한다. 이는 시대 차이일 것이다. 그 시대의 차이를 넘어, 틈 사이를 뚫고 나오는 영원한 것이 있다. 그것은 희곡이 보여주고 있는 바, 과장된 현실, 극화된 현실 속에 내재한 비판정신이다.

문학의 토대는 비판정신이라 할 것이다. 문학의 고전적인 두 기능, 램프와 거울도 비판정신에 토대를 두고 있다. 이는 비판정신이 시대를 향하여 앞서 가면 램프의 기능이고, 비판정신이 자아를 향해서 이루어진다면 거울의 기능이다. 그렇다면 비판정신이 유독 두드러지는 장르는 무엇일까. 그것은 바로 희곡이며, 연극이다.

희곡에는 물론 읽히는 것을 전제로 쓰이는 것도 있지만 일반적인 면에서 희곡은 연극 공연으로 이어진다. 연극 공연은 관중 앞에서 보이는 행위이며, 몸으로 하는 예술이다. 모든 악기 중에서 가장 아름다운 소리를 내는 것이 성악가의 목소리라고 하지 않던가. 그 이유는 무엇일까. 아마도 인간의 육체로 육체에 호소하기 때문이 아닐까 한다. 모든 기호에는 메시지가 있다. 결국 그 메시지를 만들어내는 주체는 객체를 받아들인다. 그리고 모든 객체는 주체가 되어 메시지를 받아들인다. 메시지를 받아들이는 주체는 육체라는 매개를 통해서 수용한다. 음악은 '귀'라는 육체를, 미술은 '눈'이라는 육체를, 문학과 희곡도 '눈'이라는 육체를 통해 받아들인다. 연극 공연만은 '눈, 귀, 그리고 온몸'으로 받아들인다. 왜냐하면 연극은 온몸으로 전해오기 때문이다. 그러한 온몸의 감동을 위해 우리는 연극 공연을 보러 간다.

육체를 통한 감동은 진하고 오래간다. 더 나아가 연극 공연은 우리를 관객으로 내버려두지 않는다. 간접적으로, 수동적으로 받아들이는 관객을 가만히 내버려두지 않는다. 때로는 배우와 함께, 더 나아가 배우가 돼버리게 한다. 이는 문학 작품을 읽고 상상하는 것보다 훨씬 집요한 만남으로 이루어진다.

이러 면에서 연극은 모든 예술 장르를 압도한다. 그리고 그 대본인 희곡은 우리에게 감동을 준다. 그렇다면 왜 연극과 희곡의 중심에 비판정신이 있는가. 이들은 아름다움만을 바라볼 수 없는 인간의 삶과 너무도 닮아 있다. 그곳에는 기본적인 리얼리티가 제외되기 힘들다. 다시 말해서 이야기를 이끌어나가는 방법 속에서 낭만주의, 초현실주의가 실현될지 모르나, 그들은 언제나 현실을 묘파(描破)해야 한다. 연극 혹은 희곡이 현실의 삶을 중심 화두로 삼는다는 것 자체가 판단이 전제된 현실이기 때문에 그곳에는 비판정신이 묻어 있다.

Ⅱ. 현대 희곡의 정체성 탐구

1. 현대희곡 속의 고전문학

고전문학과 현대문학의 연계작업의 중요성을 강조하는 것은 지나침이 없다. 특히 현대희곡이 자칫 서양극을 주로 번역하여 공연한다는 우려가 있는 현실에서는 더욱 그러하다. 그러나 다행히 현대극작가들 중에서 고전문학을 현대적으로 재해석하여 각색 수준이 아닌 창작물을 만들어내는 작가들이 있다.

특히 최인훈과 이윤택은 고전문학을 차용하여 현대적 재창조를 성공적으로 이루어낸 극작가들이다. 두 극작가의 대표적인 작품을 통해서 고전문학이 어떻게 현대성을 획득하는지를 살펴보자.

1) 최인훈, 「달아 달아 밝은 달아」 - 「심청전」의 패러디

「달아 달아 밝은 달아」는 고전의 백미 중의 하나인 「심청전」을 토대로 하고 있다. 그러나 「달아 달아 밝은 달아」는 「심청전」에서 보이는 희극이 아니다. 먼저 「달아 달아 밝은 달아」와 「심청전」의 공통점과 차이점을 살펴보자.

	「심청전」	「달아 달아 밝은 달아」
공통점	1. 주 등장인물-심청, 심봉사, 뺑덕어미 2. 심봉사가 눈을 뜨기 위해 공양미 삼백석을 시주하기로 함. 3. 공양미를 위해 심청이 팔려감. 4. 뺑덕어미의 간계로 심봉사는 공양미를 바치지 못함.	
차이점	희극	비극
	인당수에 빠짐.	대국 청루에 팔려감.
	용궁으로 끌려가서 용왕비가 됨.	대국 청루에서 기생이 됨.
	더 이상의 비극은 없음.	계속적으로 수난을 겪음.
	아버지를 상봉하자 아버지가 눈을 뜸.	아버지를 만나지도 못하고, 오히려 심청이는 봉사가 됨.

표를 통해서 「달아 달아 밝은 달아」와 「심청전」의 구조적인 변별점을 분석하였다. 그렇다면 이와 같이 다른 것은 무엇 때문이며, 최인훈은 이 다름을 통해서 무엇을 얻고자 했는지를 살펴보자.

「달아 달아 밝은 달아」는 시작부터 심봉사가 심청이에게 걱정을 털어놓는 장면으로 구성되어 있다. 이는 최인훈의 시대를 잘 보여주는 대사이자, 최인훈이 현대에 심청이를 어떠한 양상으로 끌어 들였는지를 단적으로 보여주는 대사이기도 하다.

> **심봉사** ……우리 절 부처님전 정성을 들였으면 이생에 눈을 떠서 천지만물 보련마는 집안꼴이 어려우니 안됐구려 불쌍하오, 내가 묻는 말, 재물을 안 드리면 부처님 힘 빌 수 없소? 중이 하는 말이, 다 정성인데 빈손에야 할 수 있소, 내가, 재물 얼마 드렸으면 정성이 될 것이오? 중이, 우리 절 큰 법당이 비바람에 기울어져 다시 지으려고 집집마다 동냥하러 다니오니 백미 삼백석만 바치면 법당 짓고 난 다음 부처님께 청을 들여 눈을 뜨게 하오리다,……

위 인용에서 확인되는 것처럼 「달아 달아 밝은 달아」의 서막에는 자본주의 사회의 냉혹함이 드러나 있다. 자본주의 사회에서는 철저하게 돈의 논리가 중심이기 때문에 정성도 돈으로 결정된다. 따라서 심봉사는 재물을 얼마나 드려야 정성이 되겠는가라고 질문을 한다. 가히 엄청난 질문이다. 더 이상 그들이 바치는 재물은 '공양미'가 아니라 백미 삼백석이라는 구체화된 '돈의 양'인 것이다.

이와 같은 상황은 아비인 심봉사가 심청에게 장부자네 소실로 가는 것을 은근히 바라는 투로 나타난다.

> **심봉사** 좋은 수라니? (한참 후에) 장부자네 소실 얘기 말이야?
> **심 청** ………내가 마다기에 다른 여자를 들였다 합디다.

심봉사 ·········
심 청 (멍하고 앉아 있다)
심봉사 나는 죽었구나

원전 「심청전」에서는 심청이가 뱃사람에게 팔려 가는 장면에서 심봉사는 대성통곡을 한다. 그런데 「달아 달아 밝은 달아」에서는 후실이라도 가기를 은근히 원한다. 아니 오히려 그 기회를 놓쳤음에 대해 망연자실하고 만다. 이것은 전통적인 또는 일반적인 아버지의 모습이 아니다. 더 놀라운 것은 심봉사, 심청, 뺑덕어미는 더욱 엄청난 일을 만든다는 것이다. 원본 「심청전」에서는 심청이가 혼자서 몰래 팔려갈 것을 결정하지만, 「달아 달아 밝은 달아」에서는 심청이가 대국청루에 색주가로 팔려갈 것을 심봉사, 심청, 뺑덕어미의 합의로 이뤄진다. 그리고 그러한 합의를 통해 심청이는 떠나고 뺑덕어미와 심봉사는 자신들의 안위를 계획하는 장면이 연출된다.

뺑덕어미 부처님 앞에 공양미 삼백 석을 바치면 눈이 떠진다고는 하나 그 말을 어찌 믿겠소? 그러니 삼백 석 한 무더기로 바칠 게 아니라 백오십 석만 바치면 눈 하나는 뜰 것이 아니요, 내서 봉사어른 눈 보고 모시려는 몸이 아니니 나만 좋으면 외눈인들 어떠하오?
심봉사 자네가 가히 제갈공명 빰치겠고 왕소군이 울고 가겠소
뺑덕어미 내 말이 그 말이오 그러니 봉사님은 이 몸만 척 믿고 지내시오, 사정 모르는 동네 사람들이 딸이 대국 청루에 몸을 팔아 얻은 공양미 삼백석을 가로챘다 이로쿵저러쿵 입방아를 찧어싸니 천지가 황주 도화동뿐이 아닌데 이놈의 고장 훨훨 떠나 봉사님과 이 뺑덕어미 한 쌍 원앙되어 돈 있으면 고향이요 대처 찾아 자리잡고 백오십 석 밑천으로 색주가나 차리고 보면 이 몸의 화용월태 뭇나비들이 여름 부나비 불을 쫓아 모이듯 모여들 게 아니오.

심봉사	색주가가 원수련가, 색주가에 딸 판 놈이 색주가로 밥 먹자니
뺑덕어미	마오마오 봉사님 편한 소리 마오 재주가 공명이요 기운이 장비
	로되 남창 여수 이 세월에 여자 몸을 타고나니 하늘만이 아는
	씨앗 그 어디다 꽃피울고 색주가 타박 마오 청이로 말하면 대국
	나라 색주가 고대 광실 높은 집에 분단장을 고이하고 밤마다
	저녁마다 풍류 남자 맞고예니 도화동이 구석에서 비렁뱅이 한
	평생에 비할 건가?
심봉사	그럴까
뺑덕어미	더 이를 말씀이오, 그러다가 운만 트이면 고관대작 눈에 들어
	부귀영화 누릴텐데
심봉사	그럴까
뺑덕어미	아무렴요 저는 효도하고 봉사님과 이 뺑덕어미는 세상 사람 손
	가락질을 받게 됐으니, 이게 어버이 사랑이 아니겠소
심봉사	암마 제가 이름내기만 하면 내사 아무럼 어떤가

「달아 달아 밝은 달아」의 희곡을 읽는 독자나 연극 공연을 보는 관객은 이 대목에서 한껏 웃거나 쓴웃음을 지을 것이다. 또는 과장이 심하지 않은가 등의 화를 낼지도 모를 일이다. 그러나 이러한 장면은 최인훈의 의도적인 도입이고, 의도적인 고전의 왜곡이다. 그렇다면 왜 최인훈은 우리의 아름다운 효심을 이렇게 어처구니없게 왜곡시켰을까. 그것은 다름 아닌 해학의 정신이다.

여기에서 우리가 꼭 집고 넘어가야 할 것은 현대희곡 속의 전통문학의 삽입은 해학적 요소로 차용되는 경우가 다수라는 것이다. 우리 고전 문학의 한 특징이 해학이라는 점이 더욱 극대화되어 현대극에 수용되고 있다. 이는 현대시에 수용된 고전문학의 역할과 사뭇 다름을 알 수 있다. 현대시에 나타난 고전 수용은 「춘향전」과 「처용」 수용에서 살펴본 것처럼 시대사를 극복하고자 한 기제였음에 반하여, 희곡 속에 수용된 고전문학은 해학적 요소로 또는 왜곡된 형태로 나타난다. 이는 희곡작가의 의도성이 반영된 것인데,

현실을 직접적으로 비판하는 것이 아니라 해학적 요소를 삽입시켜 우회적이면서도 더 강한 이미지를 동반한 비판 효과를 얻기 위함이다.

대국으로 건너간 심청이의 모습도 일반적인 효녀의 모습과는 사뭇 다르다. 어느새 색주가의 삶에 적응한 듯 보인다. 이는 마치 1960~1970년대 한국 현실을 보여주는 듯하다. 부모의 병수발을 위해서 또는 동생들의 학비를 위해서 또는 굶는 것 자체가 지겨워서 시작하게 되었다는 사창가의 여자들의 모습처럼 보이기도 한다.

> 환하게 / 햇빛이 / 화창한 용궁樓 / 심청 / 구슬 발을 헤치고 / 나온다
> / 환한 얼굴 / 옷을 매만지고 / 머리에도 / 손이 간다 /

> **매 파** 처음에는 다 그렇지, 사람 하는 일은 사람이면 다 하는 법이야,
> 아 배곯고 사는 것보다 비단옷 입고, 구슬발 쳐놓은 방에서 사내
> 들 귀염받으면서 사는게 좋지, 참말, 여기가 용궁이지.
> **심 청** ……

이렇게 자신의 몸을 돈의 가치로 바꾼 심청이에게도 고국에 돌아갈 기회가 주어진다. 바로 김서방을 통해서이다. 김서방은 심청이를 고국으로 데리고 가서 결혼하고자 한다. 이것은 고전소설의 경우 조력자를 만난 경우가 될 것이다. 그러나 고전소설이 아니라 현대 희곡이기 때문에 여지없이 이 기대는 무너지고 만다. 심청이는 김서방을 만나서 고국으로 돌아갈 기회를 갖게 되었으나 현실은 고전소설처럼 호락호락하지 않다. 김서방이 마련한 배편으로 심청이가 먼저 고국에 돌아가기로 되어 있는데, 그 뱃길에서 해적을 만나게 된 것이다. 결국 심청이는 해적에게 끌려가게 된다. 최인훈은 이러한 희망 없는 현실, 암울한 현실을 설정하였다. 이는 최인훈이 인식한 현대, 대한민국의 현실이 마치 심청이가 해적을 만나 끌려가는 희망 없는 현실과 동일함을 드러낸 것일 수도 있다.

① 한 낮 / 큰 부엌 / 심청, / 누더기를 걸치고 / 맨발로 / 절구를 찧고 있다 / 해적4, 지나가다가 / 문득 멈췄다가 / 심청의 손목을 / 잡아, / 부엌간으로 / 들어간다 / 부엌 창호지에 / 비치는 그림자 / 큰 용의 그림자 / 창호지 캄캄해지고 / 바닷물이 / 철썩철썩 /

② 심청 / 빨래를 / 하고 있다 / 다른 해적이 / 지나가다가 / 흘끗 / 심청이를 쳐다 보고는 / 허리를 안고 / 부엌간으로 / 들어간다

③ 불을 때고 있는 / 심청 / 누더기에 / 맨발 / 해적 지나가다가 / 잠깐 / 망설인 끝에 / 심청의 / 머리채를 / 끌고 / 부엌간으로 / 들어간다

해적을 만난 심청은 대국 청루에서 손님을 맞듯이 해적들과 관계를 갖게 된다. 더 이상 조력자를 구할 수 없을 듯한 심청이가 다시금 고향에 돌아갈 기회를 얻게 된다. 그러나 심청이가 그토록 가고자 했던 고향은 심청이가 원하는 고향이 아니라 사람을 잡아가는 고향이었다. 그래서 심청이는 철저하게 희망이 제거된 현실을 인식하게 된다.

심 청 저 어른이 누구예요?
아낙네 이장군 아니우
심 청 이장군이 누구예요?
아낙네 아니 이장군이 누구라니, 바다 건너온 도적들을 쳐서 이긴 분이시
　　　　지 누군 누구야
심 청 그런데 왜 저렇게 잡아가요?
아낙네 그러니까 잡아가는 게지

심청이의 현실은 더 이상 이해할 수 없으며, 착한 일을 하는 사람이 꼭 복을 받는 것도 아니다. 이런 심청이에게 닥친 미래는 "갈보"이며, "미친 청"이의 모습뿐이었다.

①

아이 1   심청 할머니 애기해줘요

아이 2   용궁 다녀온 얘기 해줘요

아이들   네, 네 얘기해줘요 용궁 다녀온 얘기해줘요

심 청   용궁에는 울긋불긋한 기둥이 있는데 기둥마다 용이 새겨지구

아이들   그리구?

심 청   구슬로 만든 발에 금과 은으로 만든 문이 있지

심 청   여러나라에서 돈많고 힘쎈 왕자들이 모여들어서 모두 나하고 살고
          싶다는 거야

②

심 청   그런데(생각하다가 이윽고) 우리 아버지는 내가 오지 않으니깐
          (생각하다가 이윽고) 용궁으로 날 찾으러 갔지?

아이들   그래서?

심 청   그래서(생각하다가 이윽고) 우리 아버지하고 우리 서방님하고 같
          이 올거야

아이들   그래서?

심 청   난 기다리고 있는 거야

③

아이들   (우르르 일어서면서) 청청 미친 청 청청 늙은 청

심 청   (아이들 소리에 귀를 기울이면서) 녀석들 거짓말인 줄 알구(알락말
          락 웃는다)

달아달아 밝은 달아 이태백이 놀던 달아

 심청 품속을 더듬는다 한참만에 반동강짜리 거울을 꺼내 보이지 않는 눈으
로 들여다본다 심청 교태를 지으며 환하게 웃는다 갈보처럼

 ①의 상황은 심청이의 늙은 모습이다. 이미 할머니가 되어버린 심청이는
거지의 모습으로, 정신 나간 모습으로 고향에 돌아와 있다. 그러나 심청이를
판 돈으로 **뺑덕어미**와 함께 고향을 떠나버린 아버지, 심봉사를 찾을 길은
없다. 그 상황에서 동네 아이들이 용궁이야기를 해 달래자 자신이 대국청루

생활을 용궁으로 꾸며서 이야기한다. 그것은 아마도 심청이의 바람이라 할 수 있을 것이다. ②의 상황에서는 아버지가 보고파서 용궁에서 나왔다고 한다. 그러나 청이는 다시 돌아올 수 없는 아버지와 서방님을 하염없이 기다리고 있다. 때문에 아이들은 ③에서 청이를 "미친 청"이라고 하는 것이다. 어린 아이도 다 아는 거짓 용궁 이야기를 늘어놓는 청이, 늘어놓을 수밖에 없는 청이는 그만큼 희망을 바라고 바랐던 것이다. 더욱이 심청이 자신도 그것이 사실이 아니라는 것을 알고 있기에 미친 사람은 아니다. 다만 간절히 바랄 뿐이다. 더 이상 최인훈의 심청이에게는 「심청전」과 같은 희망이 없다.

그렇다면 최인훈은 고전을 왜곡한 극작가일까? 그리고 현실을 희망 없는 미래로만 본 회의주의자일까? 최인훈에게 있어서 처절한 현실을, 무거운 현실을 새롭게 바꿀 수 있는 방법은 바로 고전에서 찾을 수 있는 해학이었던 것이다. 최인훈은 희망 없는 현실을 고전의 해학으로 극복해보고자 한 것이다. 비록 해결방안을 제시하지 못했지만 또한 제시할 수도 없지만, 문제의식과 함께 탈출구를 마련하고자 한 것이야말로 이 작품의 미학인 것이다.

2) 이윤택, 「오구, 죽음의 형식」 - 〈굿〉의 현대적 수용

1989년 서울 연극제에서 채윤일에 의해 연출된 「오구, 죽음의 형식」은 2001년을 마감하는 12월까지 이어졌다. 그리고 오늘날까지 지속적으로 상연되고 있다. 여러 차례 극화된 「오구, 죽음의 형식」은 굿의 현대적 의미에 있어서 찬·반의 여러 의견을 낳기도 하고, 지방극의 가능성 문제 더 나아가에선 세계 연극제에서 한국극의 가능성을 열어 논 작품이기도 하다.

「오구, 죽음의 형식」은 한국적 정서와 당대비판을 동시에 보여주고 있다. 1980년대의 문제점을 굿이라는 민족 신앙의 해결방식을 도입하여 해학과 흥미를 통해 해결하고자 한 작품이다.

「오구, 죽음의 형식」은 전체 5막으로 되어 있다. 그 내용은 다음과 같다.

1막: 노모가 잠을 자는데, 저승사자가 나타나 같이 가자고 한다. 노모는 아직은 아니라고 놀라며 잠에서 깬다. 아들을 불러내 산오구 굿을 해 달라고 조른다. 그러자 아들은 또 어머니께서 조른다고만 생각을 한 다. 그러자 어머니는 아들에게 내가 극락가는 것이 싫으냐 밤마다 나 타날 거라고 위협까지 한다. 그러자 아들은 어머니의 소원을 풀어 드 리는 심정으로 굿을 치르기로 결정한다. 그런데 어머니가 산오구 굿 을 하다가 정말로 갑작스럽게 죽는다.

2막: 늙은 어머니가 돌아가시자 산오구 굿은 갑자기 장사 지내는 것을 바 뀌게 된다. 굿을 하던 석출이는 장례절차를 준비하는데 상당부분 희 화되어 나타난다. 먼저 노모를 입관하는 장면에서 형식이 거추장스럽 다고 간략하게 하거나, 이런 것이 무모하다는 등 소란을 피운다.

3막: 3막에서는 어머니의 죽음은 이미 형식화되어 있고, 주된 내용은 큰아 들의 화토판에서의 사기극과 작은 아들의 어머니 재산 빼돌리기가 중심이 된다. 여기서 어머니의 죽음과 건전한 정신의 죽음이 동시에 다루어져 있다.

4막: 저승사자가 나타나 인간들의 모든 욕정, 즉 돈, 성욕 등의 모습을 보 이는 해프닝이 벌어진다.

5막: 모든 사건들이 정리되면서, "잘 있어요. 잘 가세요" 노래를 부른다.

과거 선조들이 삶의 문제를 해결하는 방법 중의 하나가 굿이었다. 굿은 스스로 감당하기 어려운 일이 생겼을 때 이를 극복하는 방법으로 초월자를 불러 세워 때로는 협박으로, 때로는 간절한 눈물로 호소하여 삶의 문제를 해결하는 기제 중의 하나였다. 분명한 것은 굿이 내세를 위한 것이 아닌 현 세를 위한 것이라는 점이다. 이는 남아있는 자들의 문제풀이 방법이며, 아직 살아있는 자들의 문제해결을 다루는 것이다.

「오구, 죽음의 형식」에 나타난 사건들을 통해, 현실 비판과 민족 신앙으로 의 해결방안을 살펴보자.

첫째, 극중 노모는 아직 살아 있는 자임에도 불구하고 자신이 낮잠 자다

만났다는 염라대왕과의 면담 끝에 자신의 미래가 걱정이 되었다. 그래서 노모는 아들에게 굿을 요청한다. 노모 자신이 죽어서 극락 가기 위한 방법으로 굿을 간절히 원하는 것이 아니라 살아 있는 동안 자신의 미래에 대한 안정감의 방편으로 굿을 원한 것이다. 이는 아직 살아있는 자의 안위인 셈이다. 또한 아들이 노모의 간절한 부탁을 들어준 이유도 노모의 소원풀이를 통한 화목에 있다. 그들의 대사를 보자.

노모 나 잡혀갈 뻔했다.
아들 (귀를 후비며) 또 그 소리…….
노모 이번에는 직통으로 끌려갈 뻔했다. 사자급이 아니고, 염라대왕이
　　　　직접…….
아들 (크게) 내방하사…….
노모 나하고 연애하자 하더라.
　　　　(중략)
노모 나 굿 한 판 할란다.
아들 (이마를 치며) 아이고.
노모 너는 내가 극락왕생하는 게 그리 싫제?
아들 살려 주소.
노모 그래. 내가 화탕지옥에 떨어져서 네 년놈들 꿈자리에 매일 밤 나타나
　　　　면 될 거 아니가.
　　　　(중략)
노모 내 살아 있을 때 소원 풀어 주라.
　　　　(중략)
아들 굿 해라!

　위 예문에서 볼 수 있는 것처럼 굿은 노모에게 있어 겉으로 드러난 목적은 극락왕생이지만, 그것은 결국 살아있을 때의 소원풀이이다. 아들은 노모가 밤마다 꿈에 나타날 것이라고 협박하는 억지를 달래고, 노모의 소원을 풀어

주는 셈으로 굿판을 벌인다. 이는 굿의 용도가 결국 내세의 문제라기보다는 현세에서 자위의 대상이 된 셈이다. 이는 한국인의 정서가 현세 중심임을 보여주는 것이다.

두 번째, 노모가 굿을 하다가 '나 간다'하며 어이없게 가버린 후의 해프닝에서 드러난 사건을 보자. 이 「오구-죽음의 형식」은 굿을 통해 여러 가지의 죽음을 보여준다. 첫 번째의 죽음은 노모의 죽음이고, 두 번째의 죽음은 사회의 죽음이다. 그런데 이 두 죽음은 굿이라는 풍자된 상황 속에서 해결 방식을 찾는다.

첫 번째 풍자는 노모가 죽었을 때 초상의 절차문제에서 드러난다. 그들에게 있어서 초상 절차는 너무도 복잡하다. 어머니의 슬픔보다 죽은 후의 의식 처리로 관객은 웃음을 자아내면서 쓴맛을 느껴야 한다. 그 대사를 보면 다음과 같다.

석 출		윷가락 가져와.(여배우, 윷가락을 가져오면 시체 입에 끼운다) 그리고 시체의 눈을 감긴다.
		발을 틀어지지 않게 나무틀에 묶는다.
		손을 배 위로 모아 엄지를 함께 묶고…….
		다른 한쪽 끝으로 엄지 발가락을 묶는다.
		(여배우들 향해) 뭐하는 거야? 이때 사자밥을 앞마당에 차려 사자 밥은 밥, 동전, 짚신 등을 세 개씩 놓는다.
여배우들		왜?
석 출		행차할 저승사자는 세 명이니까. 자 이제 본격적으로 죽은 몸 화장에 들어가는 거다.
석 출		여자는 빠져.
여배우들		빠진 걸로 하고.
석 출		먼저 목욕.
노 모		홑이불부터 덮고 벗겨!

석 출 시신 위에 큰 홑이불을 덮고…….

석출 쑥물, 쌀뜬물, 향물을 솜에 적셔 머리 얼굴 손을 씻기며 상체와 하체의 차례로 목욕을 시킨다음……발을 씻긴다.

석 출 머리칼과 함께 손톱 발톱을 깎고…….

노 모 머리는 깎은 걸로 하고.(여자배우 손톱 깎는 시늉)

석 출 홑천으로 된 요 위에 수의를 웃옷은 웃옷끼리 끼어 넣고, 아래 옷은 아래 옷끼리 서로 끼어 시신에 입힌다. 발에는 버선을, 손에는 악수를, 머리에는 멱건을 씌운 다음, 반함은 이렇게 한다. (노모의 입을 벌리게 하고 쌀을 던져넣으며)천석이요, 이천석이요, 삼천석이요, (동전을 입 속에 던져 넣으며) 천 냥이요, 이 천 냥이요, 삼 천 냥이요.

석 출 시신은 스물 한 번을 묶는다.
(중략)

석 출 죽은 몸을 이렇게 복잡하게스리 치장을 하는 것은 무슨 연유인고?

배 우1 염라대왕 앞에서 색쓸라고.

배 우2 심심해서 그런다.

석 출 그래 네 말이 맞다.
(중략)

석 출 초상집 옷 입는 격식이야말로 해골 복잡하다. 그러나 요즘 같이 바쁜 세상, 실제관행에 엄격한 규칙이 따로 없다. 의상이 복잡한 연극은 고전극에서나 지킬일(이하생략)

위 예문을 통해 현대 연극의 간소화가 아닌 1980년대의 우리 현실을 짐작할 수 있다. 정말로 「오구, 죽음의 형식」에서 의상이 복잡한 연극은 고전극에서나 지키라고 한 것일까. 그것은 처음부터 이윤택이 의도한 것처럼 굿은 하나의 연극이라는 사실에서 짐작할 수 있다. 또한 굿을 하다가 갑자기 초상을 치르게 된 현실에서 알 수 있듯이, 이미 초상을 치르는 것 자체가 하나의 연극처럼 꾸며진 상황이다. 이는 다음 예문에서 더욱 뚜렷이 드러난다.

①

석　　출 (건성으로 곡을 놓는다) 아이고, 아이고, 아이고.

여자문상객1 저번에 어떤 집 가보니 며느리가 곡을 놓는데 하이고 내가 웃어도 한참 웃었다. 꼭 염소새끼처럼 호－호－하고 울어 제끼는데.

여자문상객2 아이고 염소울음만 있는 줄 압니까.

여자문상객1 그러고 보니 세상 우습은 꼴이 초상집에 다 있다는 거라요.

석　　출 아아이고, 아이고 여기 밥상 빨리 안 차려 주는 거야? 아이고 반나절동안 곡을 놓았더니 창자가 꼬이고 뱃가죽이 앞뒤로 찰싹 달라붙는구나 밥 줘, 바압―

맏　상　주 저 친구 밥상 차려 줘.

처 여기 밥상 나가요.

맏　상　주 곡하는 거 그거 상당히 힘드는 거야.

처 힘드는 건 당신이 안하고 어찌 그리 남한테만 맡기요.

석　　출 아이고 배고파라.

(중략)

처 여기 속 편하게 밥 먹는 사람 어디 있수. 아무리 일당받고 대신 곡하는 형편이라지만 초상집 분위기 봐 가면서 노시오!

②

맏　상　주 자, 삼점 올리고 쓰리고.

문　상　객3 야 맏상주 끗발 댁길이네.

맏　상　주 원 별 말씀을……다 하십니다.

문　상　객2 가만 있어봐. (담요 밑에서 화투 한 장을 꺼내 올리며) 이게 뭐야? 너 사기화투치냐?

시선들, 맏상주에게 향한다.

맏　상　주 나는 아니다.

문　상　객2 (맏상주 멱살을 쥐며) 요 파렴치한 인간 같으니라구, 게워 내 이 자식아. 몽땅 게워 내.

맏 상 주 뭐라고? 요 가문도 없는 자식들아.

문 상 객3 파토다. 파토 (재빨리 흩어진 돈을 훔쳐 챙긴다)

맏 상 주 (팔을 떨치며) 놔라, 이 가문도 없는 자식들아.

③

둘 째 상 주 형님하고 합의만 되면 이 집 처분합시더. 요새 아파트가 좋잖
소.

처 이 집 팔아서 아파트 두 채 사겠소?

둘 째 상 주 대지가 이백 평인데 평당 백 오십만 쳐도 삼억이오.

처 그래 가지고?

둘 째 상 주 내가 혼자 사업하겠다는 게 아니고 형수가 감사로 턱 취임
하란 말이오.

처 감사고 이사고 다 싫소. 명지 땅 팔아서 홀랑 까먹은 게 엊
그젠데 염치도 그리 없소.
(중략)

맏 상 주 둘째 너 이리 점 와라.

맏 상 주 내 놔.

둘 째 상 주 째째하게스리.

맏 상 주 뭐? 이 도둑놈아!

둘 째 상 주 도둑놈이라니!

맏 상 주 내가 모를 줄 아나? 너 어머니 인간 도장하고 자유저축예금
통장도 챙겼지.

둘 째 상 주 내가 가지고 있수. 그런데 집문서는 어디로 빼돌렸수?

맏 상 주 여기 있다. 들기대장 토지대장 가옥대장 줄줄이 다 챙겨놓
았지. 약오르나?

둘 째 상 주 이거 순 도둑 아냐. 올 엄마 집문서를 왜 빼돌려!

맏 상 주 이건 누구 작품이냐? 죽은 어머니가 언제 살아나셔서 행복
부동산과 매매계약을 했냐, 응?

맏상주가 자신이 해야하는 곡을 석출에게 돈을 주고 맡기는 현실(①), 맏

상주가 화투를 치면서 사기를 치는 현실(②), 어머니의 유산을 세금 없이 빼 돌리려는 현실(③) 등등에서 더 이상 초상의 의미는 상실되고 만다. 이 같은 상황은 자본주의의 모순이 한껏 드러나 1980년대 속에서 과장된 모습이지만 전혀 과장되어 보이지 않는 것 또한 사실이다.

관객은 아마도 ①, ②, ③의 사건을 접하면서 실컷 웃고 난 뒤 씁쓸함을 느낄 것이다. 당시 분위기는 ①, ②, ③이 가능했던 시기였기 때문에 놀라기보다는 씁쓸함이 더 한 것이다. 이 점에서 이윤택은 노모의 죽음을 다루는 것이 아니라 당시의 윤리적 죽음을 말하고자 했던 것이다. 단 여기에서 이윤택의 방법은 현실을 리얼리티로써 보여주는 것이 아니라 전통 굿을 하다 죽은 노모의 장례를 치르는 모습으로 상황을 설정하여 엄숙한 비판이 아닌 풍자와 해학으로서의 비판을 만들어 낸 것이다. 이 점에서 이윤택은 전통 정서를 재현했다고 할 것이다. 진지한 내용을 엄숙한 상황이 아닌 해학의 공간에서 풀어낸 것이다.

해학의 공간에서 이윤택이 바로 서기를 하는 부분은 이러한 면이다.

①
노모, 관뚜껑을 열고 벌떡 일어난다. 통통 뛰어서, 옥신각신하는 맏상주, 둘째 상주한테 가서 뺨을 때린다. "엄마다"하고 놀라는 맏상주, 둘째 상주, 나머지는 "할매다"하며 놀란다.
사   자2 (관에서 뛰어 나온 노모에게) 여노는 무슨 애로사항이 있
            어 이렇게 반칙을 범하고 계시오?
노모 손가락질로 다가오라는 시늉.
사자2, 노모에게 다가가 귀를 댄다.
알았다는 듯 끄덕거리는 시늉.
사자2, 뚜벅 뚜벅 걸어와 둘째 상주 멱살을 잡아 든다.
번쩍 들리는 둘째 상주
둘 째 상 주 살려쥬!

사   자2   안되겠다. 어머니가 너하고 동행해야 되겠단다.

　　　　　　　　(중략)

사   자2   (통역) 내 통장 내 놔!

둘째 상주, 더욱 서러운 곡 놓으며 통장과 인감도장을 관 속에 집어 넣는다.

노모의 강력한 수화(마임)―

사   자2   (통역) 집문서도!

맏 상 주   아이고 어머니 집문서는 안됩니다. 그게 어떻게 해서 모은
　　　　　　재산입니까. 어머니가 떡장사해서 **뼈빠지게** 메운 우리 가
　　　　　　문의 터전인데…….

노모의 수화(마임)―

사   자2   (통역) 집은 팔고 사는 부동산이 아니다. 요새 인간들이 가
　　　　　　옥과 토지를 무슨 증권 거래하듯이 굴리는데, 이거, 안좋아
　　　　　　요! 집은 그냥 집이야.

　　노모의 결단으로 정리되는 해결방안, 그것은 대여의 형식이다. 그저 물려
진 대로 땅과 집은 새 새끼 둥지 틀 듯 자손이 이어가며 살아가는 것이지,
그것으로 돈을 만들어 내는 것이 아니라고 고집한다. 자본주의 사회에서 모
든 것은 돈으로 연결되는데, 노모는 그것을 막아버린 것이다. 그래서 노모는
맏상주의 화투판은 용서하되 둘째 아들의 돈도둑질은 용서할 수 없는 것이
다. 이것은 무엇을 의미하는 것일까. 맏상주의 화투판에는 서민들의 자질구
레한 삶이 묻어 있다면, 둘째 아들의 부동산 투기는 기득권 계층의 부정부패
를 암시하기 때문이다. 등장인물들은 다시 화투판으로 몰아간다. 이번에는
저승사자까지 합류한다.

　　마지막의 해결 방안은 어린 사자 3과 손녀의 대화에서 찾아볼 수 있다.

①

사   자3   그래, 우린 염라대왕이 보내서 온 것도 아니고, 무슨 대한항
　　　　　　공 비행기 편으로 저승 사는 것도 아냐, 네 가슴에서 내가

태어났어. 인간들의 생각이 날 만들어 낸 거지. 우린 모두 한
생각 한 몸이야.

손　녀　(사자 3의 손을 정답게 잡으며) 그래, 우린 한 생각 한 느낌이
야. 우리는 지금 연극을 하고 있어.

②

일　동　잘 있어요 잘 있어요 인사만 했었네.

　이윤택의 결말은 ①번의 예와 같이 우리 가슴에서 만들어 놓은 것이 사자
이며 염라대왕이다. 그렇다면 굿 또한 인간이 만들어 놓은 한 마음, 한 생각
이다. 그렇다면 이윤택의 의도는 무엇일까. 그것은 현세를 위한 생각과 마음
일 것이다. 이윤택의 굿과 초상집의 차용은 바로 우리 민족의 바람 형식을
차용한 현세비판과 해결안 제시이다. 비록 그 제안이 관념적이기는 하나,
이는 문학의 한 특성으로 이해해도 무방할 듯하다. 그러한 해결책 속에서
"잘 있어요" 라는 합창이 가능한 것이다.

Ⅲ 희곡의 기능과 의의

1. 이데올로기와 램프

　차범석은 사실주의에 입각하여 창작을 하는 대표적인 작가이다. 「산불」
은 1963년 『현대문학』에 게재된 작품이며, 1962년 12월 25일부터 29일까지
이진순 연출로 국립극장에서 국립극단이 공연하여 성공을 거둔 작품이다.
그는 「산불」을 통해서 이데올로기의 갈등과 민족분단의 모습을 보여주었다.
특히 전쟁이라는 주어진 상황 속에서 희망이 깨진 한 젊은이와 그를 둘러싼

애욕을 사실주의적으로 표출하였다. 이데올로기에 의한 동족 분단과 파괴와 살상의 잔악한 전쟁 속에서 인간의 본질과 존엄성을 표현한 작품이다.

「산불」의 줄거리는 다음과 같다.

> **제1막**: 여러 과부들이 인민군이 요구하는 식량을 모으고 있다. 그 와중에 늙은이와 젖먹이를 제외하고 남자가 한 명도 남아 있지 않았음에 한스러워한다.
>
> **제2막**: 과부들의 고민을 털어놓는 마을 과부들. 그리고 빨갱이였던 전직 교사 규복의 등장.
>
> **제3막**: 점례와 규복의 욕정, 이를 알아챈 사월이의 거래.
>
> **제4막**: 점례와 사월이가 규복이를 자신들의 욕망을 분출할 통로로 삼는다. 급기야 사월이는 임신을 한다. 국군이 올라오기 시작.
>
> **제5막**: 국군들이 와서 규복이가 숨은 대밭에 불을 지르자, 규복이는 도망치다 총에 맞아 죽는다. 그리고 한 편에서는 사월이가 양잿물을 먹고 자살을 한다.

이처럼 무대는 6 · 25 한국전쟁 당시, 빨치산이 자주 등장하는 한 산골이다. 전쟁이 치열한 시기에는 언제나 그렇듯 여자만이 남게 된다.

> 남자라고는 등에 업힌 젖먹이와 안방 창에서 상반신을 내민 채로 곰방대를 물고 있는 金老人뿐 모두가 부녀자들이다.
>
> **이웃아낙甲** 경찰은 경찰대로, 인민군은 인민군대로 해방 후부터 이날 이때까지 번갈아가면서 쓸어갔으니……글쎄 산골에 사내란 사내는 멸종이 되었잖아?(눈물을 찔끔거리며)차라리 늙은 것들이나 잡아가잖구……
>
> 언제는 국군에게 밥을 해냈다고 죽이고 언제는 빨갱이놈들에게 아부했다고 경을 치고……(한숨) 똥파리만도 못한 목숨인 줄은 알지만 정말 억울해!

여자들에게는 민족의 기쁨인 해방공간이 어이없는 비운의 공간으로 되어 버린다. 한국전쟁이 일어나자 이데올로기와 상관없는 사람들이 엉겁결에 불행해진 것이다. 그들은 이데올로기가 무엇인지, 경찰이 좋은 사람들인지, 인민군이 좋은 사람들인지 알 수 없다. 다만 그들의 남편과 아들을 끌고 간 사람들일 뿐이다. 그들의 입장에선 경찰도, 인민군도 원망스런 존재일 뿐이다.

전쟁이 계속되는 동안에도 인간의 욕망이 살아 있다는 것은 무섭고도 자연스러운 일이다. 욕망 중에 대표적인 것은 성욕이다. 전쟁으로 과부가 된 여인들의 욕망 그러나 누구는 참을 수 있고, 누구는 참을 수 없는 것이 욕망이다.

쌀례네 중이 제 머리 못 깎는다고 낸들 말은 안 하지만(한숨) 그렇지만
        과부 속을 과부가 안 알아주면 누가 알겠어? 홋호……
사 월   자네들은 웃을 수 있으니 얼마나 좋아……
사 월   (낮은 소리로) 자네들은 이태 동안 서방 없이 살아도 아무렇지
        않았어? (쌀례네에게) 바른 대로 말해 봐! 말해 보래두!

이야기는 규복이라는 전직교사 출신의 빨치산이 여자만의 공간인 젊은 과부 점례집에 찾아들어 숨겨달라고 하면서 시작된다. 처음에는 협박에 못 이겨 숨겨주었지만 점점 남자가 그리운 본능에 이끌리게 된다. 이를 눈치 챈 옆집 과부 사월이가 규복을 공유하자고 제의한다. 한 남자를 공유하자고 하는 웃지 못 할 장면이 연출되는 것이다. 무엇이 인간에게 생물적 본성인 성욕과 식욕만을 남게 하는가.

사월 젊은 남자! (돌아보며) 누구지?
점례 (큰 결심이라도 한 듯) 사월이! 나하고 약속해 준다면 가르쳐 주지!
사월 그럼. 그 대신 나하고 한 가지만 약속 해!
점례 약속이라니?
사월 우리 둘이서 하루씩 번갈아 가면서 그 분을 돌봐 주잔 말이야!

성욕과 식욕은 모든 생물의 본능이다. 전쟁 속에서도 성욕을 참지 못하고 갈구하는 여인들의 모습 속에서 자손번창이라는 본능보다 성욕의 본능이 앞선다. 이는 아이를 배었다는 사실에 절망감을 갖고 자살을 하는 사월이의 모습에서 찾아볼 수 있다. 이들의 성욕이 인간성의 유지가 아니라 동물성임을 규복의 고백을 통해서 알 수 있다.

①
규복　나는 이제 비로소 산다는 것이 무엇인가를 안 것 같아!(3막)

규복　굶어도 좋다니까! 언제 죽을지 모르는 몸이지만 사는 날까지 살고
　　　　싶어! 점례! 어때, 나와 같이 가겠어?(3막)

②
규복　나를 의지한 게 아니라 이용했어! 그 동안 굶주려 온 당신네들의
　　　　욕망을 내게서 채워보려고 나를 길렀어!(4막)

규복이가 3막까지는 '산다는 것', 참된 삶에 대해서 언급을 하고 있다. 그러나 4막에서 점례와 사월이를 하루하루 번갈아 가며 생활을 한 후, 그는 자신이 살아간 것이 아니라 길러졌다고 판단하게 된 것이다. 규복이는 자신을 숨겨줬던 점례를 의지했던 마음이 동물적 감각으로 변질된 것을 알았다. 사월이와 점례 사이의 왕복으로 인간의 감성이 아니라 동물처럼 변해버린 자신을 발견하게 된 것이다. 그래서 규복이는 죽더라도 자수를 하고자 했다. 그러나 자수의 시기마저 놓쳐버리고 만다.

한편 끝없이 밥 달라고 소리치는 김노인의 부르짖음은 식욕만이 남아있는 생물에 지나지 않는다.

김노인　아가……저녁은 아직 멀었느냐?(1막)

김노인　글세 밥이나 주고나 나갈 일이지……쯧쯧……(3막)

김노인　나도 시장해 못 살겠다! 밥을 가져와!(4막)

김노인   오늘은 귀가 신통히도 잘 들리는 구나……무슨 사냥이냐, 멧돼
          지 고기에 소주는 제맛이다만……(5막)

  김노인의 등장은 먹을 것을 찾는 것으로부터 시작된다. 급기야 5막에서
규복이가 총에 맞는 소리를 멧돼지 잡는 소리로 오해하는 해프닝을 벌이고
만다.

  위와 같은 성욕과 식욕으로 일관된 삶은 인간성을 상실한 극단적인 상황
이다. 그렇다면 이와 같은 인간성 상실을 가져오는 전쟁을 일으키는 이데올
로기란 무엇인가. 무엇이 이들에게 목숨과도 맞바꿀 이데올로기를 추앙케
하는가. 「산불」 속의 인물들 중에는 자신의 이데올로기를 선택한 사람은 단
한 사람도 없다. 다만 그들은 주어진 이데올로기대로 살아갈 뿐이다. 국군이
오면 반공 이데올로기를, 인민군이 오면 사회주의 이데올로기를 선택한다.
이러한 이데올로기는 강제 주입 혹은 무력으로 이끌려진 이데올로기일 뿐이
다. 그렇기 때문에 이들에게 있어서 이데올로기는 폭력에 지나지 않는다.
「산불」의 창작연대를 전제하여 살펴보았을 때, 인민군의 학살이 좀 더 구체
적이고 잔인하게 드러난다.

점 례   기가 막힌 일이죠. 토끼바위 아래에 모이자 난데없이 대한민국
          국군이 총칼을 들이대면서 "공산주의를 반대하는 사람은 줄 밖에
          나오너라!"하더라나요. 그래 모두 들 겁에 질려서 손을 들고 너나
          할 것 없이 줄밖으로 나가니까 금시 총을 쏘더래요.
병영댁   옳지! 그래 국군이 아니라 빨갱이들이 마음을 떠보려고 꾸민 짓
          이었구먼! 쯧쯧 ……

  산골 사람들은 겁에 질려서 질문자들이 요구하는 답을 했다. 그들의 선택
이 아닌 채로 말이다. 이런 상황은 인민군이었던 규복이에게도 드러난다.

점　례　초등 학교 선생님이었대……그런데 친구를 잘못 만나 그만 꾐에 넘어가 이 산 저 산으로 끌리어 다니다가……

규복이는 인민군으로서 활동한 사람이지만 그마저도 친구의 꾐이라고 한다. 이러한 진술은 너무도 당대의 리얼리티에 충실한 표현들이다. 진지한 자기 세계관을 모색하기에는 시대가 심한 혼란기였기에, 규복이의 고백은 시대에 휩쓸리고 분위기에 휩쓸린 것이 사실이다. 초등학교 선생을 지낸 자가 그러했다면 식자층이 아닌 사람들은 오죽하였겠는가. 이런 상황은「산불」의 이웃 아낙의 대사에서 잘 보여준다.

이웃아낙甲　(사이에 들며) 무슨 소리들이야! 지나간 일 캐내면 가물치가 용되라고……쯧쯧……요즘 세상에 털어서 먼지 안 나는 사람이 있어? 우리가 언제 제 주견대로 살아왔던가? 안 그래?(모두들 동의의 빛을 나타낸다)왜정 시대는 어떻고 해방 후는 어떻고……누가 누구 잘못을 캘 필요도 없어……그래 봐야 제 낯에다가 침 뱉기지……그러니 그만들 덮어 둬요!(5막)

소위 자신들의 신념과 또는 잇속에 의한 정치인들을 제외한 서민들은 이데올로기의 희생자임을 단적으로 보여준다. 서민들이 자신의 주관대로 살아갈 수 없을 정도로 이 세상의 흐름은 버거웠던 것이다. 그러나 이것이 그들의 나약함 때문이었다고 하기에는 너무도 불성실한 답이 될 것이다.

결국 군국들의 토벌작전으로 대밭은 불태워지고 규복이도 타 죽는다. 공산주의자도 아닌 규복의 비참한 최후는 무엇으로 설명해 낼 수 있을 것인가.

사병B　손을 대지 말아요!
점　례　(거의 무표정하게) 내가 손을 댄다고 시체가 되살아나서 말을 하진 않을 거예요. 모든 것은 재로 돌아가 버렸으니까…(하며 서서히 일어선다)

하늘이 피보다 더 붉게 타오르자 규복의 얼굴에도 반영이 되어 한결 처참
하게 보 인다.
멀리서 까치 우는 소리.
마루 끝에 앉아 있던 김노인이 또 밥을 재촉한다.
최씨의 곡성이 높아간다.

위 인용은 「山불」의 앤딩 장면이다. 규복을 가리키며 "이 자를 아느냐"고
묻는 사병의 물음에 김노인의 엉뚱한 대답 외에 규복이를 아는 이가 없다고
한다. 하지만 규복이를 아는 이들은 있었다. 사월이와 점례, 그리고 사월이의
뱃속의 아이일 것이다. 그러나 규복이는 죽었으며 사월이와 사월이가 가진
아이도 동시에 죽었다. 그리고 점례는 모든 것이 재로 돌아가 버렸다고 하였으
니 정말 규복의 존재를 아는 이가 없어진 셈이다. 그렇다면 한 인간이 존재했
음에도 불구하고 기억하는 이가 없게 되는 이 비참함은 어디에서 기인한
것인가. 그것은 강요된 이데올로기이며 전쟁인 것이다. 비록 차범석은 까치우
는 소리로 가늘게나마 희망을 부르짖지만, 김노인과 최씨의 소리는 인간 내면
의 소리가 아니라 동물적 본능의 소리이기에 비참한 상황만이 남게 된다.

2. 페미니즘과 거울

(1) 세월을 살아낸 「어머니」

이윤택의 「어머니」는 1996년 5월에 동숭아트센터 동숭홀에서 초연된 작
품으로 '96 올해의 연극상 베스트 3'에 수상한 작품이다. 이 작품은 한 여자
의 생을 그리고 있는데, 한 여자의 삶이 제대로 선택해보지도 못하고 주어진
환경에 몰려 세월을 보냈음을 말하고 있다. 이 극은 주인공인 어머니가 방송
작가인 아들, 고부갈등이 있었지만 정이 든 며느리, 그리고 손주, 손녀에게

회상하듯 혹은 옛이야기를 들려주는 것과 같은 서사방식으로 진행된다. 그리고 마침내 결정된 역사를 끊고 선택의 길로 가고자 하는 어머니의 의지가 엔딩에서 드러난다. 구체적 줄거리는 다음과 같다.

1막

1景: (꿈에 죽은 아비를 만나고) 어머니가 꿈에서 죽은 남편을 만난다. 죽은 남편이 오자, 어머니는 밥을 차려주면서 아직은 같이 갈 수 없다고 하면서 잠에서 깨어난다.

2景: (감나무에 달뜨면 백마타고 오는 사랑) 고부간의 갈등을 한바탕 끝내고 손자 손을 잡고 옛추억으로 넘어가는 어머니, 어머니의 그리운 양산복과의 놀이가 생각난다.

3景: (어머니의 연애담) 어머니(일순)의 첫 사랑이야기를 말하기 시작한다. 그러나 그것은 이루어지지 못한 사랑이야기다.

4景: (신주단지풀이) 어머니는 신주단지를 가지고 나와서 자신의 시집가던 일을 회상한다. 어머니는 사랑하는 양상복을 뒤로하고 논 세마지기에 팔려간다. 양상복은 동네 장정들에게 맞는다.

2막

5景: (이름을 얻다) 병원에서 어머니는 환자들에게 자신의 시집이야기를 한다.

6景: (아비를 찾아서) 해방 후, 6 · 25사변 통에 돌이와 헤어지게 되고, 찬성이만 안고 피난해 있다. 그런데 찬성이가 아파 울자 어머니는 첫사랑 이야기를 옛이야기처럼 들려주다가 찬성이 아버지 이야기임을 언뜻 이야기한다.

3막

7景: (넋들임) 양산복의 아들 찬성이의 제사를 지낸다.

8景: (나는 지금 후생을 산다) 아들에게 배다른 형이 이야기를 하고, 생을 마감한다.

「어머니」는 전체 3막으로 이뤄졌다. 「어머니」는 여자의 일생과 전쟁으로 인한 고난의 역정을 보여주고 있다. 사실상 이 극은 유교적 윤리관 속에서, 식민지 속에서, 전쟁 속에서 수난을 당하는 한 여자의 일생이자 우리 어머니들의 모습이기도 하다.

어머니는 유교적 윤리 속에서 배움이라고는 음식 하는 것, 청소하는 것, 옷 만드는 것 등 결국 살림하는 것을 배웠다. 살림하는 일들이 작은 일이 아님에도 불구하고 그 일들이 하찮게 치부되던 시기에, 여성들은 열심히 배우고도 무식하다는 소리를 듣는다.

①
돌 이 일순이라…… 그거 우째 쓰노.

일순이 글 배우믄 왜놈 사원 한다캐서 내 글 안 배웠소.

돌 이 그래도 한문은 배웠을 꺼 아니가. 자자, 내 손바닥에 한 번 써 봐라.

일순이 …… (얼굴이 붉어진다.)

돌 이 이런 지 이름도 못 쓰는 무식한 년 봤나. 그러이 니는 지금꺼정 지 이름도 없이 살았던 기라.

일순이 (울음) 내 이름은 일순이오

돌 이 이년아 처음 난 순덕이 딸이라캐서 그게 일순이다. 니 여동생 이름이 이순 이제?

일순이 그거 우째 아요?

돌 이 고 밑에 가 삼순이고.

일순이 쪽집게네.

돌 이 (머리통을 쥐어 박는다.) 에라 이년아, 일순이 이순이 삼순이 그것도 이름이라고 달고 다니나. 그래도 내가 니 데리고 와서 인간 만들어 준다. (또 한대 쥐어 박으며 부지깽을 든다.) 잘 봐라. (바닥에 한자로 쓴다.) 말두 저이-이렇게 두이라 쓰고 부를때는 두리라 부른다. 이기 니 이름이다.

일순이   그런데 와 사람 머리통을 자꾸 치요.

돌 이   어쭈 이년 보거라 말대꾸네. 이년아 북청 명태하고 여편네는 사
         흘에 한번씩 두들기란 말이 있다. (하면서 부지깽이로 등짝을 후
         려 친다. 일순이 "아야!"고함을 치며 등짝을 부빈다.)

시어머니   (곰방대를 피우면서 빤히 내려다본다.) 핫하, 어디서 무지렁뱅이
          촌년 하나를 데불고 와부렀네. 됐다. 인사 받으믄 배부르냐? 가서
          밥 해라. 배고프다.

②

일순이   이거 다 배웠어예. 지는 글은 못 배왔시도 공부 많이 했어예. 그
         저 어른 공경하고 행동 조심하는 거 그런거 배웠어예.

시어머니   그것도 공부냐 배우게.

일순이   음석해 묵는거 바느질 하는거 하다 못해 반찬 나물 하는거 그런
         거 배웠어예.

시어머니   아이구 그래 니 똑똑다, 똑똑해.

일순이   돼지 괴기 한근 삶아 갖고 김치 섞어가 조물조물 볶아가 손 하나
         탁 둘러 갖고 자글자글 끓으믄 맛있고예, (신명나게) 배추가 귀
         하믄 무시를 툭툭 썰어서 양념해 놓으믄 사곰사곰해예. 고거 소
         금 해서 간 처 놓으믄 무시 김치고예, 김치국물 우러나오믄 고거
         퍼묵으러 죽은 귀신도 벌떡 일어난다케예.

시어머니   (일순이를 알아 주며) 그래 많이 배왔어. 우리 며느리 많이 배왔네.

일순이   (분통) 건데 와 나보고 무식쟁이라 하요!

　①의 상황에서는 일순이가 자신의 이름이 없었다는 것을 몰랐다는 것에서
관객들은 웃을 수밖에 없다. 그러면서 한편으로 그간의 사정상 쓴웃음을 내
뱉을 것이다. 또한 돌이가 동생들의 이름을 척척 알아맞힌 것처럼 인식한
일순이의 모습에서 천진함과 동시에 여성들의 위치를 다시 한 번 생각하게
된다. 이름이라는 것은 한 인간의 정체성의 대변이다. 이름이 그를 주체로
불러 세운다는 알튀세르의 지적에도 불구하고 일순이는 주체적 인간으로 대

접받지 못했음을 그의 이름 "일순이"가 시사한다.

②의 상황 속에서 일순이는 항거한다. 비록 문자를 배우지는 못했지만 살림하는 것을 배웠다고 주장한다. 살림 잘 하는 것을 배웠는데 왜 무식쟁이라고 하는가라고 의문을 제기한다. 이러한 항거는 현대여성에게서도 찾아볼수 있는 문제이다. 살림을 하는 일은 어떤 면에서 가장 중요한 일이지도 모른다. 그럼에도 소위 '집에서 논다'라고 지칭한다.

이러한 여성의 비하문제는 일의 문제뿐만 아니라 여성이 상품으로 전락되는데 이르고 만다.

> **어머니** 그래서 내 이름이 두리다. 시집 가기 전에 일순이였는데 그기 글로
> 받은 이름이 아니라 사람 이름이 아니라카네. 무슨 소새끼 이름인
> 가 그래서 우리 오빠 이름 하나 떼내고 지애비 이름 하나 동냥
> 받아가 얻은 이름이 두리다.(한숨) 우리 고향 여자들 이름이 다
> 그랬다. (환자들 하나 둘 고개를 들고 일어나 앉으면서 어머니의
> 이야기를 듣기 시작한다.) 칠월 초 닷샛날 시집이라고 오니끼네
> 뒤주에 쌀 닷되하고 좁쌀 한말 팔아 놓은 거 말고는 아무 것도
> 없드라. 남은 돈 톡 털어가 울 아부지 논 서마지기 사주고 왔단다.
> 그래서 무일푼이란다. 하두 부화가 나가 내 속으로 '고깟 논서마지
> 기 품삯 해주고 집에 가믄 될 거 아이가' 이래 생각하고 일했다.
> 아이구 부엌에 들어 가니까네 돼지 여물통도 아니고 마, 솥뚜껑이
> 고 찬장이고 때가 쌔까맣게 절었드라. 그거 내가 다 닦어 못 쓸거
> 때려 부시 가지고 불 때서 밥 했다. 밥 한상 잘 채려 갖고 시어무
> 이 한테 올리니끼네 그때 말을 걸드라.

급기야 일순이는 집안의 세마지기 논과 바꿈을 당한 실정이다. 논 세마지기는 남편이 일순이가 마음에 들어 장인에게 선물한 것이 아니라, 일순이가 돌이 자신에게 해 줄 것을 계산했을 때 아깝지 않은 수준의 댓가였던 것이다. 결국 일순이는 논 서마지기와 같은 가격이 된 셈이다. 이러한 여성은

비단 일순만의 일이 아니라는 것이 문제이다.

> **시어머니**　자 봐라. 요게 내 꼬라지다. 내 남편 내놓라고 왜놈들이 내다리
> 인두로 지지고 심줄 다 빼부르고 인자는 내 아들 내놓라고?! 차
> 라리 내 팔을 잘라가서 공출해라 이 놈아.
> (팔을 허우적이며 보조원 양다리를 붙들고 악을 쓴다.)

또한 여자에게 식민지 현실과 전쟁은 남편을 전장으로 데려가는 아픔을
안겨준다. 또한 혹여 남편이 없다고 하면 여자를 고문하고 정신대까지 데리
고 가겠다고 협박까지 한다. 여성에게 있어서 이러한 상황은 큰 고문이 아닐
수 없다.

어머니(일순이, 황두이)는 자신이 사랑했던 남자, 찬동이의 아버지인 양산
복을 가슴에 묻고 시집가는 슬픔을 옛날이야기로 만들어서 자신의 손자, 손
녀가 암기할 정도로 되새긴다.

①
> **돌　이**　　　이기 누구 아고?
> **소리(시어머니)**　가가 팔삭동이여.
②
> **어머니**　내 이야기 듣나?…… 니 낳아준 아버지 이야기다.
③
> **어머니**　지금 살았으믄 쉰 하나다……. 니 씨 다른 형이……. 내가 이태
> 껏 살아 오믄서 이 이야기를 숨기놓고 못했다. 니 애비 자석이
> 아니라서…… 죄값이 되갔고…… 일찍 죽어 호적에 올릴 필요도
> 없다케서 호적에 이름도 못 올리고(신주단지를 연다.) 이렇게
> 아를 빼아갔고 단지 속에 넣구 살았다.

①에서 돌이와 시어머니는 일순이의 첫 아이가 자신들의 아이라고 생각하

지만 ②에서 죽어 가는 찬동이에게 옛날 이야기하다가 네 아버지의 이야기라고 고백하는 장면을 통해서 돌이와 돌이 시어머니의 아이가 아님을 말한다. 그렇지만 가슴에 꼭 묻어둔 아니 친정어머니가 신주단지를 주면서 살아가라고 했기 때문에 신주단지 속에 자신의 한을 묻어둔 어머니는 죽기 전에 신주단지를 깨뜨리면서 아들과 며느리에게 털어놓는다. ③이 자신의 아들에게 이복형이 있음을 고백하는 상황이다.

어머니 나는 저승 안 믿는다. 가서 어떤 象으로 다시 태어나도 내가 나를 모르거든. 그러나 나는 前生은 믿는다. 사람 사는데 前生이라카는게 있다. 가슴 속에 묻고 말 못하는 역사, 그게 바루 前生이다. 그러니끼네, 우리는 모두 지금 後生을 살고 있는 거 아니겠나. 벌건 대낮, 이거 다 後生이다.

아 들 그럽요, 그럽요. 우리 어무이 글 배왔으믄 노베르문학상 탔을끼요. 헤헤.

어머니와 아들의 대화는 사뭇 재미있기도 하다. 어머니는 죽음을 염두에 두고 진지한 이야기를 한다. 전생과 후생의 이야기, 그것은 다름 아닌 옛 과거, 묻어둔 과거의 삶은 전생의 삶이고 현재의 삶을 후생으로 여긴다는 것이다. 그런데 지금 어머니는 전생을 풀어버린다. 다시 말해서 전생과 후생을 합일시키는 자리를 마련하고 있다. 그리고 그녀는 저승으로 갈 준비를 하는 것이다. 그러나 아들은 그런 진지한 상황을 노벨문학상의 글감 정도로 바꾸어버리고 만다.

어머니는 손녀에게 자신의 한을 풀고자 글을 배운다. 어머니에게 있어서 글은 단순한 문자가 아니라 자신의 정체성을 찾는 문제이다. 왜냐하면 그녀가 글을 익혀서 처음 쓴 것이 자신의 이름이기 때문이다. 더 나아가 돌이가 대충 지어준 이름이 아니라 자신의 첫 사랑이 고이 간직하고 불러준 이름, 일순이, 황일순으로 쓴다. 그리고 어머니는 "황일순"이 '자신의 이름'이라고 강조한다.

어머니　이 할애미가 머리가 돌이라서 금방 익혀도 자꾸 까먹는다. (스케치북을 보며) 황일순이! 맞아 이게 내 이름이다.

손　녀　할머니 나 잘래.

어머니　(스케치북을 받아 들고 크래용을 쥔다.) 오야, 할애미는 공부 할 테니 어서 자.

그제야 어머니는 자신의 삶을 정리할 수 있게 된 것이다. 자신의 정체성을 찾고 죽고자 한 어머니, 그 때서야 죽은 산복이와 돌이를 맞을 수 있다.

어머니　(섬뜩) 누꼬? 산복이가?

(테마음악11 상승곡선을 타기 시작한다. 양산복이가 호주머니에서 썩은 감을 꺼내어 툭 던진다. 어머나 옆에 툭 떨어지는 썩은 감. 새까맣게 굳었다. 어머니 썩고 딱딱하게 굳은 감을 주어본다.)

어머니　이 감 이태껏 주머니 넣고 다녔나?

(양산복이 조용히 고개를 끄덕이며 고개를 돌린다. 잠들었던 경순이가 스르륵 일어서서 양산복에게 발길을 옮긴다.)

어머니　산복아 니 무덤이 어데고? 날 좀 데려가 줄래?

합　창　누구는 좋겠네 누구는 좋겟네 누구는 좋겠네
　　　　　님과 함께라면 얼음위에 댓닙 놓아 얼르리라네 얼르리라네

어머니　(애타게) 산복아--

(양산복 감나무에 오른다. 숨는다. 일순(경순)이가 따라 올라가 숨는다. 엘리베이터가 내려와 서고 문이 열린다.)

돌　이　(환청의 울림) 인자마 그만 놀고 가자. 서산에 해 떨어졌다.

(어머니 주위를 둘러본다. 어느새 감나무는 지워지고 사방이 푸른바다 같은 밤이다.)

어머니　그래 갑입시더. (일어선다.) 난 그저 살아 오믄서 다른 원은 없소. 그저 우리만 살겠다고 청진항에 내뿔고 온 우리 시어무이 얼마나 고생하시다가 우째 돌아가셨는지……. 어찌껴나, 이대로 가믄 안되는데…….

(가려다가 돌아선다. 크레용을 주어 든다.)

어머니   나 황일순이, 이름 석자는 세상에 남기고 갈라요. 나도 글 배왔소.

어머니   (중얼거림 같은 사설, 그리고 노래) 예? 예— 제가 황일순인데예,
헤헤. 고향이 어디냐고예? (사이) 경상북도 밀양군 산회면 산도
많고 젤레꽃 피는……. 우짤고, 동네 이름을 까먹었네예.

　　어머니는 죽음을 맞이하기 전까지도 양산복을 기다렸다. 그리고 같이 가기를
기대했다. 그러나 양산복은 또다시 감나무로 숨어버리고 만다. 돌이가 나타나
이제 그만 가자고 했을 때 어머니는 이름 석자를 남기고 가겠다고 한다. 이제
글을 배웠다면서 이름을 쓰겠다고 한다. 그것은 이제 나도 나의 정체성을
찾았다고 하는 것과 같은 맥락이다. 그리고 어머니는 자신을 소개까지 한다.

　　우리의 어머니들은 태어나면서부터 자신의 이름을 제대로 갖지 못했다.
2000년대 현대여성들은 자신의 이름을 가지고 공부를 한다. 그러나 끝내 그
들마저도 누구누구 엄마로 통하고 만다. 작가는 여성이 이름이 없는 인간,
즉 정체성을 상실한 채 살아간다는 것을 비판함으로써 현대 여성의 위치를
다시금 환기시켜준다.

Ⅳ. 연극과 영화의 변별점에 따른 효과

1. 연극 그리고 영화로 보는 「우리들의 일그러진 영웅」

　　연극은 영화와 다른 요소를 다소 가지고 있다. 물론 대본이 있고, 배우가
있으며, 감독 또는 연출가가 있으며, 관객이 있다는 공통점을 지니고서도
말이다. 그렇다면 무엇이 연극과 영화를 다르게 하였을까. 여러 가지 이유가

있겠지만 여기에서는 다음 몇 가지를 살펴보고자 한다.

첫째, 영화는 배우를 셀룰로이드 필름을 통해 우리에게 보여준다. 그러나 연극은 현재 살아 있는 인간을 직접 대면하게 한다. 따라서 연극은 관객에게 생동감 있는 감동을 주는데, 이는 과거에 만들어진 이야기가 아닌 현재 이곳에서 벌어지는 현장을 접하게 한다는 것이다. 그 현장감은 마치 라디오에서만 듣던 파바로티의 노래를 바로 눈앞에서 그가 고음을 처리하기 위해 손을 들어 올린다거나, 간절한 사랑노래를 하기 위해 눈물을 짓는 모습을 보면서 듣는 것과 같은 감동을 만들어낸다. 그때 우리는 듣는 데에만 만족하지 않고 보는 만족감까지 가질 것이다. 이처럼 영화보다 연극이 보다 많은 감동을 관객에게 줄 수 있다. 열연한 배우의 감각을 셀룰로이드 필름 속에 담겨 번질번질한 화면을 통해 비춰지는 것이 아닌 그야말로 생생한 감각 말이다.

둘째, 영화 속의 배우는 관객의 반응과 직접적으로 대면하지 않기 때문에 연기 상황은 상대배우와만 직접적인 관련을 갖는다. 그러나 연극은 상대배우뿐만 아니라 관객의 반응도 즉각적으로 대응한다. 그렇기 때문에 공연 중에 상대배우뿐만 아니라 관객과의 연계성 속에서 연기를 하게 된다. 이는 영화와 연극의 큰 차이점 중의 하나이다.

영화는 관객이 집중을 하든 아니면 팝콘을 먹으며 누워서 보든 배우는 상관하지 않는다. 그러나 연극 공연 중인 배우는 관객이 하품을 한다거나 전화를 받는다면 의욕을 상실할 것이다. 물론 능숙한 배우는 어떠한 상황 속에서도 최선을 다하려고 노력을 하겠지만 연기에 몰입할 수 없는 것은 마찬가지일 것이다. 이는 마치 친구에게 이야기를 하고 있는데 딴청을 피우면 금세 말하기 싫어지는 현상과 같다. 그러나 테이프에서 흘러나오는 연설은 듣는 이와 상관이 없는 말하기이다.

그렇다면 이렇게 관객과 연관성을 가지고 있다는 것은 어떤 의미를 내포하는 것일까. 그것은 관객도 하나의 창조자 대열에 들어간다는 것을 포함한다. 분명 관객은 공연을 관람하는 자이지만 관객 스스로 어느 덧 공연에 참여하고 있다. 이는 현대 사회가 수동적인 인간, 매스 미디어적인 인간을 만들어가고 있다는 점을 상기했을 때, 존재를 인식하게 하는 중요한 기제가 될 수 있다. 수동적인 인간이 아닌 적극적인 참여를 할 수 있다는 사실 하나만으로도 연극의 중요성을 강조하지 않을 수 없다.

셋째, 영화는 관객의 입장만 같다면 언제나 같은 영화를 접한다. 왜냐하면 과거의 산물이기 때문이다. 그러나 연극은 현재성을 빼놓을 수 없다. 당일 공연의 상황을 재연할 수도 없을 뿐더러 배우도 같은 연기를 할 수 없다. 따라서 동일한 제목으로, 동일한 배우가 연기를 한다 할지라도 엄밀한 의미에서 모든 공연은 개별성을 갖는다. 이것이 바로 연극의 매력이자 신비로움이다. 이것은 한계상황이 아니라 예술의 불멸성과 함께 찰나적인 면모 더 나아가서 인생의 의미가 아닐까 한다. 키치에 물들어 있는 이 세상에 유일한 것을 만들어내는 창조적인 행위인 것이다. 우리 인생이 키치가 될 수 없는 것처럼 연극 공연도 키치 될 수 없는 것이다. 동일 시대에 20대를 경험하는 인간은 많지만, 저마다 다른 경험을 갖고 더 나아가 그 인생의 막이 내리면 어느 누구도 재연할 수 없다는 사실에서 찰나적인 아름다움과 한편 덧없음이 일맥상통한다.

넷째, 영화는 20세기의 과학 기술의 산물이다. 따라서 배우의 연기로 관객에게 다가가는 것이 아니라 영화 편집자에 의해 배열된 이미지가 전달된다. 그러나 연극은 배우의 공연 그 자체가 이미 완성된 작품이다. 이는 편집된 세상으로 유도 되느냐 아니면 관객 스스로 편집해 나가느냐의 문제이다. 연극에서 유일한 편집자는 관객일 뿐이다. 그래서 영화는 보여주기 원하는 것에 관객의 시선을 머무르게 할 수 있다. 그러나 연극은 관객이 보고 싶은 것에 시선을 집중한다. 이러한 면도 연극이 인생과 유사한 점이다. 인간의 삶은 주위 상황에 의해 어느 정도 길이 정해져 있지만, 그 구체적인 길을 걸어가는 사람은 오직 본인뿐이다. 우리의 인생이 타인에 의해 편집될 수 없다. 단지 자신이 자신의 길을 갈 수도 있고 돌아볼 수도 있는 것이다. 이처럼 연극도 어느 정도 연출가에 의해 극이 올려 지지만, 최종 무대의 의미를 읽어내는 사람은 관객뿐이다.

영화에서는 클로즈업 된 인물, 정해진 그 인물만을 보아야 한다. 그 인물이 하고 있는 말에만 주시해야만 한다. 물론 이런 작업으로 인한 효과도 있다. 어쨌든 그것은 감독이 의도한, 편집된 장면일 뿐이다. 그러나 연극은 전체 무대를 관객이 지켜본다. 그래서 관객은 등장인물들이 대사를 주고받을지라도 구석에 있는 소품을 볼 수 있다. 어떤 면에서 관객은 소품이나 주변 인물을 통해 더 큰 의미를 읽어낼 수 있을지도 모른다. 다시 말해서 연극은 전체 상황이 보인다. 편집되지 않은 세상 말이다.

이와 같이 영화와 연극의 변별점에 있어서 연극이 더욱 생생하고 살아있는 공연임에도 불구하고, 현대적 감각과 경제적인 이유로 젊은 층들에게 환호를 받지 못하고 있는 실정이다. 구체적으로 말해서 현대적 감각이라 하면 영화에서 보여주는 거대한 스케일, 자극적인 영상 그리고 화려한 영상, 또는 아름다운 영상 등등의 이미지를 연극의 무대가 따라가지 못한다는 것이다. 그러나 누구나 인정하는 것처럼 '영화보다 책으로 읽는 것이 낫다'라고 평하는 것처럼, 인간은 보이는 영상보다 훨씬 위대한 상상력을 가지고 있다. 우리의 상상력은 보여주는 것보다 더 많은 것을 볼 수 있다. 따라서 화려한 영상과 거대한 스케일 등은 작은 무대일지라도 배우의 몸짓으로 상상해 낼 수 있다. 그렇게 된다면 좀 더 인간의 위대함을 느낄 수 있으리라 생각한다.

경제적인 면을 무시할 수 없는 실정에서 연극 관람료가 영화 관람료 보다 2배 혹은 3배의 가격이므로 젊은 층에게 부담스러울 수 있는 것 또한 사실이다. 이를 극복해 보고자 할인권이 난무하고 있다. 그러나 이것은 악순환일 뿐이다. 왜 어떤 면에서 더욱 많은 제작비를 부담한 영화는 연극보다 관람표가 저렴할까. 그것은 많은 관객을 가지고 있기 때문이다. 그 영화를 소비해 낼 수 있는 시장이 있기 때문이다. 그러나 연극은 소비해 낼 수 있는 관객을 확보하지 못하기 때문에 1인당 관람비용이 부담스러울 수밖에 없다. 또 부담스럽기 때문에 관객이 돌아서고, 그렇기 때문에 연극 관람료가 더 올라가는 악순환이 계속된다. 그렇다면 연극과 영화의 변별성에도 불구하고 시장 원리로 나아가야 할까.

우리는 문화적인 인간으로서 연극의 우수성을 인식하는 관객이 되어야 한다. 우리들은 계속적으로 배우들의 공연에 적극 동조를 하고, 배우들은 진정한 연극 공연을 더욱 많이 올리는 노력을 해야 할 것이다.

제5장

한국문학과 문화콘텐츠

I. 디지털 시대의 코페르니쿠스적 전환

아날로그, 벌써 이 단어에 향수를 느껴야 하는 시대가 되었다. 국내 인터넷의 시작은 1982년대 서울대학교와 전자통신연구소 사이에 SDN을 통해 정보망이 개설되면서부터이다. 그 후 1994년 한국통신에 이어 천리안, 나우누리가 인터넷 서비스를 시작하였고, 1995년에는 아이네트, 포스서브, 하이텔 등이 서비스를 시작하면서 본격적인 인터넷 세상이 시작되었다. 불과 10여 년 사이의 이 모든 일들이 벌어진 것이다.

매체의 변화는 단순히 새로운 매체의 등장만을 의미하지 않는다. 매체의 변화는 곧 라이프 스타일의 변화를 가져온다. 컴퓨터의 등장으로 원고지 생산자는 울상을 짓게 되었지만 다른 쪽에서는 미소를 짓게 되었다. 인터넷과 휴대폰의 등장은 만남과 접촉의 방식을 변화시켰으며, 근래의 스마트폰은 업무형태까지 변화시켰다. 아날로그 시대에는 상상도 할 수 없는 변화들이 엄청난 속도로 일어나고 있고 그 중심에 디지털이 서 있다.

이러한 변화의 항목 가운데는 문학도 예외일 수는 없었다. 얼마 전만 해도 불경스럽게 여겨졌던 '산업'이란 용어가 이젠 자연스럽게 '문학'에 결합되어 사용되고 있다. 이제는 '문화산업'이란 말이 너무나 자연스러운 시대가 되었다. 순수예술이나 문학을 이야기하면 오히려 고리타분하게 받아들이는 분위기이다. 문학을 포함한 예술도 이제는 '자본'을 창출하고 국가 경제에 '기여'를 할 수 있어야 한다는 분위기가 시대를 가로지르고 있다. 그래서 영국의 해리포터 시리즈를 예로 들면서 우리나라도 이러한 문화콘텐츠를 개발해야 한다고 기구를 만드는 등 총력을 다하고 있다. 이러한 변화는 요즘 말처럼 한번 불고 마는 '트랜드'인가? 아니면 새로운 패러다임의 한 영역인가?

이러한 변화의 주요 원인은 디지털과 함께 후기자본주의가 갖는 특성 때문이다. 후기자본주의는 초기자본주의와 달리 자본의 무한증식과 무한소비의 메커니즘으로 유지된다. 초기자본주의는 절제와 금욕을 미덕으로 삼았다. 1980년대만 해도 우리 사회의 미덕은 절제와 절약이었다. 다이얼전화기 가운데는 '용건만 간단히'라는 표지가 붙어있었고, '한 집 한 등 끄기', '한 방울도 아껴쓰자'라는 구호와 포스터를 손쉽게 볼 수 있었다. 학생들의 1인 1통장 만들기부터 꼬깃꼬깃 모든 용돈을 들고 은행에 가는 아이들의 모습은 사회를 흐뭇하게 만드는 장면이었다.

하지만 오늘의 모습은 다르다. IMF라는 국가위기 상황에서도 대통령은 내수의 활성화를 강조했다. 소비를 해야 국가경제가 소생한다는 이야기였다. 이제 소비는 낭비가 아닌 국가를 살리는 미덕이 된 것이다. 이후의 광고들은 자본주의의 전위부대답게 소비에 대한 욕망을 자극한다. 전화도 '용건만 간단히'가 아니라 '무제한'으로 사용하라고 한다. 비싸서 정말 용건만 간단히 말해야 했던 국제전화도 이제는 집전화 걸 듯 하는 시대가 되었다. 소비의 주체도 더 이상 30대 이상의 남성에 머무를 수 없었다. 소비의 확장을 위해서는 소비의 주체를 무한히 늘려야 했고, 광고 속에는 직장 여성, 십대 아이들에서부터 노인을 위한 보험에 이르기까지 전 국민을 소비의 주체로 불러 세우고 있다. 그 외에도 주 5일제 근무. 근무시간 단축, 여가의 중요성 강조, 개인주의의 확대 등은 사실 무한생산과 무한소비의 영원한 반복을 꿈 꾸는 후기자본주의와 깊은 관련이 있다.

문학이나 예술도 여기서 벗어날 수는 없었다. 경제적 가치로 평가되는 오늘의 상황에서 예술을 위한 예술, 미를 위한 예술은 점점 설 자리를 잃고 있다. 대신 새로운 '문화산업'으로서의 예술과 문학은 관심의 중심에 오르고 있다. 김호식의 인터넷소설 〈엽기적인 그녀〉를 영화화 한 〈엽기적인 그녀〉 가 2001년 7월 21일에 한국에서 개봉되어 488만 2495만명의 관객을 동원했으며, 35억 원의 투자로 105억 원의 수익을 올렸고, 해외 총 매출액이 7.5억 원이며 일본에서 도합 18.2만 장의 DVD가 판매되었다는 기사가 나올 때마다 빠지지 않는 용어가 '문화산업'과 그것의 중요성이었다. 그리고 이를 위한 정책적 지원이 필요하며, '미래성장산업', '블루오션' 등의 성찬도 잊지 않았다.

오늘날 문화콘텐츠에 대한 관심은 바로 이러한 사회구조의 변화와 무관하지 않다. 프랑스의 사회학자 부르디외의 주장처럼 오늘날은 더 이상 경제자본으로 유지되는 사회가 아니다. 오히려 문화가 사회의 중요한 역할을 하는 '문화자본'의 시대가 열리고 있는 것이다. 이화여대 석학 이어령 교수 역시 "자본에 대한 개념이 바뀌고 있으며 특히 문화가 자본이라는 개념으로 다뤄지고 있다."며 문화의 중요성을 강조하고 있다.

디지털과 새로운 사회구조는 우주관을 바꾼 코페르니쿠스의 지동설처럼 혁명적인 변화를 가져오고 있다. 이 새로운 세계는 더 이상 고정된 것을 원치 않는다. 플라톤식의 고정되고 불변적 가치를 지닌 초월적 존재를 요구하지 않는다. 이 시대는 끊임없이 변화하고 흐르고 결합하고 생성하고 다시 변형 융합하는 'become'(~되기)을 사유하고 있는 것이다. 문학과 예술의 변모에 고개를 갸우뚱하는 시선이 많다. 상업주의, 예술의 순수성 망각 등 많은 비판이 있는 것도 사실이다. 하지만 문화는 시대적 산물이다. 문자 시대에는 문자 텍스트가 나오는 법이다. 벤야민의 지적처럼 새로운 미디어(기술)의 등장은 문학과 예술의 표현방식에 변화를 가져온다. 디지털의 등장은 문학을 더 이상 종이 위에 새겨진 기호가 아닌 디지털이라는 새로운 기술과 결합된 얼굴로 등장하게 하였다. 인터넷 소설, 시에서부터 실험적인 형태까지 문학과 예술도 진화하고 있는 것이다.

중요한 것은 예술과 기술의 결합이 보여주는 메시지이다. 그동안 인류가 쌓아온 예술의 정신과 역할을 지키는 변화가 될 것인지, 아니면 단지 '또 다른' 하나의 '상품'이 될 것인지는 모두가 주의 깊게 살펴볼 일이다. 어쨌든 시대의 흐름은 비켜갈 수 없는 상황이 되었다. 문화산업 속에 포섭된 것이든 아니면 창조적인 변모이든 새로운 기술과 문화예술의 결합은 이 시대를 표현하는 또 하나의 아이콘이 된 것이다.

II. 이야기의 힘, 스토리텔링의 시대

1. 이야기는 힘이 세다

서태지의 노래 중엔 '난 힘이 세'라는 가사가 있다. 서태지의 가사는 파편적이지만 전달하는 메시지는 분명하다. 달리 말하면 노래가 전하는 '이야기'에 힘이 있다. '이야기'는 힘이 세다. 언제부터인가 사람들의 입에서 이야기의 중요성이 나오기 시작했다. 이야기를 '문학'의 전유물로만 여기던 시대가 있었다. 물론 지금도 그 영향력은 여전하다. 하지만 그 영역이 점점 확장되고 있다. 영화, 드라마, 광고, 심지어는 예능프로에서까지 이야기의 중요성을 강조하고 있다. 예능방송의 경우 과거에는 캐스팅되는 '인물'이 누구냐에 시청률이 좌지우지 됐다면, 요즘은 '인물'보다 그 사람의 인생역정, 이른바 '드라마'에 의해 승패가 갈린다고 한다. 최근 MBC에서 방송 중인 〈나는 가수다〉의 호평은 평자들의 지적처럼 '노래+가수의 인생 드라마'가 결합하여 시너지를 확대시킨 결과이다. 다른 음악프로그램과 별반 다를 바 없는 이 프로그램이 사람들로부터 많은 관심과 호응을 이끌어낼 수 있었던 것은 가수들의 혼을 바치는 열정과 그들이 겪어온 굴곡진 -드라마틱한- 인생이 담겨있기 때문이다. 〈나는 가수다〉의 맴버들은 한결 같이 '역경, 고난의 스토리'를 가지고 있고, 방송은 노래와 함께 이를 극대화시킨다. 가뜩이나 팍팍한 현실 속에서 이들의 '고난-좌절-재기-성공 혹은 희망'의 서사는 대중들에게 위로와 희망이 되고, 그에 대한 보답으로 대중들은 환호를 보낸다. 가수 임재범은 이 드라마의 전형을 보여주고 있다. 자잘한 수다로 이루어지는 예능방송도 마찬가지다. 유명 아이돌의 출연으로 채널을 고정하겠다는 용감한(?) 제작진은 이제 볼 수 없다. 이제 유명 아이돌은 방송에 나와 꺼내기 힘든 깊은 '이야기'를 해야 하는 '강심장'을 지녀야 하는 지경에 이르렀다. '이야기'가 빠진 방송은 이제 팥 없는 팥빙수가 된 것이다. 이야기의 힘은 방송국의 제작진에게서도 나타난다. 방송국 관계자의 말에 의하면 요즘은 방송작가의 시대란다. 예전에는 PD의 힘이 막강했지만 지금은 방송작가의 힘이 세다는 것이다. 드라마 작가는 말할 것도 없고, 국민에게 사랑받고 있는 '무한도전'이나 '1박 2일' 같은 프로그램에서도 작가의 영향력은 어마어마하게 크다. 이른바 이야기의 시대가 온 것이다.

딱딱하고 거칠게 느껴지는 포스코의 이미지는 아마도 '금속'의 이미지와 무관하지 않을 것이다. 하지만 지금 많은 국민들은 포스코를 '차가운' 기업이 아닌 '따뜻한' 기업으로 생각할 것이다. 방송을 타고 흐르는 포스코 기업광고의 따스한 카피 '소리 없이 세상을 움직입니다.'와 함께 등장하는 이미지들은 이 광고가 보여주고자 하는 이야기를 모두 담고 있다. 2006년에 시작한 이 광고는 '철'이 생명의 중요성에 어떻게 연결되고 인간의 순수성, 감수성에 연관되고 있는지를 이야기하고 있다. 상조회사의 광고에는 인간의 본능적 공포인 죽음을 새로운 차원으로 이야기함으로써 사람들의 관심을 끌고 있으며, 실버보험 광고도 노년의 불안을 활용해 많은 효과를 얻고 있다.

이처럼 이야기는 프로그램에 생명을 불어넣는 역할을 하고 있다. 이러한 이야기를 최근 들어 '스토리텔링(storytelling)'이라는 용어로 많이 부르고 있다. 유치원 창시자로 알려진 교육학자 프리드리히 프뢰벨이 유치원 교육에 처음으로 도입했다고 알려진 스토리텔링은 딱딱한 이론보다 잘 구성된 이야기 한 편이 사람을 설득시키는데 훨씬 효과적이라는 믿음에서 출발했다. 스토리텔링은 말하기를 'story'와 'tell', 'ing'인 이야기성, 상호작용성, 현장성을 포함한 이야기하기로 규정되고 있다.[40] 즉 혼자만의 독백이나 일방적인 소통이 아닌 나와 타자 간의 상호작용이 가능한 것이 바로 스토리텔링이다.

스토리텔링은 그 스토리를 전달해주는 매체와도 밀접한 연관이 있다. 구전문화 시대의 스토리텔링의 방법은 역시 입에서 입으로 전하는 '구술'이었다. 물론 지금도 잠잘 때 할머니나 어머니가 이야기해주는 옛이야기 등도 모두 구술의 전통이었다. 구전문화의 사람들은 비문자적인 방법인 구술을 최대한 활용하기 위해 '각운'을 만들거나 '음보' 등의 형식을 만들었다. 구술이란 모든 정보를 '기억'에 의존해야 했기 때문에 이러한 기억장치는 필수적이었다. 우리가 잘 알고 있는 그리스의 서사시 〈오딧세우스〉에는 상투어가 많이 등장한다. 예를 들어 "새벽"은 반드시 "장미빛 손가락"이라는 말과 함께 시작된다. 그 많은 이야기를 모두 외울 수 없기 때문에, 즉 보다 쉽게 외우기 위해서 '새벽'이라는 특정 단어 다음에는 반드시 '장미빛 손가락' 같은 특정 단어와 결합시키는 것이다. 구전문학에서 많이 보이는 음보, 율격, 각운의 통일도 바로 기억의 효과를 최대한으로 발휘하기 위해서이다.

구전문학(oral literature)의 스토리텔링에는 음유시인들의 역할도 매우 중

---

40 「문화원형을 중심으로 한 스토리텔링의 가능성과 전망」, 한국문화콘텐츠진흥원, p.6.

요했다. 호머의 문학은 주로 음유시인들의 입에 의해 스토리텔링 되었다. 그들은 시장과 같은 많은 청중이 모인 자리에서 매우 드라마틱한 방식과 목소리로 영웅과 신들의 이야기를 한다. 이야기의 클라이맥스가 나오면 청중들은 함께 긴장하며 승리의 이야기가 나오면 함께 함성을 지른다. 만약 책을 읽듯이 했다면 청중의 열화와 같은 반응은 기대할 수 없었을 것이다.

문자시대가 시작되자 스토리텔링에는 또 한 번의 혁명이 일어난다. 구전이 '음악성'에 중심을 둔 방식이었다면 문자는 '시각성'이다. 구전이 기억을 통해 정보를 보존하고 계승하는 불안한 시스템이었지만 문자는 정보의 양에 제한을 받지 않았다. 음보나 율격, 각운보다는 마침표, 쉼표, 문단나누기, 띄어쓰기 등 새로운 장치가 만들어졌고 출판, 독자, 저자 등 새로운 시장형태가 형성되기 시작했다. 영상시대가 되자 시각성은 극대화되었고, 문자를 통한 스토리텔링의 한계를 넘어서는 현장감이 등장하게 되었다. 하지만 이것도 디지털 시대가 열리면서 또 한 번의 개벽을 경험하게 된다. 이른바 디지털스토리텔링이 가능해진 것인데, 디지털이라는 새로운 매체를 통해 한결 더 강력해진 스토리텔링이 가능해진 것이다.

디지털스토리텔링은 아날로그의 방식과는 달리 상호작용성이 더욱 강해지며, 언제 어디서나 동시적 소통이 가능해진다. 소설이나 드라마도 디지털스토리텔링을 이용한 것들은 저자와 독자라는 경계가 무의미해진다. 저자 혹은 작가가 되기 위한 절차적 인증 등은 디지털의 세계에서는 기대할 수 없다. 누구나 작가가 되고 누구나 독자가 된다. 심지어는 저자와 독자가 겹치기도 한다. 스토리텔링의 방법도 더욱 다양해지고 있다. 사회적으로 이슈를 만들고 있는 이야기들 가운데 많은 경우는 디지털매체를 활용한 것이다. 이른바 '지하철 개똥녀'나 '쩍벌남' 등은 디지털스토리텔링을 이용한 것들이다. 언제 어디서나 스토리와 접속할 수 있고 또 그에 대한 반응을 나타낼 수 있으며, 이 반응들은 개인에서 집단으로 동시다발성으로 확대될 수 있다. 스마트폰이라는 디지털매체에 담겨 있는 다종의 장치들은 스토리를 전달하는 방식을 무제한으로 확장시키고 있는 것이다. 그래서 디지털스토리텔링의 위력은 가공할 정도이다. 순식간에 여론을 형성할 수 있기 때문이다.

2. 스토리텔링의 형식과 내용

막강한 힘을 가지고 있는 스토리텔링은 매체의 진화와 더불어 그 영향력도 점점 커지고 있다. 스토리텔링은 영화나 광고뿐만이 아니라 리더쉽이나 경영분야에도 활용되고 있다. 2002년 히딩크의 등장으로 전국은 '히딩크식'이 유행이었다. 스포츠뿐만이 아니라 리더쉽, 경영, 주식, 문화 등등 그의 '스토리'가 한국을 지배하고 있었다. 그가 보여주는 언어, 행위, 취미, 습관, 스타일 등등 모두가 이야기가 되고 있었고, 여러 방면에 적용되고 있었다.

하지만 이야기가 덧붙여진다고 모든 것이 성공하는 것은 아니다. 말 그대로 모든 이야기는 형식과 내용을 지니고 있기 때문에 이 둘 간의 조화와 균형 그리고 메시지의 감동 등 여러 조건들이 맞아 떨어졌을 때 그 스토리는 성공한다. 김민수의 『문화콘텐츠 유형론』에는 이에 대한 적절한 예가 소개되어 있다.

> 우리는 문학에 관한 논의에서 '내용'과 '형식' 사이의 낯익은 논쟁을 여러 차례 접했다. '구조'라는 개념을 사용하여 내용과 형식의 유기적인 결합을 강조하기도 하지만, 문학에서 '형식'의 개념은 비교적 단순하다. '문학은 언어를 매개로 한 예술'이라는 표현은 문학의 형식(매개체, 미디어)이 언어임을 말해주는 것으로, 이는 다시 말해 문학을 논의하는 데 있어 '형식'보다는 '내용' 위주의 논의로 귀결될 수밖에 없음을 말해주는 것이기도 하다. 문학에서 '형식' 논의보다 '내용' 위주의 논의를 해도 무방한 이유는 문학에 언어 이외의 다른 미디어가 개입되지 않기 때문이다.
>
> 그러나 문학 이외의 예술을 말할 때는 형식 논의가 좀 더 필요해진다. 예컨

대 연극에서는 무대라는 물리적 조건이 내용을 제약한다. 무대 위에서 표현될 수 없는 것은 그것이 내용상으로 아무리 중요하더라도 연극의 콘텐츠가 될 수 없다. 연극에서 다루어질 수 있는 주제는 그것이 무대에 담을 수 있는 형식인가에 따라 결정된다. 10평 남짓의 소극장 무대에 넓은 바다, 광활한 벌판을 담을 수 없고, 100명 정도의 군중도 담을 수 없다는 사실을 상기해보면, 연극에서 콘텐츠(내용)은 형식(미디어)에 의해 결정된다는 점을 실감할 수 있을 것이다.

맥루한은 "미디어가 곧 메시지"라고 말한다. 이 말은 미디어(형식)가 메시지(콘텐츠, 내용)를 결정할 수 있다는 점을 강조한다. 강제규 감독의 영화 〈쉬리〉와 장진 감독의 영화 〈간첩 리철진〉을 비교해보자. 내용과 주제의 측면에서 보면, 장진 감독의 영화가 훨씬 훌륭했다고 본다. 〈쉬리〉가 남북의 냉전논리를 무비판적으로 수용하고 남파된 여간첩과 남한 수사관 사이의 연애관계라는 해묵은 도식을 사용하는 반면, 〈간첩 리철진〉은 좀더 지적으로 이 문제에 접근하고 있다. 그러나 형식의 차원에서 본다면, 〈쉬리〉가 훨씬 영화라는 미디어를 잘 활용하고 있음을 알 수 있다. 〈간첩 리철진〉은 영화적이라기 보다는 연극적이다. 이 영화의 첫 장면에서 남파된 간첩 리철진은 택시 안에서 떼강도 사이에 끼어 오랫동안 시달린다. 영화는 떼강도들의 험악한 표정과 말씨, 공포에 사로잡힌 리철진의 모습을 매우 코믹하게 잡아내고 있다. 그러나 이 영화는 늘 좁고 닫힌 무대에 카메라가 고정되어 있다. 리철진의 행동반경은 택시 속, 집안, 창고 등에 늘 갇혀 있다. 관객들은 점차 이 영화가 마치 홈비디오로 촬영한 것처럼 표현이 한정되어 있으며, 소극장에서 진행되고 있는 연극을 보고 있는 게 아닌가 생각하게 된다. 영화감독 장진은 당시 동숭동의 연극판에서 가장 발랄하고 유능한 신진 극작가로 촉망받았지만, 그의 영화는 아직 연극적인 표현에 갇혀 있었다. 반면 〈쉬리〉는 좀 더 영화적이었다. 수족관에 담긴 쉬리 한 마리를 클로즈업하기도 하고, 잠실 스타디움이나 거대한 다리로 무대를 옮기기도 하고, 빌딩의 폭파 장면도 보여준다. 격렬한 전투장면과 두 남녀 사이의 애정표현 등에 있어서도 훨씬 영화적인 미장센을 보여준다. 이제 두 영화의 비교는 주제상의 비교에 그칠 수 없다. 영화의 성공 여부는 얼마나 영화적인 형식(미디어)를 잘 활용했느냐에 달려 있다고 보아도 과언이 아니다. 미디어(형식) 논의가 콘텐츠(내용) 논의에 선행해야 하는 까닭은 여기에 있다.[41]

스토리텔링은 분명 사람을 움직이는 힘을 가지고 있지만 그것은 역시 매체와의 조화가 잘 이루어져야 한다. 위의 영화 외에도 동일한 소재나 이야기를 가지고도 스토리텔링의 방식에 따라 성공여부가 달라지는 것을 많이 봐왔다. 이야기의 소재를 발굴하는 작업과 함께 그 이야기를 어떠한 방식으로 스토리텔링할 것인가에 대한 진지하고도 면밀한 검토를 거쳤을 때 그 이야기는 새로운 생명을 얻어 사람들의 가슴을 울릴 것이다.

Ⅲ. 한국문학과 문화콘텐츠

1. 문화콘텐츠란 무엇인가?

〈문화산업진흥기본법〉에 의하면 문화콘텐츠 산업은 기존의 문화유산, 생활양식, 가치관, 예술적 감성 등 문화적 요소들을 창의적 기획과 기술을 통해 콘텐츠로 재구성하여, 고부가 가치를 갖는 문화상품으로 개발하는 것을 말한다. 즉 문화콘텐츠 산업은 문화콘텐츠의 제작, 가공, 유통, 소비과정에 관한 사업과 이러한 과정을 지원하는 연관 산업 모두를 의미한다. 문화콘텐츠 산업은 대중들에게 오락과 감동을 제공하고 그에 대한 대가로 수익을 창출하는 대중 문화콘텐츠를 지칭하는 것으로 영화, 게임, 애니메이션, 만화, 캐릭터, 음악, 방송, 인터넷, 모바일 콘텐츠 등이 포함된다.[42]

---

41 김민수, 『문화콘텐츠 유형론』, 글누림, 2006, pp.59~61.

콘텐츠(contents)라는 용어는 새로 만들어진 신조어이다.(한국과 일본어) 외국 사이트에서 'contents'를 검색하면 나오지 않는다. content가 한국과 일본에서 유독 s가 붙어 복수형 콘텐츠(contents)가 된 것이다. 콘텐츠의 낱말적 의미는 '내용물'이다. 미디어 또는 플렛폼에 담기는 내용물인 것이다. 좀 더 구체적으로 말해, "말이나 문장 또는 여러 종류의 예술작품과 같이 어떤 매체를 통해서 표현되어지는 내용", 또는 "문자, 영상, 소리 등의 정보를 제작하고 가공해서 소비자에게 전달하는 정보 상품"을 말한다. 즉 콘텐츠란 각종 미디어에 담을 내용물을 말한다.

콘텐트가 오늘날의 용례로 쓰이기 시작한 것은 90년대 중반 유럽에서 '멀티미디어 콘텐트(multimedia content)라는 용어가 사용되면서부터이다. 그것이 한국에서는 모든 형태의 미디어에 담기는 내용물 전반을 가리킨다는 의미에서 자연스럽게 복수형이 되었으며, 특히 One source Multi use 개념 즉 다중적인 활용을 강조하면서 복수형이 고착되었다고 할 수 있다. 아울러 1999년 E-비지니스 열기가 고조된 이후 이른바 3C-Commerce, Community, Content-범주를 통해 콘텐츠라는 용어가 보통명사화 되었다. 이처럼 문화콘텐츠는 한국문화진흥원(Korea Culture & Content Agency)의 영문표기에서 문화와 콘텐츠를 단순 병기한 데에서 알 수 있듯이 생소한 표현이지만 21세기 문화의 중요성과 활용이 증대되면서 자연스럽게 문화콘텐츠라는 합성어가 일반화되었다.[43]

---

42 서동훈, 김효정,『문화콘텐츠 창작을 위한 창의적 문화교육 방안 연구』, 한국청소년개발원 연구보고서, 2005. 12, p.12.
43 김기덕,「문화 · 콘텐츠 · 인문학」,『문화콘텐츠 입문』, 북코리아, 2006, p.14 참조.

2. 한국문학의 문화콘텐츠 양상

1) 문화원형콘텐츠

문화원형은 우리 고유의 시공간 속에서 이루어진 전통적인 삶의 양식에서 이루어진 모든 것을 말한다. 일종의 문화적 정체성을 보여주는 것으로 의식주, 신화, 역사, 전설, 민담, 노래, 풍속, 의례 등이 있다. 문화원형에는 제한된 영역이 따로 있지 않다. 현재 문화콘텐츠진흥원에 의하면 매번 새로운 문화원형을 발굴하고 콘텐츠의 토양으로 삼고자 노력하고 있다. 문화원형에 대한 관심은 문화의 자체적인 원형발굴과 보존에도 있지만 무엇보다 다양한 콘텐츠 생산의 밑거름이 되기 때문이다.

게임을 제작할 경우 스토리와 캐릭터, 시공간의 배경에서부터 세밀하게는 의복, 무기, 건물, 보조캐릭터, 등등 많은 요소들이 필요하다. 고구려를 배경으로 하는 게임에는 고구려의 역사에 대한 이해와 풍속 등에 대한 정보가 있어야 하는데, 일반 게임제작자가 이 모든 것을 다루기에는 한계가 있다. 이런 경우 문화원형 콘텐츠는 좋은 자료가 된다. 그들이 원하는 모든 기초자료가 여기에 모여 있기 때문이다.

게임 <거상>

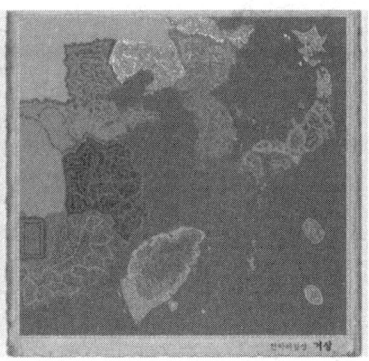
<거상의 지도>

〈거상〉이라는 게임은 1590년, 당시 크게 발전하던 상인들의 이야기를 게임으로 만든 것이다. 이른바 '상인'이라는 문화원형을 토대로 만든 것이다. 드라마 〈상도〉나 〈해신〉도 거상들의 이야기를 다룬 것이다. 게임 거상은 단순히 스토리 배경뿐만 아니라 위에 소개 된 캐릭터에도 조선시대의 시대적 배경을 갖고 있다. 게다가 다른 나라 캐릭터들도 조선시대의 시대적 배경을 고려했으며, 게임내의 생산 시설과 지도도 모두 우리 조선시대의 문화적 특성을 그대로 가져온 것이다.

뿐만 아니라 문화원형 자체가 하나의 문화콘텐츠로 활용될 수 있다. 한때 전세계를 휩쓸었던 〈반지의 제왕〉이나 〈해리포터 시리즈〉는 작가의 상상력이 바탕이 된 것이지만 신화와 전설이라는 문화원형의 바탕 위에서 완성된 것이다. 〈센과 치이로의 행방불명〉이 일본의 귀신이야기를, 〈포켓몬스터〉는 세계의 공통인 '변신' 모티프를 바탕으로 한 것이다. 우리의 경우 영화 〈조선명탐정-각시투구꽃의 비밀〉은 조선시대의 '검안'을 바탕으로 한 것이다. 문화콘텐츠진흥원에는 '검안' 관련 문화원형사업이 있는데, 소개하면 다음과 같다.

서울대학교 규장각에 소장되어 있는 각종 고서 및 고문서 목록집인[규장각 한국본 종합목록]에는 무려 600종에 달하는 검안류 자료가 기재되어있다. 책 수로는 2,000여 책에 달하는 방대한 분량이다. 검안이란 검시문안(檢屍文案)의 줄임말로 조선시대의 시체 검사 소견서, 즉 법의학적 판결문인 시장(屍帳)을 포함하여 사건 관련자들을 심문한 일체의 법정조사보고서를 말한다.

선시대에는 인명(人命)사건이 발생하면 반드시 그 원인을 규명하기 위해 사건 관련자들을 심문한 후 응답을 기록했으며, 시체는 사건발생 장소에 그대로 두고 검시하여 사인분석에 참고했다. 특히 살인의 실제 원인, 즉 칼에 찔려 죽은 것인지 독살인지 아니면 구타 등에 의한 사망인지를 밝히는데 주력했기 때문에 피살체의 보존이 중시되었다.

냉동시설이 없었던 시대인지라 시체를 원 상태로 보존하는 것은 어려운 일이었다. 빨리 1차, 2차 검사(初檢, 覆檢)를 끝내야 했기에 검시관의 출발과

도착 일정을 상세하게 기록하여 시간 지연을 막을 수 있도록 해 두었다. 불가피하게 검시를 행할 수 없을 때에는 인근지역의 군수로 하여금 대신하게 하는 등 보조수단을 강구했다. 혹 사건을 담당할 해당 군수 등이 사건 관련자와 친인척관계에 있을 경우에는 검시 및 사건조사를 행할 수 없도록 하는 규정도 마련했다.

살인사건은 그 중요성 때문에 각 다른 조사관이 두 번 조사했다. 사건 해당 지역의 군수인 1차 조사자(初檢官)는 2차 조사자(覆檢官: 대개 인근지역의 군수 혹은 수령)에게 1차 조사 때의 사정을 누설할 수 없었고 복검관은 별도로 조사하여 상부에 보고했다. 상부에서는 두 내용이 서로 부합하면 사건을 종결했으나, 의심이 가는 경우에는 또 다른 인근지역 수령을 선정하여 3차 조사(三檢) 혹은 그 이상의 검사를 조사했다. 조사에 철저를 기하기 위한 것이었다. 모두 다섯 차례나 조사를 한 경우도 있다.

물론 검시는 현대의학처럼 해부방법이 아니라 신체의 외상을 주로 조사했다. 사인에 따라 각종 외상의 징후가 다르게 나타나기 때문이다. 이미 시체가 부패되어 검시할 수 없거나 혹은 사대부 부녀자의 사체에 대해서는 시신을 두 번 욕보인다 하여 친인척이 검시하지 말아달라고 요청하면 특별히 검시를 하지않고 넘어가기도 했다. 물론 예외적인 경우이다.

살인사건이 관청에 접수되면 해당지역의 조사관의 아전들을 대동하여 조사를 벌이게 된다. 먼저 시체가 놓여있는 곳으로 들어가면 그 장소의 사방 규격, 시체가 놓여진 방향 등을 세밀하게 묘사한다. 현대의 수사에서도 '현장 보존'은 기본적으로 지켜야 할 원칙이지만, 검시관이 도착할 때까지 시체가 사전발생 장소에 그대로 있는 경우는 그리 많지 않았다. 그렇다 하더라도 검시관은 사건 현장에 우선하여 시체가 있는 장소에 집중한다. 장소에 대한 관찰이 끝나면 시체의 옷가지를 하나씩 벗기면서 시체의 상태를 기록했다.

시체를 관찰하기 어려운 장소라면 사방이 트이고 밝은 곳으로 옮겨 조사하기도 했다. 이 기록이 얼마나 자세했던지 19세기 사람들의 복장을 모두 알 수 있을 정도이다. 최종적으로 알몸이 된 시신의 상태를 기록한 것이 '시장(屍帳)'인데, 검안에 부록 하거나 따로 묶어 보고했다. 살인사건의 원인을 밝혀내는 데는 무엇보다 검시가 중요했기 때문에 범인과 실인(實因 :살인의 실제의 원인)을 확정하기 위해 조사자의 정확한 지식과 철저한 검시과정이 요구되었다. 이러한 검시과정을 상세히 기록한 것이 검안 보고서이다.

문화원형을 대상으로 한 대표적인 문화콘텐츠로 드라마 〈대장금〉을 들수 있다. 2003년 MBC에서 방영되어 최고 시청률을 기록했으며 각종 케이블방송에서 재방영되고 있으며 일본 및 대만 베트남 등지에 수출되어 많은인기를 누리고 있다. 대장금은 조선왕조실록 가운데 중종실록에 열 번 가량등장하는 장금(長今)이라는 의녀가 왕의 신임을 받았다는 정도의 기록에 창안해 만든 이야기이다. 이러한 문화원형에 기대어 제작한 드라마는 여성의몸으로 궁중 최고의 요리사가 되고 다시 최고의 의녀가 되는 이야기로 세계를 감동시켰다. 이 드라마를 통해 알려진 궁중 내의 풍속과 애환, 궁중요리를 중심으로 한 전통음식, 조선조 의학 상식 및 의녀제도 등은 모두 새로운독립적인 문화콘텐츠로 발전되었다.

동남아와 일본, 중국 노선 등에 투입되는 여객선 '대장금호'와 드라마 속 상차림을 재현한 '대장금 상차림' 등은 '한(韓)브랜드'의 일등공신이 되기도 했다. 드라마의 시너지 효과는 여기서 멈추지 않고 한복, 한실, 한지, 한옥, 한글 등의 브랜드화로 이어졌다.  〈대장금〉의 성공은 뮤지컬뿐만 아니라 애니메이션 〈장금이의 꿈〉으로도 변신하였는데, 드라마 〈주몽〉도 같은 길을 걷고 있다. 문화원형에 바탕을 둔 드라마 〈주몽〉은 〈한자왕 주몽〉으로 재탄생하게 된다. MBC드라마 〈주몽〉에서 미디어믹스된 TV 시리즈 애니메이션으로 2007년 12월10일부터 2008년 6월 30일까지 약 7개월간 총 26회 분량으로 방송되었다. 드라마 〈대장금〉의 성공이 어린이 애니메이션 〈장금이의 꿈〉으로 이어졌던 것처럼 드라마 〈주몽〉의 흥행이 애니로까지 발전된 결과이다. 단지 애니메이션에 멈추지 않고 한자 교육이라는 일종의 에듀테인먼트적 요소를 바탕으로 제작했다. 작품 소개에 따르면, 사고뭉치이자 말썽꾸러기였던 주몽이 역경과 시련을 거쳐 한 나라를 세우기까지의 모험과 사랑, 우정의 이야기들이 펼쳐지고, 그 위에 한자를 스토리전개에 맞춰 자연스럽게 표현하고, 숫자, 상형문자, 지사문자, 회의문자 등의 기초 한자는 물론, 캐릭터들의 무예(신기검법), 암호풀기, 지도상의 보물찾기 등의 응용편, 실생활에 적용할 수 있는 상황별 사자성어 등이 등장, 자연스럽게 한자 익히기를 실천 할 수 있도록 만들었다.

2) 한국문학과 애니메이션

애니메이션은 이제 더 이상 설명이 필요 없는 문화콘텐츠가 되었다. 나이와 성별, 계층과 계급을 모두 끌어안을 수 있는 문화산업이 되었다. 환상성에 기반을 두고 있는 애니메이션은 인류의 꿈과 욕망을 충족시켜 주고 있다는 점에서 모두를 아우르고 있는 것이다. 〈피터팬과 후크 선장〉, 〈타잔〉, 〈톰과 제리〉, 〈쿵푸 팬더〉, 〈모노노케 히메〉, 〈센과 치이로의 행방불명〉, 〈하울의 움직이는 성〉 등 이름만 들어도 설레는 이 작품들은 전 세계의 애니메이션을 이끌고 있는 미국의 월트디즈니사와 일본의 지브리사의 작품이다. 애니메이션은 그 자체의 시장성뿐만 아니라 다양한 부가상품을 낳을 수 있는 대표적인 산업이다. 월트디즈니의 곰돌이 푸우는 어린이들에게 가장 사랑받는 캐릭터이기도 하다. 실로 유아와 어린이들의 하루 일상을 살펴보면 하루 종일 애니메이션의 캐릭터들과 지낸다. 아이들은 아침에 눈을 뜨면서 뽀로로 캐릭터가 들어간 젖병을 입에 물거나 장난감을 가지고 놀기 시작한다. 수저에도 뽀로로의 얼굴은 어김없이 자리하고 있으며, 아이가 쓰는 소변기에도 뽀로로가 웃고 있다. 도시락통, 가방, 신발, 옷, 장난감, 연필, 필통, 스케치북, 심지어는 어린이집 차에도 뽀로로가 웃고 있다. 이처럼 애니메이션의 캐릭터는 영상 밖으로 나와 각종 캐릭터 상품으로 파생되어 엄청난 시장성을 보여준다. 이 외에도 어린이 뮤지컬이나 연극 등으로도 전환된다. 이에 우리 정부도 문화부를 중심으로 '애니메이션 중장기 발전전략'을 발표한바 있다. 국내 애니메이션 산업의 발전을 위해 문화관광부가 '2010년 세계 애니메이션 강국 실현'을 목표로 삼아 2010년까지 시장 규모를 1조원 규모까지 확대하겠다는 의지를 보인 바 있다.

국내에서도 자체 애니메이션 제작에 공을 들였다. 1968년 최초의 창작장편 애니메이션인 〈홍길동〉을 시작으로 〈로보트 태권브이〉, 〈똘이장군〉, 2001년 〈마리이야기〉와 2003년 〈원더플데이즈〉 등에 이르기까지 많은 시도를 보여 왔지만 실제 성과는 만족스럽지 못했다. 여러 가지 원인이 있겠지만 경험, 스토리, 캐릭터, 기술 등을 보완하기 위해서는 용기 있는 투자와 관심이 선행되어야 한다.

가능성이 아주 없는 것은 아니었다. 〈은비 까비의 옛날 옛적에〉는 전래동화를 애니메이션 시리즈로 제작한 것으로, 1991년 4월에 시작했다. 각 편 20분씩 13편으로 제작되었고, 1992년 4월 다시 13편이 방영되며 총 26편이 되었다. 아이들이 친근하게 느낄 수 있도록 '은비, 까비'라는 캐릭터를 등장시켜 이야기를 풀어간다. 수 년 동안 공중파에서 재방영될 정도로 인기가 좋았던 이 작품은 교육적 의미도 컸다. 전래동화가 가지고 있는 교훈성에 애니의 특징인 흥미성까지 적절히 더해져 아이들의 많은 사랑을 받았다. 자신의 볼품없는 집게에 열등감을 느끼는 징거미, 소가 되기를 바라는 게으름뱅이 소년, 몰래 꿀단지를 감춰놓고 아이들에게 거짓말하는 서당의 훈장님처럼 세상의 다양한 모습들을 구경하는 가운데 어느덧 소중한 깨

달음을 얻게 된다. 이 외에도 견우와 직녀, 황금 알을 낳는 닭, 원님과 항아리, 곶감과 호랑이 등 우리의 전래동화를 애니메이션으로 엮어 영상으로 쉽게 볼 수 있도록 하였다. 1990년 1월부터 방영된 〈옛날 옛적에 배추도사 무도사〉(총 13편)도 많은 사랑을 받은 국내 애니메이션이었다.

한국 애니메이션에서 가장 큰 성과는 단연 〈뽀로로〉이다. 이미 세계 어린이의 애니가 된 〈뽀로로〉는 관련 상품(160여개 상품, 1600여종) 시장(5,200억원 규모)과 저작권 등을 감안할 때 연 1조원의 시장성을 가지고 있다고 한다.

3) 한국문학과 게임

2010년에 국내 게임시장은 2009년보다 18.3% 성장한 7조 7,837억 원의

시장 규모를 기록할 것으로 전망된다. 온라인게임이 전년대비 28%의 성장을 보이는 가운데, PC게임을 제외한 모든 분야에서 플러스 성장을 할 것으로 기대되기 때문이다. 이와 같은 성장세는 2011년과 2012년에도 계속 이어질 것으로 보인다. 2011년에 전체 게임시장은 전년대비 16.7% 성장한 9조 816억 원 규모로 성장할 전망이고, 2012년에는 전년대비 19.2% 성장한 10조 8,210억 원 규모에 도달할 것으로 예상된다. 마침내 2012년에 국내 게임시장은 매출 10조 원 시대를 맞이하게 되는 것이다.[44] 주요 여가활동 중 게임을 한다는 대답이 1위를 차지한 것을 볼 때 우리 삶에 있어 게임이 단순히 어린이들만의 전유물, 혹은 철없는 오락수단에 머무는 것이 아님을 증명해보였다. 수없이 많은 게임이 만들어지며 대두되는 문제의 핵심은 게임의 '독창성'이라 할 수 있겠다. 독창성을 이루는 것은 인터페이스나 그래픽, 사운드 등 프로그래밍단계의 독창성도 중요하겠지만 무엇보다 가장 중요한 것은 기획단계에서 이루어지는 게임시나리오 및 세계관이라 할 수 있다. 매년 수많은 게임들이 비슷한 방식과 세계관, 캐릭터를 가지고 완성도의 승부를 겨루고 있는 경우를 자주 볼 수 있다. 예를 들어 NC소프트의 '리니지' 이후 수많은 아류작들이 월등한 그래픽과 인터페이스를 갖추더라도 독창성을 갖지 못함으로 업계에서 물러나는 경우를 들 수 있겠다. 반면 월드오브워크래프트, 디아블로 등은 독특한 세계관과 게임시나리오 등을 도입, 수많은 아류를 뒤로 성공한 사례로 볼 수 있다.[45] 이러한 독창성 문제를 극복하는 여러 방법 중 하나가 바로 '한국적'인 것이다. 한국적인 문화를 바탕으로 한 게임들의 사례를 살펴보면 다음과 같다.

---

44 최성, 「게임 소프트웨어산업 현황과 전망」, 『한국정보과학회』, 2010.11, pp.45~46.
45 한국게임산업개발원, 『대한민국 게임백서 2006』, 『대한민국 게임백서 2007』, 『대한민국 게임백서 2008』, 바람의나라 http://baram.nexon.com, 소프트맥스 http://www.softmax.co.kr, 한국게임산업진흥원 http://www.kogia.or.kr. 참조.

<바리공주의 전설>

《바리공주의 전설》은 한게임에서 바리데기 신화를 게임으로 제작한 것이다. 서양 중심의 게임을 벗어나 우리 고유의 문화원형을 바탕으로 탄생한 〈바리공주의 전설〉은 게임을 통한 신화의 접근성을 높이고 국내 게임시장에 우리 고유의 스토리텔링이 갖는 가능성을 보여주었다.

한반도 중북부와 만주 전역에 걸친 광활한 영토를 영유하였던 고구려. 우리들의 기억 속에서 대제국 고구려를 건국한 위대한 왕으로 기억되는 주몽의 이야기를 다룬 MBC 인기드라마 〈주몽〉. 그 주몽이 모바일 특유의 아기자기함과 액션성을 극대화시킨 모

<주몽>

바일 게임 주몽으로 탄생했다. MBC 주몽 모바일은 원작드라마에서 화제가 되었던 장면과 장소 대사를 소재를 바탕으로 만든 게임으로 드라마 중요 장소인 10개 무대와 부여와 한나라군 그리고 비적 등의 10여 종류의 적들과 드라마상의 8명의 중요 인물을 보스화하여 유저들과 전투를 벌이는 게임이다. 게임의 시작은 주몽이 시조산의 다물활을 찾는 장면부터 시작되며 아버지인 해모수 장군을 만나는 장면, 고산국의 소금산, 한나라군으로부터 옛 조선의 유민을 구하는 장면 등 드라마의 감동을 게임 속에서 다시 느낄 수 있다. MBC주몽의 특징은 주몽만의 다양한 스킬과 육성아이템이다. 각 스킬들은 연계 시켜 나가는 일반 스킬과 위기 상황에 화면상 적들을 전부 공격하

는 전체 공격 스킬들로 이루어져 있다. 또한 쉽고 빠른 진행을 위해 슈팅 게임에서 보았을 법한 육성 아이템은 구슬모양으로 각 색깔마다 데미지 증가, 체력 증가, SP증가 등의 능력을 가지고 있으며 시간이 지나면서 색이 바뀌면서 각 능력들의 효과가 교체된다. 이러한 방식은 순간적으로 판단하는 슈팅게임과 같이 순간의 기분으로 가볍게 캐릭터를 육성 시켜 부담없이 게임을 즐기는 효과가 있다. 기존의 역사드라마를 소재로 하는 게임이 RPG 게임으로 제작되는 반면, 짧은 시간에 쉽게 플레이할 수 있는 장점을 갖고 있다. 드라마의 주요 인물, 복장 등의 특징을 최대한 살려 드라마의 분위기를 유사하게 표현했으며, 액션성과 타격감 등을 효과적으로 사용해 게이머들의 몰입감을 극대화시켰다.[46]

<천년의 신화>

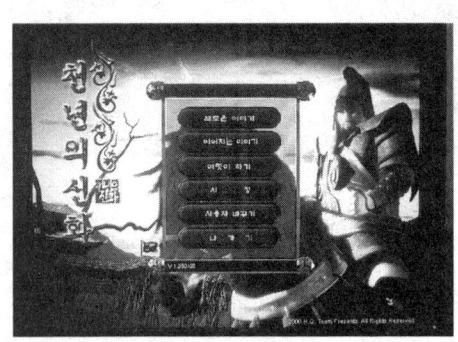

"천년의 신화"는 고구려, 백제, 신라 3국의 전성기를 배경으로 만들어진 실시간 전략 시뮬레이션 게임이다. 2000 경주 세계 문화 엑스포에 즈음하여 만들어졌으며 Microsoft Direct X를 사용하여 윈도우 환경에서 작동하며 최대 8명까지 인터넷이나 LAN을 통해서 게임을 할 수 있다. 특히 자체 서버를 운영하여 인터넷을 이용한 멀티플레이 H.Q.NET(일명 배틀넷)서비스를 제공한다. 각각의 나라별로 스테이지가 있으며, 스테이지 게임 외에도 컴퓨터와 플레이어의 진영을 설정한 후에 게임을 진행할 수도 있다. 영웅의 등장과 화살의 선택, 그리고

---

46 「주몽 온라인 게임으로 즐긴다」, ≪뉴스엔≫, 2007.1.23, 「인터세이브, MBC주몽 모바일게임으로 출시」, ≪연합뉴스≫, 2007. 3.30.

상점의 이용과 지형 기후 등의 반영. 그 외에도 발달된 인공지능 등이 게임의
흥미를 더해준다.[47]

<임진록>

임진록 온라인 거상은 16세기에서 17세기의 조선시대, 돈이라는 경제 시스템
을 테마로 제작된 온라인 롤플레잉 게임이다. 조선시대 임진왜란을 배경으로
조선, 일본, 명의 3개국이 등장하여 게임이 진행되고 있으며 후편이 개발되면서
등장하는 국가의 수가 늘어난 것과 지형, 기상, 기후 등이 고려되어 있다는
점 그리고 히어로 역할을 하는 장수들과 상인의 등장을 꼽을 수 있는 게임.
단순히 적을 무찌르는 것만 강조하여 전체적인 줄거리가 약한 전략시뮬레이션
게임의 단점을 보강하여 스토리성이 있는 RPG게임과의 융합을 시도하였고,
주어진 미션을 브리핑하는 장면에서 기존에 보여왔던 단순한 레이션을 지양하
고 대화형식으로 미션을 설명하는 거상의 기초가 된 게임이다.[48]

---

47 천년의 신화 팬사이트 http://myth1.zetyx.net/
48 「조선시대 상인으로 산다는 것」, ≪게임메카≫, 2011. 11. 16. 2006, 『2006 문화원형 컨퍼런
   스』자료.

<해상왕 장보고>

7세기말 신라의 삼국통일이라는 큰 꿈을 이루었음에도 불구하고 계속되는 왕권을 둘러싼 권력 쟁탈전으로 9세기 말 지방 호족 세력에 대한 중앙정부의 지배력은 급속도로 약해져 갔고, 이를 틈탄 지방 귀족들은 자신들의 배를 채우기 위해 백성들을 착취하였고, 이들이 돌보지 않는 민초들은 외적들의 약탈에 고스란히 노출되어 살해되거나 먼 이국에 노예로 팔려 가는 등의 고초를 겪는다는 내용으로 당시의 실존 인물들의 업적은 물론 복식, 건물양식 등을 철저한 고증을 통해 게임 속에 실현한 게임. 세부 시나리오는 영웅의 탄생, 음모, 해상왕 장보고의 3부로 각 10장으로 구성되어 있으며, 혼란스러웠던 시기인 임진왜란 당시를 바탕으로 조선과 일본, 대만, 명의 경제적 상관 관계를 게임화하는데 중점적인 제작 의도를 담아내고 있다.49

4) 한국문학과 축제

축제콘텐츠는 축제에 참가한 사람들의 공감과 감동을 이끌어낼 수 있는 스토리를 바탕으로 기획, 연출한 것을 말한다. 우리의 경우 지방자치의 시작과 함께 지역축제라는 형식으로 많이 등장하기 시작했다. 사실 지역축제는 상업적 가치보다는 문화적, 역사적 가치에 더 많은 의미를 둬야 하지만 경제 논리도 무시할 수 없는 상황에서 지금은 경제적 가치와 문화적 가치를 함께

---

49 『2006 문화원형 컨퍼런스』자료.

모색하고 있다. 축제와 이벤트는 공연예술제와 영상제 등 정제적 문화콘텐츠를 제공하기도 하지만 의도하지 않은 연희와 예기치 않은 놀이를 통해 판타지를 만들어내기도 한다. 지역축제의 제작은 간접적으로 예술산업의 토양을 만들고, 문화상품을 개발하며, 이의 바탕이 되는 지역문화의 다양한 자원들을 공적으로 지원하는 효과를 보여준다. 또한 다양한 예술창작의 소산을 묶어 내는 것이 예술축제이고, 장르별로 분야예술의 문화콘텐츠를 한 자리에 모으는 효과를 지니기도 하다. 이러한 축제나 이벤트 가운데는 한국문학의 소재나 인물을 활용한 것들이 있다. 특히 지역의 대표적인 문학가들을 발굴하여 그들의 이름을 딴 축제나 이벤트가 그것이다. 한국문학의 축제 콘텐츠는 한국문학의 밑둥을 튼튼히 하는 계기가 될 뿐 아니라 지역에서 자발적으로 문학을 계승발전하는 계기가 되기도 한다. 현재는 주로 인물이나 작품 중심 등 시작단계에 있지만 외국의 사례를 통해 보다 많은 진전이 있을 것으로 예상한다.

〈지역별 축제 현황〉

지역	축제명	개최기간	축제주요내용
강원도 평창군	효석문화제	매년 8~9월 (3~10일간)	소설 속 메밀꽃밭체험, 문학의 밤, 메밀음식 시식회, 전국효석백일장, 소리 음악회 등
강원도 춘천시	김유정문학제	매년 3~4월	학술세미나, 백일장, 소설 낭송대회, 김유정 문학상 시상식, 문학현장 답사 등
충북 보은군	오장환문학제	매년 9월~10월	학술세미나, 길놀이, 생가예술제, 백일장, 휘호대회, 시그림 그리기 등
충북 옥천군	지용제	매년 5월	지용문학상, 지용신인문학상, 전국 지용백일장, 군민노래자랑, 문학포럼, 각종 공연 및 전시행사 등

충북 단양군	온달문화제	매년 10월	남사당 외줄타기 공연, 고구려 북소리공연, 고구려 노래, 퓨전전통음악공연, 국악 비보이, 온달장군 진혼제, 온달장군 승전행렬 등
충남 부여군	서동. 연꽃 축제	매년 7월~8월	연화문 목걸이 만들기, 연꽃페이스페인팅, 연씨공예, 궁남지출토 목간만들기, 연꽃서각, 연꽃토기만들기, 연꽃문양 네일아트, 부채연꽃 만들기 등
전북 남원시	춘향제	매년 5월	야외공연, 섶다리, 소망등 체험, 소금배체험, 목공예, 짚공예 체험 등
전북 남원시	흥부제	매년 음력 9월 9일	풍년기원 농악놀이, 흥부 놀부 백일장, 박고지 · 박나물 전시 및 박음식 시연회 등
전북 장수군	논개대축제	매년 10월	농악시연, 창작판소리공연, 논개충절무공연, 추대식 축하공연, 먹거리장터 등
전남 강진군	다산제	매년 5월	다산동상 헌화분향, 다산추모제, 다산기념강연회, 다산실학체험, 다산목판체험 등
울산 광역시	처용문화제	매년 10월	처용 퍼레이드, 세계문화전시, 각종 체험전시행사, 국제심포지엄 등
제주특별 자치도	설문대할망축제	매년 5월	한마당 굿 놀이, 전설지 답사 및 위령탑 쌓기, 설문대할망 세미나 등

(1) 처용문화제

1967년 울산의 역사와 전통을 홍보하기 위해 울산공업축제란 이름으로 처음 열렸다. 이후 1991년부터 신라 향가 〈처용가〉의 주인공 처용과 헌강왕이 울산 남구 개운포 처용암에서 만났다는 설화를 소재로 해 처용문화제로 개칭, 울산 시민들의 자발적 참여를 바탕으로 매년 개최하는 시민축제다. 처용문화제는 처용의 관용정신과 호국정신을 계승한다는 취지에서 처용무를 시연하는 처용 고유(處容 告由)와 처용 퍼레이드 등 전통문화축제와 함께,

처용축제를 세계적 문화축
제로 발돋움시킨다는 목표
로 2007년부터 핵심 프로그
램인 울산 월드뮤직페스티
벌을 개최하면서 동·서양
과 현대문화예술이 어우러
져 각종 문화·예술 행사가
다채롭게 펼쳐지는 종합축
제이다.50 특히 2011년 처용문화제에서는 관람객들의 참여도가 낮았던 처용
퍼레이드가 폐지되고 처용 관련 콘텐츠 공연들이 늘어났다. 처용 복합장르
공연과 처용 풍물 연희극, 처용 인형극, 처용마술, 처용 길놀이 등의 공연들이
새롭게 선보였다.

처용설화

처용설화는 일연스님이 지은 삼국유사 2권 처용랑 망해사조에 기록이 남아 있다.

신라 말 제 49대 헌강왕이 울산의 개운포(지금의 황성동 세죽마을 일대) 바닷가에 납시었다가 돌아가는 길에 잠시 바닷가에 쉬고 있는데 검은 구름과 안개가 앞을 막았다.

왕이 이상히 여겨 좌우 신하들에게 까닭을 묻자 일관이 "동해용의 조화이니 좋은 일을 행하여 풀어야 한다"고 아뢴다. 동해용이 일곱 아들을 데리고 처용암에 올라와 왕의 덕을 찬양하는 뜻으로 음악을 연주하고 춤을 추었다.

동해용의 아들 중 하나가 왕을 따라 서라벌로 갔는데, 이름이 처용(處容)이었다.

처용은 미녀와 결혼을 하고 급간의 벼슬을 하면서 왕의 정사를 도왔다.

그러던 어느 날이었다. 처용이 밖에서 돌아와 잠자리를 보니 역신과 아내가 동침을 하고 있었다. 처용은 밖으로 나와 춤을 추며 "처용가"(處容歌)를 불렀다.

그러나 역신을 모습을 나타내 무릎을 꿇고 엎드려 "앞으로 처용의 형상만 봐도 기웃 거리지 않겠다"며 잘못을 빌었다.

---

50 DAUM 백과사전 참조.

(2) 김유정문학촌

김유정문학촌은 2002년 8월 한국의 대표적인 단편문학작가 김유정(金裕貞)선생의 사상과 문학을 기리며, 그 기념 및 연구사업 등을 추진하는 동시에 작가의 고향마을인 실레마을을 스토리빌리지화하고자 시작하였다. 김유정 작가의 생가를 복원하고 기념전시관 및 부대시설을 마련하고 작품의 무대인 실레마을에 문학산책로를 조성하는 등 김유정 작가의 문학적 업적과 문학정신을 알리는데 노력하고 있다. 행사로는 추모제, 김유정문학제, 학술발표회, 청소년문학축제, 김유정문학상 시상, 김유정문학캠프, 김유정백일장 및 소설문학상 시상, 소설의 고향을 찾아가는 문학기행, 김유정 소설과 만나는 삶의 체험, 순회문학강연 등 각종 문학축제와 세미나를 개최하고 있다. 이외에도 작가의 소설 제목으로 이름이 붙여진 금병산의 김유정 등산로가 있으며, 점순이 등 소설 12편에 등장하는 인물들의 실제로 있었던 이야기를 바탕으로 만들어진 실레 이야기길, 농촌계몽운동을 벌이던 금병의숙, 김유정역 등 마을 전체를 이야기마을로 특화하여 김유정의 생애와 작품 세계를 다양한 이야기 콘텐츠로 개발하고 있다. 2008년에는 김유정 탄생 100주년을 맞아 작가의 고향이자 소설의 배경인 춘천 실레마을에서 기념사업을 추진하였으며 춘천을 대표하는 문화 코드로 자리매김하고 있다.

프로그램	행사 내용
71주기 추모제	고장 문화 예술인들과 실레마을 주민들의 작품낭송과 공연 등 추모한마당
봄봄 영화제	문학작품이 원작인 애니메이션영화 상영
제15회 김유정 추모 전국 문예작품 공모	김유정 작가의 얼과 문학혼을 기리는 행사로 창작품을 중등, 고등, 대학생, 일반부로 나누어 공모 부분별, 대상별로 선정하여 시상
청소년 음악회	세계적인 바이올리니스트 이성주 교수와 국내 최고의 현악 앙상블인 '조이 오브 스트링스(Joy of Strings)'의 공연.
기념학술대토론회 『한국의 웃음문화』	한국문화에 나타나는 웃음과 김유정 소설의 희극적 요소를 주제로 한 학술발표회
제6회 김유정 문학제	김유정산문백일장, 소설입체낭송대회, 토종닭싸움, 동백꽃의 점순이를 찾아라
문학과 무속의 만남	일찍 부모를 여의고 가난과 질병, 짝사랑의 한을 안고 살았을 김유정의 넋을 위로하고 한편 김유정 작품 속에 나오는 가난하고 상처받은 사람들의 한을 함께 달래고자 하는 뜻을 담고 있다.
향토문화의 세계화	한일중 동아시아 대표작가와의 만남
김유정 소설을 테마로 하는 삶의 체험	경춘선 열차를 타고 김유정역에서 내려 소설의 배경을 찾아보고, 작가의 창작이야기를 들음으로써 잠재된 문학적 열정, 글쓰기의 즐거움을 느낄 수 있는 행사
UCC, 플래시 공모전	김유정의 원작을 바탕으로 재구성하거나 패러디한 플래시애니메이션 공모, 김유정 소설과 연계한 상황극, 실레마을에서 생긴 에피소드 UCC 공모
100주년 기념 책조형물	행사에 참여한 국내외 작가와 기금에 참여한 시민들의 손글씨를 기념 책 조형물에 각인

(3) 효석문화제

효석문화제는 전국에서 가장 유명한 가을 축제 중 하나이다.

특히 축제 때가 되면 봉평면번영회를 비롯한 부녀회, 청년회, 자율방범대 등 단체회원과 주민 등 250여명은 효석문화제 기간 운영할 먹거리촌일원의 환경 정리와 흥정천 주변 일대를 정비하곤 한다. 주민들이 축제를 기획, 운영하며 가산 이효석 선생의 얼을 기리는 문학축제로 자리매김하고 있는 효석문화제는 민간주도형 축제의 방향을 제시하고 있다는 호평도 받고 있다.

프로그램	행사 내용
문학 프로그램	전국효석백일장(시, 산문, 사생, 서예부분), 제9회이효석문학상시상, 단편소설공모, 이효석 창작교실, 시화전, 기획전시
자연 프로그램	메밀꽃밭 오솔길(소설속 분위기따라), 물가마당(돌다리, 섶다리, 물가쉼터)
전통 프로그램	메밀음식체험마당, 전통민속놀이, 전통찹쌀떡치기
공연 프로그램	전통공연 (관내민속공연-풍물, 사물, 아라리 등) 기념공연 (10주년기념공연, 개막공연, 일본토가민속공연) 문학공연 (소설이야기-아나운서, 문인) 서정감성공연 (콘서트, 통키타공연) 퓨전공연 (쑥버덩소리, 퓨전국악) 도내 학생사물놀이경연대회 영상물전 (메밀꽃필무렵영화, 메밀꽃영상)
체험 프로그램	패스패인팅(메밀꽃요정), 봉숭아물들이기(옛추억속으로), 요술풍선만들기

(4) 지용제

지용제는 한국현대시의 대표시인인 정지용 (鄭芝溶 · 1902~1950)을 추모하고 그의 시문학 정신을 이어가며 더욱 발전시키자는 뜻으로 매년 정 시인의 생일인 음력 5월 15일을 전후해 정 시인의 생가와 옥천문화예술회관 등지에서 지용제를 개최하고 있다.

문학행사로는 지용제 개막식, 지용문학상시상, 지용신인문학상시상, 전국지용백일장, 지용문학포럼, 가족시낭송회, 시인과촌장, 문학워크숍, 낭독의발견, 문학의선율, 풍물경연대회, 전국시조경창대회, 옥천예술제, 옥천동요제 등이 있으며, 공연 및 이벤트행사로는 詩가있는 향수음악회, 학생사생대회, 길거리 연주회, 불꽃놀이 장계리 멋진신세계 방문행사가 있다. 이 외에도 전시행사로 전국향수사진공모전, 향수사진동호회 회원전, 지용회전, 옥천군 공예품 전시회가 있으며, 특별행사로 문학관광열차운행, 지용사이버퀴즈행사, 지용시 외워보기 이벤트, 가족건강체크, 기념사진촬영무료인화서비스,전통국악기체험 판화찍기,전통다도시연회, 향토음식경연대회가 있다. 체험행사로는 가훈써주기, 전통악기, 도자기만들기, 캐리커쳐, 판화찍기, 페이스페인팅, 조랑말타기체험 등이 있다.

제2부

문학의 현장

제1장

문학관을 찾아서

1. 영인문학관

서울 종로구 평창동에 위치한 영인문학관, 드라마에서나 들어본 '평창동'을 문학관 덕분에 1년에 네 번씩 방문할 수 있다. 영인문학관은 1년에 네 차례 공식적인 활동을 펼치기 때문이다. 문학 낭독회와 문학강연이 2차례씩 열린다. 뿐만 아니라 전시회도 함께 한다.

평창동의 지리적 상황을 잘 아는 사람들이라면 문학관 방문이 흥미진지하다는 것을 예감할 것이다. 오를 때에는 마을버스를 이용하지만 내려올 때에는 일부러라도 걸어서 내려오게 된다. 그 이유는 평창동 문학관에서 버스정류장에 이르기까지의 거리에 있는 미술관, 커피숍, 전원주택 등 볼거리가 너무도 많기 때문이다. 그렇게 서서히 내려오다 보면 건축이 예술인 이유를 알 듯도 하다.

오로지 자비로 문학관을 개관한 사례가 세계적으로도 흔치 않으리라 생각한다. 그 흔치 않은 사례가 바로 한국에 있다. 또한 오로지 시인 및 작가를 위한 흔치 않은 문학관이 있다. 바로 영인문학관이다. 영인문학관은 개인이

오로지 문학도들을 위해 개관한 몇 안 되는 문학관이다. 그러한 영인문학관 관장님은 강인숙 선생님이시다. 건국대에서 소설과 자연주의를 강의하셨던 선생님이시자, 퇴임 후 건국대 국어국문학과에 장학금을 마련하신 분이다. 그러한 분이 바로 자신의 퇴직금과 사택으로 2001년에 문학관을 개관하셨다. 평창동의 영인문학관이 바로 그러한 곳이다.

영인문학관의 명칭은 초대 문화부 장관이셨던 이어령 선생님과 강인숙 선생님의 조합이다. 즉 이어령의 '영'과 강인숙의 '인'의 결합으로 이뤄진 문학관이다. 젊은 날 이어령 선생님과 강인숙 선생님의 만남이 그들의 삶, 학문, 자녀들을 만들었다면, 퇴임 이후에는 일반인들과 문인들을 위한 문학관을 만들어냈다. 그래서일까. 전시회나 강연회 때 찾아가면, 오픈식 날 혹은 마지막 날 이어령 선생님이 자리를 함께 하셔서 방문객들에게 즐거운 선물, 특강을 베푸신다. 또한 각계 인사들과 문인들이 한 자리에 모여 영인문학관을 찾는 학생, 일반인 할 것 없이 담소를 나누고 강연도 한다.

이 같은 영인문학관은 문학 자료의 수집, 보관, 전시 등에 큰 역할을 하고 있다. 현재 25,000여점의 자료들을 소장하고 있다. 여기에 문인의 초상화가 120여점, 육필원고 800여점, 문인 서화 및 도자기 자료 150여점, 문인과 화가의 선면화 180여점, 문인의 편지와 엽서가 200여점, 문학 작품에 들어갔던 삽화의 원화 300여점, 문인의 문방용구 및 애장품이 300여점, 문학사상, 현대문학 등등의 잡지의 창간본부터 오늘날 것까지 보관되어 있다. 물론 이와 같은 자료를 모을 수 있었던 것도 강인숙 선생님의 노력과 이어령 선생님의 영향력이 함께 한다.

영인문학관 개관일과 시간은 매주 화요일부터 일요일 오전 10시 30분부터 오후 5시까지이다. 영인문학관 휴관일은 월요일이다. 주말에도 동일하게 관람할 수 있다는 것은 영인문학관의 매력이자 그들의 노고이다.

2. 한국현대문학관

서울시 장충동에 위치한 "한국현대문학관"의 전신은 잡지 『동서문학』으로부터 시작된 "동서문학관"으로서, 1997년 경기도 의왕시 계원조형예술대학 내에서 개관하였다. 동서문학관 시절인 1997년에 〈한일 윤동주 문학세미나〉를 개최하였으며, 1998년에는 〈일제하 한국시 100인 전〉을 개최하였다. 동서문학관 시절의 세미나나 전시회를 통해서 알 수 있듯이, 한국현대문학관의 전신은 시대사 문제를 깊이 의식한 문학관이다. 그 후 2000년에 들어와서 "한국현대문학관"으로 명칭을 변경하여 서울 장충동으로 이전하였다. 한국현대문학관은 문학세미나, 미술전, 음악회, 사진전 등을 다양한 활동을 하고 있다.

문학세미나로는 〈서정주 · 황순원 추모 1주년 기념 문학세미나(2001), 〈한 · 일 윤동주 문학 세미나〉(2002), 〈정지용 · 채만식 탄생 100주년기념 세미나 및 전시회〉(2002), 〈한국 역사소설의 재인식 문학 세미나〉(2003), 〈이육사 · 이태준 탄생 100주년 기념 문학세미나 및 음악회〉(2004) 등이 있다.

미술, 사진, 각종 전시회로는 노벨상 수상 작가 〈귄터그라스 미술전〉(2001), 주한독일문화원과 공동주최로 〈글쓰기의 공간-독일작가 사진전〉(2001), 윤동주 · 정지용 등 〈작고문인 105인의 친필 · 유묵전〉(2002), 1950 · 1960년대 북한에서 출간된 시 · 소설 · 비평 등 〈한국전쟁 전후 북한 문학서 전시회〉(2003), 〈15인의 소설을 소재로 한 이보름 전시회〉(2004), 〈구상 · 김춘수 · 박경리 등 주요 문학가 16인의 사진전〉(2005), 〈김춘수 시인의 문학과 삶 전시회 및 김춘수 시인 회고 · 시낭송회〉(2005) 등이 있다.

또한 세계화를 위한 낭독회와 음악회를 보면, 부산 파라다이스 호텔에서의 〈시와 음악의 축제〉 다수, 〈스페인어로 듣는 한국시 한국시의 밤〉 다수 등이 있다.

그러나 이 같은 세미나나 전시회는 문학관의 상례라 할 수 있다. 그럼에도 불구하고 한국현대문학관이 기억되는 이유는 무엇인가. 이는 해방 후 월북 또는 납북으로 인해 한때 금기시 되었던 문인들의 초판을 소장하고 있다는 것이다. 초판을 소장하고 있다는 것은 문학사적 재평가를 가져올 수도 있기 때문에 중요하다. 이를 정리해보면, 이기영의 「서화」(1946년), 박태원의 「천변풍경」(1938년), 김남천의 「대하」(1939년), 임화의 「문학의 논리」(1940년) 등 작가들의 주요 작품집과 사진자료 등이다. 또한 북한에서 출판된 이기영의 「두만강」(1954년), 이북명의 「등대」(1975년) 등 희귀본도 소장하고 있다.

이를 두고 김윤식은 말한다. "한국현대문학관은 언젠가 '남북 문학관'이어야 한다"라고 말이다. 저자가 서명한 『두만강』의 원본을 갖고 있다는 것은 상당한 가치가 있다. 이 뿐만 아니라 북한문학 관계 자료가 많이 있기 때문에 남북 문학, 통일 문학을 염원한 자들에게는 더없는 문학관이 될 것이다. 김윤식의 평처럼 미술관이나 박물관과는 달리 문학관은 읽을 욕망을 자극할 수 있게끔 유도하는 노력이 필요하다. 그것은 『두만강』과 같은 희귀 자료가 많이 있으면 있을수록 독자의 관심이 끊이지 않는다는 것의 다른 표현인 것이다.

개관일과 관람시간은 월요일에서 금요일까지는 오전 10시부터 오후 5시까지이며, 토요일은 오전 10시부터 12까지이다. 휴관일은 일요일, 법정 공휴일이다.

3. 남해유배문학관

남해유배문학관은 2010년에 개관한 유배와 유배문학에 관한 국내 최초 및 최대 규모의 문학관이다. 경남 남해군 남해읍에 위치한 남해유배문학관은 향토역사실, 유배문학실, 유배체험실, 남해유배문학실, 다목적강당, 수장고, 유배문학연구실 등의 시설로 이뤄져있다.

향토역사실에는 이순신 장군을 비롯한 정지장군, 백이정 선생 등의 설명과 그들이 직접 사용한 유물들이 전시되어 있다.

유배문학실에서는 유배객들이 남긴 문학과 예술 공간으로 짜여 있다. 이곳은 전 세계 유배의 역사와 문학에 대한 설명이 함께 한다는 점에서 주목된다. 또한 조선시대의 형벌 설명과 모형, 그리고 한국, 중국, 유럽 등의 유배와 유배객과 그들의 문학이 소개되어 있다. 그 중 나폴레옹의 유배지도 있다는 점이 흥미롭다. 또한 형벌의 유형도 모형으로 잘 꾸며놓았는데, 구체적으로 언급하면 태형(笞刑), 장형(杖刑), 도형(徒刑), 유형(流刑), 사형(死刑) 등이다.

유배체험실은 유배 떠나는 4D입체영상 체험과 유배지 생활 체험으로 이루어져있다. 관람객들이 백척간두에 선 유배객이 되어 직접 유배 떠나는 길을 체험하도록 되어있다. 그리고 유배지에서의 생활상을 보여주고 유배문학이 만들어지는 과정을 살펴볼 수 있도록 돕는다. 또한 어명을 받고 소달구지를 타고 떠나는 4D 입체영상의 압송체험, 유배 떠나는 길 영상, 삽화로 된 유배이야기 영상, 위리안치 된 유배객과의 대화, 전자상소문 쓰기, 유배지와 함께 하는 포토존 등이 준비되어 있다.

이처럼 남해유배문학관에서는 유배와 관련된 지식과 체험을 동시에 누릴 수 있도록 섬세하게 구성되어있다. 뿐만 아니라 유배의 경험이 있으면서 우리 문학사에 큰 업적을 남긴 문학인들을 기억하는 행사도 진행하고 있다. 그 중 대표적인 것이 '김만중 문학상'이다. 매년 11월에 시상을 하는 김만중 문학상은 김만중뿐만 아니라 유배를 떠났던 선비들의 문학정신을 기리는 일로써도 의의가 있다. 이와 같은 노력의 연장으로 남해유배문학관에서는 김만중의 「사씨남정기」의 필사본을 전시하고 있다.

개관일은 화요일부터 일요일이며 시간은 오전 9시부터 오후 6시이다. 다만 동절기의 경우 오전 9시에서 오후 5시 20분까지이다. 휴관일은 1월 1일과 매주 월요일이다. 또한 월요일이 공휴일인 경우는 그 다음날 휴관한다. 그리고 설날, 추석, 군수가 정하는 휴관일이 있다.

4. 한국가사문학관

전라남도 담양군 담양읍에 위치한 한국가사문학관은 2010년에 완공되었다. 한국가사문학관은 가사 문학 관련 문화유산의 전승과 보전과 현대적 계승 및 발전을 위해 시작되었다. 가사는 한문이 중심이었던 조선시대에 국문으로 쓴 문학작품이다. 특히 이서의 낙지가, 송순의 면앙정가, 정철의 성산별곡 · 관동별곡 · 사미인곡 · 속미인곡, 정식의 축산별곡, 남극엽의 향음주례가, 충효가, 유도관의 경술가 · 사미인곡, 남석하의 백발가 · 초당춘수곡 · 사친곡 · 원유가, 정해정의 석촌별곡 · 민농가 및 작자 미상의 효자가 등 18편의 가사가 전승되고 있는데, 이들의 주된 고장이 바로 담양이다. 그래서 담양에 한국가사문학관이 개관된 것이다. 그래서일까. 한국가사문학관 앞에 이르면 〈소등을 탄 피리 부는 소년의 상〉이 관람객을 맞이한다. 어서 오셔서 담양의 가사문학, 조선의 가사문학을 감상하라고 말이다.

주요 전시물은 가사문학 관련 서화 및 유물 1만 1,461점, 담양권 가사 18편과 관계문헌, 가사 관련 도서 약 1만 5,000권 등이다. 특히 가사문학 자료를 비롯하여 송순의 면앙집(仰亭集)과 정철의 송강집(松江集) 및 친필 유묵 등 귀중한 유물이 주목된다. 대표적인 유물은 임금님이 정철에게 하사한 옥과 은으로 만든 술잔, 옥배와 은배 등이다. 또한 주변에는 가사문학의 주요 무대가 된 식영정, 환벽당, 소쇄원, 송강정, 면앙정 등이 자리하고 있다.

이 중 우리의 관심을 모으는 책 중의 하나가 바로 송강 정철의 친필을 모은 책, 『송강선조유필』이다. 이 책은 공개되어 있기 때문에 방문객 누구나 확인할 수 있다. 여기에는 송강의 일화도 전해진다. 송강이 56세 때(1591년) 강계로 유배되어 귀양살이를 할 당시 가시 울타리 내에서 지독하게 독서를 하였는데, 한 번 읽을 때마다 동그라미로 표시했다는 것이다. 동그라미로 독서 횟수를 표시한 것까지 확인할 수 있어서 당시 송강의 마음이 느껴진다.

또한 한국가사문학관 앞에는 커다란 잉어들이 노니는 연못이 있는데, 그 모습도 장관이다. 특히 문학관 입구에는 송순의 「면앙정가」가 걸려 있는데, 이는 한국인이라면 모두들 알고 있는 작품이다. 송순이 41세에 관직에서 물러나 전라도 담양 제월봉 아래에 면앙정을 짓고 살면서 그곳의 경치와 계절에 따른 아름다움을 담은 작품으로 「무등곡(無等曲)」이라고도 한다. 관직에서부터 전원으로 물러나 자연의 한가로움을 즐기며 심성을 수양하는 이른바 강호가도(江湖歌道)의 전형적인 노래이다. 이런 측면에서는 송강 정철의 유배가사와는 상이하다고 하겠다.

한국가사문학관의 개관일은 연중무휴이며, 이용시간은 오전 9시부터 오후 6시까지이다.

제1장 문학관을 찾아서

제2장

문인을 찾아서

1. 선운사 동백꽃과 미두장 군산(서정주, 채만식)

전라북도 군산, 고창에는 당대 뛰어난 소설가와 시인이 자리하고 있다. 지금은 그들의 숨소리를 들을 수 없지만 그들의 작품은 여전히 숨을 쉬고 있다. 그들이 가고 없는 자리를 애써 찾아 나서는 것이 혹여나 실례를 범하는 것은 아닐까. 그들이 열심히, 치열하게 살아온 자리를 가볍지 않은 마음으로 떠난다.

<채만식 문학관 이정표>

서해안 고속도로 덕분일까, 2시간 남짓 달리면 군산에 도착하게 된다. 한때는 꽤 큰 항구도시였으며, 일제강점기 때에는 호남평야의 쌀을 실어 나르기 위해 개발되었던 군산. 고속도로를 벗어나자 얼마 가지 않아 <채만식 문학관>을 알리는 이정표가 시야에 들어온다. 우리나라에서 유일하게 '지평선'을 볼 수 있다는 군산에, <채만식 문학관>은 바다를 정원의 호수인양 안고 있다.

<채만식 문학관>　　　　　　　　<채만식 문학관 주변>

　군산시에서 적극적으로 운영하는 채만식 문학관에 이르면 채만식의 일대기를 따라갈 수 있다. 특히 채만식의 대표작이라 할 수 있는 『탁류』가 살아 숨 쉰다. 그 속으로 들어가 보자.

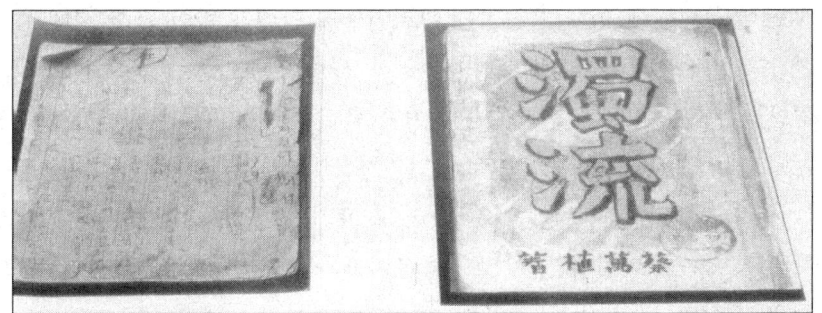

<『탁류』 표지>

　지금은 진열대에 고이 쉬고 있는 『탁류』 속의 주인공들. 그들은 그처럼 편안한 삶을 살아낸 사람들이 아님에도 지금은 안식을 취하고 있는 듯하다. 군산에서 서울에 이르기까지, 초봉이의 삶은 현대인에게는 저렇게도 버거운 삶을 살아갈 수도 있을까 하는 동정과 함께 저렇게 밖에 살 수 없었을까 라는 비판을 감내해야 한다. 그러나 채만식이 살았던 시대에는 너무도 보편적이었을 삶, 그래서 더욱 안쓰러운 초봉이다. 그런 초봉이를 냉철하게 그려낸 채만식을 모형으로나마 만날 수 있다.

<채만식 문학관 내 모형서재>

모형으로 만들어 놓은 서재에서 채만식은 무언가 적고 있다. 누런 원고지. 현대에 태어났더라면 아마도 노트북을 사용했을까. 이런 우리의 생각과는 상관없이 계속적으로 누런 원고지에 채만식은 무언가 적고 있다. 그가 적고 있는 것은 1930년대 민족 현실이자, 현재 우리의 어제와 같은 기억들이 아닐까. 궁금하다. 지금 채만식이 적고 있는 그 글.

군산은 채만식의 체취가 곳곳에 스며있다. 그래서 채만식은 거리에서도, 공원에서도 만날 수 있다.

채만식 문학관에 이르면 친절한 관리인들의 안내를 받아 군산 시내를 돌아볼 수 있다. 『탁류』의 배경이 된 군산 째보 선창가를 비롯하여 『탁류』 주인공들이 다니던 길과 근무지를 찾아가 볼 수 있다. 비록 지금은 째보선창은 주차장으로, 미두장은 도로로 편입되기도 하고, 이동통신영업소가 들어서 버렸으며, 『탁류』에서 ○○은행이라고 표기되었던 조선은행은 나이트로 변해버려 매우 안타깝지만, 아직도 초봉이를 비롯하여 『탁류』 등장인물들의 고민의 잔상이 남아 있는 것 같다.

<1930년대 OO은행>

<2000년대 술집이 되어버린 OO은행>

채만식의 생가는 임피면 읍내리에 있었는데, 이젠 그 터엔 우물만이 남아있다. 그 생가 터는 한 때 허름한 비디오 가게로 변해 있었는데, 그 나마 이제는 그것도 헐리고 있었다. 그래도 군산시의 노력으로 생가 터 앞에 시비가 있어서 찾기에는 수월했다.

<채만식 생가 주변의 우물>

<채만식 생가터>

채만식의 생가를 돌아 조금 더 가면, 채만식의 묘를 찾을 수 있다. 이곳도 나날이 가꿔져 감을 알 수 있어 마음이 흐뭇하였다. 처음 찾아갔을 때에는 동네 사람들조차 그 곳이 채만식의 묘인지 잘 알지 못 했었다. 2년 후인가 다시 찾았을 땐 입구까지 돌길이 놓여 있었다. 그러나 여전히 묘 뒤에 두 아들의 이름이 지워진 흔적이 보여 마음이 아팠다. 자녀들의 이름을 자녀 스스로 지워버렸다는 세간의 이야기들... 이미 고인이 되었어도 가정의 문제로 어려움을 겪고

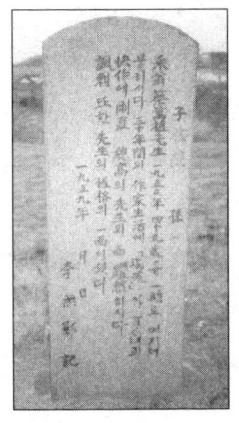

<채만식 묘비>

있으니, 그의 독자로서 가슴이 아팠다. 그러나 이번에 가서 보니 자식들에 의해 새로운 묘비가 세워진 것을 볼 수 있었다. 이제야 채만식의 묘가 공개될 수 있을 것이라는 생각이 든다.

<채만식 묘비>

안내인을 따라 월명공원에 이르렀다. 그곳은 이른 아침 조깅코스로 적격인 듯하다. 공원 내를 한 바퀴를 돌다보면 봉오리에 오르게 되는데, 한 편에는 군산 시내와 선창이, 한 편에는 채만식의 시비가 보인다. 채만식도 우리처럼 이곳에 올라 군산 시내를 돌아보며 『탁류』의 한 줄을 써내려갔을까. 채만식은 식민지 지식인이라는 굴욕감 속에서, 일본인들에게 유린당한 군산 농민들을 보면서, 그리고 도시 하층민들의 몰락을 보면서 한 손은 주먹을, 한

<월명공원 내 채만식 시비>

손에는 펜을 들었을지도 모를 일이다.

채만식을 뒤로 하며 군산을 빠져 나왔다. 다시
서해안 고속도로를 타고 서정주가 살았던 고창
으로 간다. 해는 어느새 뉘엿뉘엿 하루 밤을 고
창에서 서정주와 함께 해야 하나보다 하는 순간,
시인 서정주가 누워있을 법한 산을 넘었다. 그
산을 넘어 선운사에 당도하니 선운사 입구에서
서정주 시비가 맞이한다. 조용한 절 한 곳에 서
정주가 머무르며 무슨 생각을 했을까.

<서정주 초상>

<선운사 내 서정주 시비>

<선운사 모습>

동백나무로 유명한 명사인 선운사(577년 창건)의 입구는 벌써 인생의 끝
없는 여로를 보여주는 듯하다. 시인 서정주가 이 길을 걸으며 무슨 생각을
했을까. 아마도 「귀촉도」를 부르지 않았을까. 한때 악마주의 시풍을 엿보이
기도 했던 서정주였지만 불심의 세계에 젖어있었기에, 그는 동양 사상으로
돌아가지 않을 수 없었을 것이다.

<선운사에 이르는 길>

선운사 골짜기로
선운사 동백꽃을 보러 갔더니
동백꽃은 아직 일러 피지 안했고
막걸리 집 여자의
육자배기 가락에 작년 것만 상기되어 남았습니다.
그것도 목이 쉬어 남았습니다.

- 서정주, 「선운사 입구」 -

    아침 일찍 생가(生家)부터 가보아야겠다는 마음으로 길을 나섰다. 이정표
는 있지만 왠지 초라하다. 거대한 시인이 살았던 곳을 찾아가는 길은 그리
쉽지만은 않은 듯. 아마도 서정주가 살아 왔던 만큼 헤매야 하는 것인지...
이번에 찾아가면 3번째. 처음엔 서정주 시인이 살았을 때였던가. 그때에는
생가만이 초라하게 있었다. 두 번째는 돌아가신 직후라서 그런지 생가와 초
라한 무덤만이 있었다. 그런데 웬 일인가. 세 번째 찾아가는데 겉은 비록
화려하지 않지만, 서정주의 자필원고가 있는 문학관이 설립되어 있지 않은
가. 생가보다도 먼저 눈에 들어온 문학관이었다.

<서정주 시문학관>　　　　　<미당시문학관 기념석>

　　문학관은 아직 정리가 다 되어 있지 않은 듯 했으나 그곳에는 확실히 서정주의 체취가 묻어나 있었다. 서정주의 예술적 감각에 맞게 일부러 지었을까. 벽 사이사이마다 자연 그대로의 모습을 풍경화처럼 담아낸 창이 있다. 그것은 더 이상 창이 아니었다. 한 폭의 풍경화를 연상케 했다. 고인이 가끔 이곳에 오면 객관적인 위치에서 어린 시절의 풍경을 되새길 수도 있으리라.

　　문학관 뒤로 돌아서면 다시 만들어진 서정주의 생가가 있었다. 처음 왔을 때의 허름한 생가는 헐리고 없었다. 참으로 아쉬웠다. 지금의 생가는 다시 보수된 것. 그래도 그곳에는 서정주를 키워낸 바람이 여전히 존재했다.

<서정주 생가>

서정주의 생가를 건너가기 위해서는 새로 생긴 '미당교'를 지나야만 한다. 그리 넓거나 긴 폭은 아니지만, 그 개울물을 따라 서정주의 신발이 아직도 바다로 떠내려가고 있는 듯한 착각을 일으킨다. 새로 선물 받은 신발을 신지도 못하고 바다로 떠내려 보내고 난 후 지속적으로 대용품으로 산다는 시인의 말은 아직도 가슴에 남는다. 요즈음에는 물건 귀한 줄을 잘 모르기 때문에 아마도 새 신발에 대한 매력이 예전 같지 않을 것이다. 감동이 사라지는 시대에 독자들이 서정주의 섬세한 감정을 어떻게 느낄 수 있을지... 그저 아쉽기만 하다.

<미당교>

　　나보고 명절날 신으라고 아버지가 사다주신 내 신발을 나는 먼 바다로 흘러내리는 개울물에서 장난하고 놀다가 그만 떠내려 보내버리고 말았습니다. 아마 내 이 신발은 벌써 邊山 콧등 밑의 개 안을 벗어나서 이 세상의 온갖 바닷가를 내 대신 굽이치며 놀아다니고 있을 것입니다.

　　아버지는 이어서 그것 대신의 신발을 또 한 켤레 사다가 신겨주시긴 했습니다만, 그러나 이것은 어디까지나 대용품일 뿐, 그 대용품을 신고 명절을 맞이해야 했습니다.

그래, 내가 스스로 내 신발을 사 신게 된 뒤에도 예순이 다 된 지금까지
나는 아직 대용품으로 신발을 사 신는 습관을 고치지 못한 그대로 있습니다.

- 서정주, 「신발」 -

 그래서 더욱 이러한 시대에 서정주와 같은 순수서정 시인이 필요하리라
생각한다. 서정주의 생가를 돌아 20여분 걸어가면, 서정주 시인이 평생을
걸쳐 걸어가 누운 자리에 이르게 된다. 서정주를 따르는 문학도의 수만큼이
나 서정주의 묘는 잘 다듬어져 있었다. 서정주의 시 한 자락을 읊으며 오르
면 금새 그가 누운 자리에 다다른다. 배추밭을 따라 올라가면 어느 덧, 노비
인 아버지, 아, 그의 묘를 발견하게 된다.

<서정주의 가족묘>

 아직도 그의 시는 읽혀지고, 앞으로도 찾게 될 서정주의 묘를 보니, 인생은
짧고 예술은 길다는 그 흔한 말의 의미가 다가온다. 그리고 「국화 옆에서」
한 자락을 읊어야만 할 듯하다.

한 송이의 국화꽃을 피우기 위해
봄부터 소쩍새는
그렇게 울었나보다

한 송이의 국화꽃을 피우기 위해
천둥은 먹구름 속에서
또 그렇게 울었나보다

그립고 아쉬움에 가슴 조이던
머언 먼 젊음의 뒤안길에서
인제는 돌아와 거울 앞에 선
내 누님같이 생긴 꽃이여

노오란 무서리가 저리 내리고
간밤에 무서리가 저리 내리고
내게는 잠도 오지 않았나보다.

- 서정주, 「국화 옆에서」 -

2. 금강의 아사녀와 홍성의 나룻배(신동엽, 한용운)

<신동엽>

금강은 어디부터이고 또 어디까지일까. 금강을 따라 가면 신동엽을 만날 수 있다. 금강을 따라 과거로 가고 싶어 했던 신동엽과 함께 과거로 가볼까. 금강 변에 앉아 노을을 바라보며 〈섬집아이〉를 부른다. 노을 따라 〈섬집아이〉를 부르다 물로 뛰어들어 나룻배를 저어보자. 혹시 신동엽을 따라 동학혁명의 대열에 끼게 될지 모를 일이 아닌가.

<금강에서 부인과 함께한 신동엽>

부여 한 곳에 위치한 신동
엽의 생가를 찾아가면 아직도
인적이 드물지 않은 한 곳임
을 알 수 있다. 그 집에 살고
있는 사람들은 신동엽을 왜
찾아오는지를 알고 있는 듯,
신동엽이 살았던 곳에 방명록
과 함께 신동엽의 시 한 편을

<신동엽의 생가>

걸어놓았다. 아 신동엽, 누나들 사이에서 뛰어 놀았을 마당을 보니, 신동엽
의 여성 친화적인 시의 면모가 느껴진다.

특히 가을에 찾는 신동엽의 생가는 더욱 운치가 있다. 신동엽의 생가 귀퉁
이에는 은행나무들이 줄을 서서 방문객을 맞이한다.

신동엽의 묘를 찾기란 쉬운 일이 아니다. 많은 시인들의 시비와 묘를 찾아 다녔으나 신동엽의 묘를 찾는 것보다 어려운 일은 없었다. 산등성이를 돌아 7~8개의 이름도 모르는 묘를 뒤져서

<묘소 이정표>

찾아낸 것이 바로 신동엽의 묘였다. 참으로 초라하기 그지없다. 그 초라한 묘의 주인이 1960년대 우리 시단을 쩌렁쩌렁 울리게 한 시인이던가.

<신동엽의 묘>

그래도 어렵게 찾아서 인지 아님 평소에 좋아해서였는지 꽤 정이 느껴졌다. 한 쪽에 적은 평을 잡아 누워 있는 신동엽, 그래도 신동엽이 당대에 시로써 울린 공명은 대단히 넓고 단단하였던 것을 기억한다.

신동엽의 묘에 짧은 묵념을 하고 신동엽의 시비를 찾아 나섰다. 그런데 여전히 크고 멋진 비 옆 작은 시비가 갈대밭을 향하여 세워져 있었다.

<신동엽의 시비>

  문득 이 곳에서 신동엽과 어울리는 막걸리라도 한 잔 하고픈 생각이 들었다. 갈대밭을 바라보며 막걸리 한 잔 하면, 왠지 신동엽이 갈대밭 위 하늘을 따라 옛 금강을 거슬러 아사녀·아사달에게 우리를 이끌어줄 것만 같다.

  부여를 나와 홍성에 접어들면 시인이자, 스님이자, 민족투사인 한용운을 만날 수 있다. 부여와 홍성, 이 주변은 민족정신이 강한 시인들이 태어나는 고장인가 보다. 물론 한용운은 서울 심우장을 찾아가도 만날 수 있다.

<한용운>

<심우장>

그와 관련된 자료는 정말 많다. 그의 유적지를 기리는 곳부터 백담사의 시비 등등이 그것을 말해준다.

그러나 한용운을 찾아가다 보면, 홍성에 있는 한용운의 사당과 생가를 꼭 가보아야만 한다는 생각이 절실하다. 그러나 생가에 이르기 전, 우리는 한용운의 전신상부터 만나게 된다. 시인들 중에서 전신상이 있는 시인이 있을까. 서정주는 새로 건립된 시문학관에 흉상은 있지만, 전신상이 아니다. 그러나 한용운은 전신상으로 추대 받고 있다. 그렇다면 무엇이 한용운을 그토록 추대하게 하는 것일까.

<한용운의 전신상>

한용운이 도포자락을 휘날리며 무언가 열중하고 있다. 무엇일까, 3·1운동의 33인 중의 한 명으로서의 모습일까. 아니면 시인의 모습일까. 그것도 아니면 승려의 모습일까. 이러한 모습을 구분하려는 자체가 갑자기 무색해졌다. 사상이라는 것이 그렇게 나눌 수 있겠는가 하는 자문을 하면서부터이다. 한용운에게는 여러 독자가 있다. 민족·나라를 사랑하는 독자, 부처님을 사랑하는 독자, 항일 운동가인 독자, 그리고 시와 사랑을 아는 독자들이다. 여러

문학의 표정

부류의 독자를 가진 한용운, 결국 그에게는 진지한 사랑이 있었기 때문이 아니겠는가. 그 사랑이 어느 쪽을 향하여 드러나고 있는가의 문제일 뿐이다.

그러한 생각을 하면서 다다른 곳은 한용운의 시비가 있는 곳. 시비의 글귀는 이미 낡아서 잘 보이지 않지만, 그곳을 관리하는 문화원 직원들은 여전히 한용운을 기리는 사업을 하고 있었다. 그 단적인 예가 한용운을 세계로 알기 위해 3개 국어로 한용운의 시를 번역하여 책자로 만든 것이다.

한용운 문화원의 친절한 직원을 따라 한용운의 사당을 찾아갔다. 한용운의 사당은 물론 유교식으로 마련되어 있다. 그곳을 찾는 이는 향을 피우기도 한다. 안내인은 말한다. 왜 불제자인 한용운에게 유교식 사당이 필요한가. 그것은 한용운이 사상가였기에 또한 존경의 의미라고 말이다.

<한용운의 사당>

그렇다. 이미 우리에게 한용운은 불제자로서만이 아니라 시인이자, 사상가이자, 독립 운동가이다. 그의 사당은 한용운의 생가 터 위에 있다. 한용운의 생가는 사립문까지 재건립하여 제법 가정집처럼 꾸며놓았다.

<한용운의 생가>

　비교적 여러 시인들의 생가보다 넓은 면적을 보유하고 있다. 이는 한용운의 생가가 크다는 것보다 홍성시에서 한용운을 그만큼 사랑하기 때문에 한용운과 관련되어 연못을 만들기도 하고 시비를 세우기도 했기 때문이다. 한용운의 생가 옆 시비에 「나룻배와 행인」이 새겨져 있다. 낭송하지 않고 떠날 수 없는 시비이다.

<한용운 생가에 세워진 시비, 「나룻배와 行人」>

나는 나룻배
당신은 행인.

당신은 흙발로 나를 짓밟습니다.
나는 당신을 안고 물을 건너갑니다.
나는 당신을 안으면 깊으나 옅으나 급한 여울이나 건너갑니다.

만일 당신이 아니 오시면 나는 바람을 쐬고 눈비를 맞으며 밤에서 낮까지
당신을 기다리고 있습니다.
당신은 물만 건너면 나를 돌아보지도 않고 가십니다그려.
그러나 당신이 언제든지 오실 줄만은 알아요.
나는 당신을 기라리면서 날마다 날마다 낡아갑니다.

나는 나룻배
당신은 행인.

- 한용운, 「나룻배와 행인」 -

 우리의 답사가 시간적으로 아니 심적으로 더더욱 가능하다면, 한용운의
불심의 시작을 보기 위해서 혹은 그의 사상의 시작을 보기 위해서 백담사에
이르러야 할 것이다. 백담사, 시대의 굴곡 정면에 서 있던 그 곳, 지금도
한용운의 문학관이 그곳에 있다. 백담사에서 시인을 만나보자.
 백담사에 이르기 위해서는 다수의 관문 아닌 관문이 있다. 일단 입구까지
와서 셔틀버스를 타고 올라간다. 한 20여분일까! 그러나 버스에서 내리고
싶은 심정. 그것은 백담사에서부터인지 어디서부터인지 자세히 알 수는 없
지만, 어디선가부터 맑은 물이 흐르기 때문이다. 그곳에서는 발을 담가서도
안 된다고 알려질 정도로 물이 맑다. 그 맑은 물을 바라보고 있으면 누구나
빠져들고 싶을 것이다. 그러한 물줄기가 끝나면 버스에서 내려 걸어가야만
한다. 1시간 남짓 걸어가면 백담사가 보인다.

<백담사 입구>

입구에 들어서서 절내를 돌면 문학관과 시비가 보인다. 홍성에서 만나는
한용운도 좋지만, 백담사에서 만나는 한용운은 더욱 좋다.

<백담사에 세워진 한용운 문학관>

문학의 표정

<백담사에 세워진 한용운의 시비>

3. 경북 영양골 선비와 안동의 청포도(조지훈, 이육사)

중앙고속도로가 생긴 후, 안동까지 2시간 30분 정도 걸린다. 안동은 유교 문화 전통을 엿볼 수 있는 종택들이 많은 곳이다. 신라, 고려, 조선이 끝날 때까지 고유문화의 중심지로 자리한 고장이기에 안동시민들의 자부심 또한 대단하다. 특히 안동 하회마을에 이르면, 여러 종택들을 볼 수 있다.

낙동강의 시작인 안동은 물줄기가 마을을 휘감고 돌아나간다고 해서 '下回마을'이라고도 불린다.

안동 시내를 벗어나면 과수원들이 보인다. 그 길을 따라가면 도산서원이 위치하고 있다. 앞으로는 강줄기가, 뒤로는 병풍처럼 산이 둘러쳐 있다. 아직도 도산서원에 가면 퇴계 이황이 사용했다는 책상과 등 받침대, 나무 지팡이 등이 보존되어 있다. 그래서 그런지 여전히 도산 서원에서는 옛 선비들의 글 읽는 소리가 들리는 듯하다. 또한 한석봉이 썼다는 현판, "도산서원(陶山書院)"은 명품이다.

<한석봉의 글씨 도산서원 현판>

<도산서원>

도산서원에서 얼마 가지 않아 이황의 종택이 있다. 이황의 종택, 지금 조선시대라고 한다면 그 위용은 상당할 것이다. 그러나 지금은 종택 주변으로 조그마한 밭이 있을 뿐이다. 험난한 시대를 겪어내고서도 그러한 종택이 남아

있다는 사실이 놀라울 뿐이다. 전쟁이 많았던 나라인 이 나라에서 말이다.

<이황의 종택>

이황의 종택을 지나 조금 더 내려가면 이육사의 생가 터가 있다. 지금은 낙동강이 침몰할지도 모르기에 이전한 생가. 따라서 지금은 생가 터만이 그 곳을 지키고 있다. 광야의 배경이 되었다는 이육사의 생가 터에는 이육사의 시비만이 세워져 있다.

<이육사>

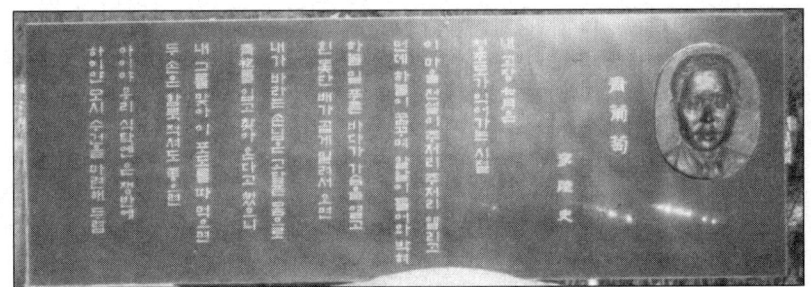

<이육사의 시비, 청포도>

<이육사의 시비>

"내고장 칠월은 청포도가 익어 가는 시절", 음력 칠월이면 청포도가 익는다. 어린 이육사는 그 청포도를 먹으며 무슨 생각을 했을까. 그가 장성하여 시를 쓸 때, 앞마당에서 따먹은 청포도를 혹 기억하고 있었던 것은 아닐까. 또한 집 앞 논을 보며, 비록 확 트인 광야와 같은 곳은 아니지만, 이곳을 보며 "까마득한 날에 / 하늘이 처음 열리고 / 어데 닭 우는 소리 들렸으랴 // 모든 산맥들이 / 바다를 연모해 휘달릴 때도 / 차마 이곳을 범하던 못하였

<이육사의 시집>

으리라"라고 읊었던 것을 기억할 수 있을까. 그렇다. 이미 고인이 된 시인들의 작품과 배경을 후손들이 답사하며, 읊으면 된다. 그러면 그만이지 않은가.

<1930년대 광야>

<2000년대 광야>

육사의 생가는 안동댐이 건설되면서 안동시 태화동으로 옮겨졌다. 안동시 청에 문의하면, 육사 생가를 답사할 수 있다. 아직도 그 허름한 곳에 사람이 산다. 하늘 햇빛을 볼 수 없게 되어 있는 지붕, 그 양쪽으로 방들이 있다.

<1930년대 이육사 생가>

<2000년대 이육사 생가>

참으로 허름한 집이다. 이육사는 좋은 가문에 태어났을지 모르나, 지금 그의 생가는 초라하기만 하다. 그처럼 허름한 집마저 태화동으로 옮겨진 현실이 안타깝기만 하다. 문학인으로서 큰 바람일지 모르나 안동댐보다도 육사의 생가를 광야의 배경이 되었던 곳에 보존하는 일이 더 중요한 일처럼 느껴진다. 아직도 문화보다는 단순 개발에 급급한 한국적 현실이 안타깝기만 할 뿐이다. 이육사는 이러한 한국일지라도 지켜내기 위해 그토록 열심히 살아왔던가 싶으니 가슴 한 구석에 울컥하는 마음이 생긴다. 그래도 이육사 시 한 편 감상하고 발걸음을 옮기자.

내 고장 칠월은
청포도가 익어가는 시절

이 마을 전설이 주절이주절이 열리고
먼데 하늘이 꿈꾸면 알알이 들어와 박혀

하늘 밑 푸른 바닷가 가슴을 열고
흰 돛단배가 곱게 밀려서 오면

내가 바라는 손님은 고달픈 몸으로
淸泡를 입고 찾아온다고 했으니

내 그를 맞아 이 포도를 따먹으면
두 손은 함뿍 적셔도 좋으련

아이야 우리 식탁엔 은쟁반에
하이얀 모시 수건을 마련해두렴

- 이육사, 「청포도」 -

경상북도 영양군은 예로부터 문향으로 불렸다고 한
다. 한학에 조예가 깊은 선비들이 많이 있었기 때문이리
라. 그러한 영양군의 가장 북쪽에 위치한 일월면 주곡리
숲에 한학을 공부한 조지훈의 문학비가 있다. 그리고 조
지훈의 생가는 한양 조씨의 집성촌에 있다. 12세 때까지
할아버지 밑에서 한학을 공부하였다고 한다.

<조지훈 초상,
영인문학관 소장>

<조지훈의 생가>

<조지훈의 생가 안채>

그의 집은 한학에 조예가 깊은 대 선비의 집답게 대단하였다. 그동안 답사했던 시인들이 대부분 가난한 빈농의 자식으로 태어난 것에 비한다면, 조지훈은 전통 유교집안에서 제대로 된 교육을 받은 시인이라 할 수 있다. 그래서 그랬을까. 그의 시에는 기품이 느껴진다. 바쁜 답사길이지만, 그의 시 한 구절을 낭송하지 않을 수 없다.

> 하늘로 날으듯이 뽑은 뿌연 끝 풍경이 운다.
> 처마끝 곱게 늘이운 주렴에 半月이 숨어
> 아른아른 봄밤이 두견이 소리처럼 깊어가는 밤
> 곱아라 고아라 진정 아름다운지고
> 파르란 구슬빛 바탕에
> 자지빛 호장을 받친 호장저고리
> 호장저고리 하얀 동정이 환하니 밝도소이다.
> 살살이 퍼져나린 곧은 선이
> 스스로 돌아 곡선을 이루는 곳
> 열두 폭 기인 치마가 사르르 물결을 친다.
> 초마 끝에 곱게 감춘 雲鞋 唐鞋
> 발자취 소리도 없이 대청을 건너 살며시 문을 열고
> 그대는 어느 나라의 古典을 말하는 한 마리 蝴蝶
> 胡蝶인 양 사푸시 춤을 추라 蛾眉를 숙이고……
> 나는 이 밤에 옛날에 살아
> 눈감고 거문고줄 골라보리니
> 가는 버들인 양 가락에 맞추어
> 흰 손을 흔들어지이다

－ 조지훈, 「고풍의상」 －

그러나 시대가 혼란스러운 전쟁시기였기에, 조지훈 또한 경험에 있어서는 다른 여러 시인과 다를 바 없었다. 그도 전쟁의 소용돌이 속에서 힘들게,

치열하게 살았다. 특히 조지훈에게는 다부동의 전쟁을 잊을 수 없었다고 한다. 그래서 조지훈은 다부동 전쟁을 상기하며 「다부원에서」를 썼다고 고백한다. "살아서 다시 보는 다부원은 / 죽은 자도 산 자도 다 함께 / 안주의 집이 없고 바람만 분다"

　그렇게 전쟁이 모든 것을 휩쓸고 지나가 버린 후, 조지훈은 고려대 교수로 재직하게 되었다. 그러나 다시 안정된 위치에 머물게 된 그는 자리에 안주하지 않고 부패한 사회에 대항하는 학생들과 함께 한 지조 있는 선비의 모습을 잃지 않았다.

📚 여지선

　강남대학교 국어국문학과를 졸업한 뒤 건국대학교 일반대학원에서 석사, 박사과정을 마치고 서울대학교에서 Post doc.을 마쳤습니다.

　현재는 강남대학교, 건국대학교, 용인대학교에 출강하고 있습니다.

　주요 논문에는 「일제강점기의 시대정신과 문학의 전통계승」, 「조기천의 『백두산』과 개작의 정치성」, 「권구현과 한용운의 시조의 문학사적 의의」 등이 있으며, 주요 저서로는 『성담론과 한국문학』(2인 공저), 『한국근대문학의 전통론사』, 『문학, 그림을 품다』 등이 있습니다.

📚 서동수

　건국대학교 국어국문학과를 졸업했으며, 같은 대학교 일반대학원에서 국문학 석사와 박사 학위를 받았습니다.

　현재는 건국대학교 교양학부 강의교수로 재직하고 있습니다.

　주요 논문으로는 「한국전쟁기 문인과 대동아전쟁의 기억」, 「질병의 수사학과 기억의 정치학」, 「아동영화 〈집 없는 천사〉와 형이상학적 신체의 기획」 등이 있으며, 주요 저서로는 『현대소설과 이념의 좌표』, 『글쓰기의 기술』 등이 있습니다.

문학의 운정

초판 인쇄 2011년 7월 22일
초판 발행 2011년 7월 29일

지 은 이   여지선 · 서동수
펴 낸 이   박찬익
책임편집   김민영

펴 낸 곳   도서출판 박이정
주   소   서울시 동대문구 용두동 129-162
전   화   02) 922-1192~3
전   송   02) 928-4683
홈페이지   www.pjbook.com
이 메 일   pijbook@naver.com
온 라 인   국민 729-21-0137-159
등   록   1991년 3월 12일 제1-1182호

ISBN 978-89-6292-211-0 (93800)

* 책값은 뒤표지에 있습니다.